Unterm Rad
von
Hermann Hesse

Unterm Rad
von
Hermann Hesse

S. Fischer / Verlag / Berlin

차례

수레바퀴 아래서

수레바퀴 아래서

U
n
t
e
r
m
/
R
a
d

1장

요제프 기벤라트는 중개와 도매를 업으로 하는 상인으로 마을에서 특별히 대단하거나 능력 있는 사람은 아니었다. 대부분의 마을 사람처럼 억세고 다부진 체격이었고, 비록 거래에서 뛰어난 수완을 발휘하진 못했지만 돈에 대한 진심 어린 갈망을 숨기지 않았다. 작지만 텃밭이 딸린 집에 살았고, 마을 묘지에 가족묘가 있었다. 다소 깨인 사고방식으로 형식적인 종교 생활을 했으나 신과 정부 당국에는 적당히 존경을 나타냈고, 품위 있는 시민의 도리인 엄격한 예절을 맹목적으로 따랐다. 술을 한번 마셨다 하면 몇 병씩 마셨지만 단 한 번도 취한 적이 없었고, 몇 번인가 도덕적이지 못한 거래를 했지만 절대로 법이 정한 선을 넘지는 않았다. 자신보다 가난한 사람들은 비렁뱅이라 경멸하면서, 부유한 사람들은 으스댄다고 비난했다. 마을 상인 협회 회원으로 금요일마다 '독수리' 술집에서 열리는 볼링 게임에 참여했고, 그 밖에 빵 굽는 날은 물론 스튜와 소시지 수프를 먹는 날에도 빠지지 않고 참석했다. 일할 때는 싸구려 담배를 피웠지만, 식사 후와 일요일에는 좀 더 고급 담배를 즐겼다.

내면의 삶을 들여다보면 기벤라트는 속물이었다. 정서는 오랫동안 방치되어 먼지가 쌓여 있었다. 남아 있는 감정이라곤 가족에 대한 전통적이고 형식적인 책임감과 아들에 대한 자부심, 간혹 가난한 이들을 돕고 싶어 하는 동정심이 전부였다. 지적 능력은 타고난 잔꾀와 얕은 계산 능력에서 크게 벗어나지 않았다. 신문을 보는 게 독서의 전부였으며 문화생활은 일 년에 한 번 상인협회에서 후원하는 아마추어 연극과 가끔 오는 서커스를 관람하는 것으로 충분했다. 주변의 어느 이웃과 이름과 집을 바꾼다 해도 기벤라트의 삶은 딱히 달라질 게 없었다. 마을의 평범한 가장들과 마찬가지로 그 역시 영혼 가장 깊은 곳에서부터 다른 이들의 우월한 능력과 인격을 끊임없이 불신했으며, 비범하거나 좀 더 자유롭고 섬세한 것, 정신적인 것 들을 본능적으로 질투하고 적대시했다. 요제프 기벤라트의 이야기는 이것으로 충분하다. 이 남자의 평범한 일생과 숨은 비극을 다 이야기하려면 좀 더 극적인 풍자 작가가 필요할 것이다. 어쨌든 기벤라트에게는 아들이 하나 있었는데, 이제부터는 그 아들에 대해 이야기해보려 한다.

한스 기벤라트는 의심할 여지 없이 타고난 신동이었다. 한스가 다른 아이들과 어울려 노는 모습만 지켜보아도 얼마나 영리하고 섬세한 소년인지 알 수 있었다. 슈바르츠발트(독일 남서부의 한 지역. 숲이 울창하여 '검은 숲'이라는 뜻의 이름이 붙었다 ─ 옮긴이)의 작은 마을에서 이제껏 한스와 같은 영재는 없었다. 비좁은 마을의 울타리 밖으로 눈을 돌리고 세상에 영향을 끼칠 만한 인물이 전혀 없었던 것이다. 이 소년이 어떻게 그런 진지한 눈빛과 총명해 보이는 이마에 우아한 걸음걸이까지 타고났는지는 신만이 알 것이다. 어쩌면 어머니에게 물려받은 것일까? 한스의 어머니는 수년 전에 죽었는데 마을 사람들은 생전에 항상 아프고 걱정에 싸여 있었다는 점 말고는 별다른 특징을 기억하지 못했다. 한스의 아버지는 고려할 필요도 없었다. 그러니까 마을이 생기고 팔구백 년간 수완 좋은 사람은 많았지만 신동이나 천재는 한 명도 없었던 이 오래된 동네에 하늘에서 정말 단 한 번 비밀스러운 불꽃이 떨어진 것이었다. 현대적인 교육을 받은 관찰자라면 병약한 어머니와 짧지 않은 그 집안의 역사를 더듬어보고는 그런 비상한 지능의 출현을 가문이 몰락할 징조라고 판단했을지도 모른다. 하지만 이 마을에는 운 좋게도 그런 인물이 없었다. 관료나 교사 중 젊고 똑똑한 이들만이 신문 기사를 통해 '현대적 인간(《수레바퀴 아래서》가 발표된 18세기는 구습을 타파하고자 하는 계몽주의 시대로, 신이 아닌 개인을 현대의 주체로 보았다 – 옮긴이)'의 존재를 어렴풋이 알고 있을 뿐이었다. 이곳 사람들은 자라투스트라가 뭐라고 말했는지 알지 못해도 교양 있는 사람인 척 살아갈 수 있었다. 그들은 견고하고 대개는 행복한 결혼 생활을 했으며, 모든 일에 있어 평생 치유 불가능할 정도로 완고하게 옛 방식을 고수했다. 안락하고 부유한 삶을 누리는 사람들은 대부분 이십 년 전에는 기능공이었다가 그 후 공장주가 된 이들이었다. 그들은 관료를 만나면 모자를 벗고 인사하면서 잘 보이려고 했으나, 자기들끼리 있을 때는 푼돈 받고 사는 작자들이라느니, 글이나 받아쓰는 종놈들이라느니 하며 빈정거렸다. 그런데 이상하게도 그들의 가장 큰 야망은 자식들이 공부를 해서 관료가 되는 것이었다. 안타깝지만 이 바람은 늘 이루어질 수 없는 아름다운 꿈으로 남았다. 그들의 자녀들은 공부를 매우 힘겨워해서 낙제를 거듭한 후에 간신히 라틴어 학교만을 이수하기 일쑤였다. 한스 기벤라트의 천재성은 누구도 의심할 여지가 없었다. 학교 교사들과 교장, 이웃 사람들과 마을 목사, 동급생들은 물론이고 누구든 이 소년이 총명한 두뇌와 천부적인 재능을 타고났다고 인정했다. 그러니 한스의 미래는 이미 확고히 정해진 것이었다. 슈바벤 지방에서 부유한 부모를 만나지 못한 똑똑한 남자아이가 갈 만한 길은 단 하나밖에 없었다. 주州에서 시행하는 선발 고사에 합격하여 신학교를 거친 다음 튀빙겐 신학대학에 들어가 목사나 교수가 되는 길이었다. 매년 이 지역에서 사오십 명이 이 변함없고 안전한 길을 선택했다. 성년 입교식을 갓 치른 공부에 지치고 여윈 소년들은 주 장학금으로 다양한 분야의 인문학을 공부하고, 팔구 년 후에는 그들의 삶에서 더욱 긴 두 번째 인생 여정을 맞아 그때껏 주 정부에서 받은 은혜를 되갚아야 했다.

몇 주 뒤면 치를 '선발 고사'는 해마다 소년들을 제물로 갖다 바치는 헤카톰베(고대 그리스의 종교의식으로, 여기서는 그만큼 어렵고 힘든 시험임을 가리킨다 – 옮긴이) 의식의 정식 이름이었다. 주 정부가 똑똑한 소년들을 선발하는 동안 여러 도시와 마을의 수많은 가족들은 시험이 치러지는 수도를 향해 한숨과 기도와 소망을 보냈다.

한스 기벤라트는 마을에서 그 고통스러운 경쟁에 내보내기로 한 유일한 후보였다. 한스에게는 대단한 영광이었고 쉽게 얻을 수 있는 기회도 아니었다. 한스는 날마다 오후 4시에 학교 수업을 마치고 나면 교장에게 그리스어를 배웠고, 6시에는 마을 목사의 특별한 배려로 라틴어와 종교 과목의 보충수업을 받았다. 일주일에 두 번은 저녁 식사 후 한 시간 동안 수학 교사의 지도를 받았다. 그리스어 공부는 불규칙한 시제 표현 외에도 부사나 전치사로 표현할 수 있는 다양한 문장 연결 방식에 집중했으며, 라틴어는 명확하고 간결한 문장 연습과 특히 섬세한 운율을 익히는 데 노력했다. 수학은 복잡한 비례법에 중점을 두었다. 비례법은 겉보기에는 훗날의 학업과 인생에 별로 중요하지 않아 보였다. 그러나 수학 교사가 자주 강조했듯, 비례법이야말로 논리력을 키워주고 명확하고 냉철한 판단의 기초가 되므로 다른 과목들보다 훨씬 더 중요했다. 어른들은 한스가 과도한 학업으로 부담을 느끼고 감성을 잃을까 봐 날마다 학교에 가기 전 한 시간 동안은 성서 강독 수업을 듣게 했다. 이 수업은 브렌츠 교리문답(요하네스 브렌츠는 16세기의 종교개혁가로, 그의 교리문답서는 기독교 신앙의 교육서로써 널리 알려졌다—옮긴이)을 공부하고 신앙심을 자극하는 질문과 답변을 암송하게 함으로써 젊은이들의 영혼에 신선한 기독교적 생기를 불어넣으려는 것이었다. 그런데 한스는 이런 재충전의 기회를 외면하고 축복을 거절해버렸다. 그 시간 내내 교리문답서 밑에 그리스어와 라틴어 단어, 연습 문제를 적은 쪽지를 숨겨놓고 세속적인 학습에 열중했던 것이다. 그렇다고 불안감과 두려움을 느끼지 못할 만큼 양심을 저버린 것은 아니었다. 수석 사제가 다가오거나 자신의 이름을 부르면 매번 겁을 먹고 움츠러들었으며, 질문을 받으면 이마에 땀이 맺히고 심장이 쿵쾅거렸다. 그러면서도 언제나 정확한 발음으로 올바른 대답을 해서 수석 사제의 칭찬을 받았다. 하루 동안 쌓인 작문과 암기, 복습, 예습 과제는 늦은 밤이 되어서야 집의 편안한 석유등 아래에서 할 수 있었다. 담임교사는 이렇게 고요한 가정의 평화와 격려 속에서 이루어지는 학습이야말로 성적을 올릴 수 있는 효과적인 방법이라고 말했다. 이런 시간은 화요일과 토요일에는 보통 10시까지, 다른 요일에는 11시, 12시까지 계속되었고 간혹 더 늦게까지 이어지기도 했다. 한스의 아버지는 석유가 많이 든다고 속상해하면서도 공부하는 아들의 모습을 보면 흐뭇하고 자랑스러웠다. 가끔 자유 시간이 생기거나 일생의 7분의 1이나 차지하는 일요일이 되면 한스는 학교에서 미처 다루지 못한 책을 읽거나 문법을 복습해야 했다.

"물론 정도껏 해야 한다, 정도껏! 얘야. 일주일에 한두 번은 꼭 산책을 하도록 해. 여러모로 이롭단다. 날 좋은 날에는 야외로 나가 책을 읽어봐. 신선한 공기를 마시며 공부하는 게 얼마나 기분 좋은지 알게 될 거야. 그리고 고개 좀 숙이고 다니지 마라!"

한스는 생각날 때마다 고개를 들었고 이즈음부터는 산책길에서도 공부를 했다. 밤을 새운 듯 눈가에 푸른색 그림자를 드리운 채 소리 없이 걸어 다니는 것이었다.

"기벤라트가 합격할 수 있을까요? 합격하겠지요?" 하루는 한스의 담임교사가 교장에게 물었다.

"합격하고말고, 반드시 합격할 걸세." 교장은 확신에 찬 목소리로 대답했다. "기벤라트는 정말 명석한 학생이야. 총명함 그 자체지."

지난 일주일간 한스의 지적 충만함은 극에 달했다. 부드럽고 어여쁜 소년의 얼굴에 움푹 들어간 눈은 탁한 빛을 내며 불안하게 번뜩였고, 아름다운 이마에 난 섬세한 주름은 그의 정신을 대변하는 듯했다. 여기에 수척해진 손과 팔이 나른하고 우아하게 처져 있어서 보티첼리의 그림을 떠올리게 했다. 시험 날짜가 다가왔다. 한스는 다음 날 아침 일찍 아버지와 슈투트가르트에 가서 자신이 신학교 수도원의 좁은 문으로 들어갈 자격이 있는지 증명해야 했다. 방금 전에 소년은 교장에게 작별 인사를 했다.

"오늘 밤은." 무서운 폭군 같은 교장은 말을 마치면서 평소와 다르게 부드러운 목소리로 말했다. "공부하지 말고 자거라. 약속할 수 있지? 내일 맑은 정신으로 슈투트가르트에 갈 수 있게 말이다. 한 시간 정도 산책을 하고 일찍 자도록 해. 젊은 사람은 잠을 충분히 자야 하거든."

잔소리를 쏟아낼 줄 알았는데 이런 격려를 받다니 놀라운 일이었다. 한스는 안도의 한숨을 내쉬며 교정을 나왔다. 키르히베르크 마을의 키 큰 보리수나무들은 늦은 오후의 뜨거운 햇살에 힘없이 반짝였고, 광장에서는 두 개의 거대한 분수가 첨벙이며 빛을 반사하고 있었다. 전나무가 우거진 근처의 검푸른 산은 불규칙하게 늘어선 지붕들을 내려다보고 있었다. 소년에게는 그 모든 것이 오랫동안 본 적 없는 풍경처럼 다가왔다. 비현실적으로 아름답고 매혹적이었다. 머리가 아팠지만 오늘은 더 이상 공부할 필요가 없으니 괜찮았다. 한스는 천천히 광장을 걸었다. 오래된 시청 건물을 지나고 시장 골목과 대장간을 지나 오래된 다리까지 왔다. 거기서 얼마간 서성이다가 넓은 난간 윗부분에 걸터앉았다. 몇 주 동안, 아니 한 달 내내 날마다 이곳을 네 번씩 지나쳤지만 그동안 한스는 다리 옆의 작은 고딕풍 예배당이나 강과 수문, 제방, 물레방아에 눈길을 주지 않았다. 물가의 풀과 버들가지도 마찬가지였다. 가죽 공장이며 이런저런 공장이 접해 있는 강물은 호수처럼 깊은 초록빛으로 잔잔히 흘렀고, 휘어진 버들가지 끝이 물에 잠겨 있었다.

한스는 문득 여기서 얼마나 자주 시간을 보냈던가 떠올려 보았다. 반나절, 아니 하루 종일 수영을 하고 물놀이를 하고 낚시를 하지 않았던가. 아아, 낚시! 지금은 어떻게 고기를 잡는지 거의 잊어버렸지만 지난해 시험 준비 때문에 낚시를 금지당해 서럽게 울었던 기억이 난다. 낚시! 긴 유년 시절 동안 낚시는 가장 즐거운 추억이었다. 버드나무의 옅은 그늘에 서서 가까운 둑 위의 물레방아 소리를 들으며 깊고 고요한 물을 들여다보곤 했다! 그때 물 위로 떨어지던 빛의 움직임, 긴 낚싯대 끝의 가벼운 진동에 이어 물고기가 미끼를 무는 순간의 떨림과 팽팽한 긴장감, 마침내 퍼덕거리는 차갑고 통통한 물고기를 손에 넣었을 때의 흥분감이란!

예전에는 물이 오른 잉어를 비롯해 송어와 누치도 잡았고, 작고 아름다운 빛깔에 작은 연준모치도 많이 잡았다. 한스는 오랫동안 물을 쳐다보았다. 푸른 강물을 넋 놓고 바라보고 있으려니 문득 슬퍼졌다. 자연 속에서 자유롭고 아름다웠던 유년의 기쁨은 너무 멀어져 버린 것 같았다. 한스는 습관처럼 주머니에서 빵을 꺼내 크고 작은 크기로 둥글게 뭉쳐서 물에 던졌다. 가라앉는 빵 조각들을 향해 물고기들이 달려들었다. 금빛과 은빛의 피라미들이 작은 조각들을 허겁지겁 먹어치우고 나서는 큰 조각에 몰려들어 굶주린 주둥이를 찔러댔다. 잠시 후 커다란 몸집의 송어가 느리고 조심스럽게 다가왔다. 검고 넓은 등 부분이 강바닥과 구분이 잘 되지 않았다. 녀석은 빵 조각 주변을 조심조심 돌다가 둥근 입을 벌려 순식간에 빵을 삼켜버렸다. 느릿느릿 흐르는 강물에서 따뜻하고 축축한 공기가 올라왔고, 흰 구름 몇 조각이 푸른 수면에 흐릿하게 비쳐 보였다. 물레방앗간에서는 둥근 톱니바퀴가 삐걱거리며 돌았고, 강물이 두 개의 둑에 부딪혀 차갑고 낮은 소리를 내며 흐르고 있었다. 소년은 며칠 전 일요일, 성년 입교식에서 세례를 받은 일을 떠올렸다. 엄숙하고 감동적인 예식 중에도 소년은 속으로 그리스어 동사를 외웠다. 최근에는 계속 그런 식이었다. 머릿속이 여러 가지 생각으로 복잡했다. 수업 시간에도 수업 내용 대신 이미 배웠거나 나중에 배울 내용을 생각하곤 했다. 적어도 시험은 잘 치를 수 있을 거야!

한스는 멍하니 자리에서 일어났지만 어디로 가야 할지 알 수 없었다. 순간 억센 손이 어깨를 붙들어서 한스는 화들짝 놀랐다. 다정한 남자의 목소리가 들렸다.

"안녕, 한스? 같이 산책하지 않을래?"

구둣방 주인 플라이크였다. 지금은 거의 가지 않지만 어릴 적에는 종종 구둣방을 찾아가 플라이크와 함께 저녁 시간을 보냈었다. 한스는 독실한 경건주의자인 플라이크와 함께 걸으며 그가 하는 이야기를 듣는 둥 마는 둥 했다. 플라이크는 선발 고사 이야기를 하며 한스를 격려했다. 사실 그가 정말 하고 싶었던 말은 시험이란 그다지 중요하지 않으며 운에 따라 붙을 수도, 떨어질 수도 있다는 것이었다. 아무리 대단한 수재라도 떨어질 수 있으니 낙방은 수치스러운 일이 아니라고 했다. 만일 한스가 낙방한다면 그것은 그의 영혼을 위해 다른 길로 인도하려는 신의 특별한 뜻에 따른 것임을 기억하라고 했다.

한스는 플라이크와 함께 있으면 마음이 편치 않았다. 그의 올곧은 성품에 감탄하고 존경심을 품긴 했지만, 교회 친구들이 종종 그를 두고 하는 농담에 함께 비웃었기 때문이다. 그 농담에 공감했던 것도 아니면서 말이다. 또 플라이크의 날카로운 질문이 꺼려져서 한동안 그를 피해 다녔던 자신이 부끄러웠다. 한스가 교사들의 자랑거리가 되면서 다소 우쭐한 모습을 보이자 플라이크는 겸손해지라고 자주 충고했다. 좋은 의도로 다가온 인도자에게서 소년의 영혼은 점점 멀어져 갔다. 한스는 반항심이 절정에 달해 자존심을 건드리는 모든 것에 예민하게 반응하는 나이였던 것이다. 지금 함께 발을 맞추며 대화를 나누면서도 한스는 플라이크가 자신을 얼마나 관대한 눈길로 바라보며 염려하고 있는지 알지 못했다.

크로넨 거리에서 두 사람은 마을 목사를 만났다. 플라이크는 침착하지만 냉담한 태도로 인사하고는 이만 가봐야 한다며 급히 사라져버렸다. 목사가 새로운 교리를 따르며 부활을 믿지 않는다는 소문이 있었기 때문이었다. 이제 한스는 목사와 함께 걷기 시작했다.

목사가 먼저 입을 뗐다.

"기분이 어떠냐? 곧 모든 것이 끝날 테니 기쁘겠구나."

"예, 솔직히 기뻐요."

"그래, 잘하도록 해라. 다들 너에게 기대가 크다는 걸 알고 있겠지? 난 네가 라틴어에서 특히 좋은 점수를 받았으면 좋겠구나."

"만약 제가 떨어지면요?" 한스가 조심스럽게 물었다.

"떨어지다니?"

목사는 깜짝 놀라 그 자리에 멈춰 섰다.

"그런 건 있을 수 없는 일이야. 떨어질 리가 없지! 어떻게 그런 생각을 하지?"

"저는 그저, 그냥 그럴 수도 있다고 말씀드린 거예요…."

"그건 불가능하단다, 한스. 그런 일은 없을 거야. 그런 걱정일 랑 그만두고 아버지께 안부나 전해주렴. 용기를 내!"

한스는 목사의 뒷모습을 바라보았다. 그리고 구둣방 주인이 걸어간 쪽으로 고개를 돌렸다. 구둣방 아저씨가 뭐라고 말했더라? 마음을 바르게 하고 신을 경외한다면 라틴어쯤은 중요한 게 아니라고 했다. 그런 말이야 누구나 할 수 있다. 그리고 이젠 마을 목사까지 나섰다! 시험에 떨어진다면 두 번 다시 목사의 얼굴을 예전처럼 쳐다볼 수 없을 것이다.

의기소침해져서 집에 돌아온 한스는 작고 비탈진 정원에 들어섰다. 정원에는 오래도록 방치해둔 낡은 정자가 있었다. 오래전에 판자로 우리를 만들어 삼 년 가까이 토끼를 길렀지만 작년 가을에 시험공부를 해야 한다며 토끼들을 빼앗기고 말았다. 그 후로는 기분 전환을 할 만한 시간이 없었다. 이 정원에 와본 지도 오래되었다. 텅 빈 판자벽은 금방이라도 쓰러질 것 같았고, 벽 귀퉁이에 쌓아두었던 석순들이 무너져 있었다. 나무로 된 작은 물레바퀴가 휘어지고 부서진 채 수돗가에 나동그라져 있었다. 한스는 이것들을 직접 깎고 만들며 즐거워했던 시절을 떠올렸다. 벌써 이 년이 지났다. 그 시절은 아주 오래전 일이 되어버렸다. 한스는 물레바퀴를 집어 들어 앞뒤로 꺾어 완전히 부러뜨린 후 울타리 밖으로 던져버렸다. 이 하찮은 것들이여 잘 가거라! 이미 지나간 이야기고 끝난 일이었다. 한스는 학교 친구 아우구스트를 떠올렸다. 아우구스트는 한스가 물레방아를 만들고 토끼집을 고치는 일을 도와주었다. 그들은 여기서 오후 내내 새총을 쏘고 고양이를 쫓고 천막을 치면서 놀았다. 배가 고프면 노란 순무를 날로 씹어 먹었다. 하지만 한스가 출세를 위한 공부를 시작한 후 아우구스트는 일 년 만에 학교를 자퇴하고 수습공이 되었다. 그 후로 아우구스트를 두 번밖에 보지 못했다. 아우구스트 역시 시간을 낼 수 없었던 것이다. 구름의 그림자가 빠르게 골짜기를 지나가고 해가 벌써 산끝자락에 걸려 있었다. 순간 소년은 바닥에 엎드려 엉엉 울고 싶었다. 하지만 우는 대신 헛간에서 작은 도끼를 꺼내 와 야윈 팔로 허공을 휘두르며 토끼집을 마구 쪼개기 시작했다. 나뭇조각이 사방으로 튀고 못이 녹슨 소리를 내며 휘어졌다. 작년 여름부터 있었던 반쯤 썩은 토끼 사료가 눈에 들어왔다. 한스는 토끼와 아우구스트, 그 옛날 어린 시절을 향한 모든 그리움을 전부 부숴버릴 수 있기라도 한 듯 눈에 보이는 대로 도끼를 휘둘렀다.

"아니, 아니, 얘야! 무슨 짓이냐?" 아버지가 창문에서 소리쳤다. "너 지금 거기서 뭐 하는 거냐?"

"장작 패는 거예요."

한스는 한마디만 하고 도끼를 던져버리고는 마당을 가로질러 나와 강둑길을 따라 상류로 뛰어갔다. 양조장 가까운 곳에 뗏목 두 개가 묶여 있었다. 한스는 예전에 자주 뗏목을 타고 시간 가는 줄도 모르고 강물을 따라 떠다니곤 했다. 더운 여름 오후에 뗏목 나무토막 사이로 철썩이는 물소리를 듣고 있노라면 신이 나면서도 졸음이 몰려왔다. 한스는 느슨하게 물에 떠 있는 뗏목 위를 가볍게 뛰어 건넜다. 그리고 버들가지 수풀에 누워 자신이 뗏목을 타고 있다고 상상했다. 뗏목은 빠르게 혹은 느리게 초원과 밭, 마을과 시원한 숲 가장자리를 따라 떠내려간다. 다리 밑으로, 열린 수문으로 지나간다. 모든 것은 예전의 그 시절과 똑같다. 카프베르크 언덕에서 토끼 먹이를 구하고 강가의 가죽 공장 뒷마당에서 낚시하던 시절, 걱정도 두통도 없었던 그 시절과.

피곤하고 서글퍼진 채 한스는 저녁을 먹기 위해 집으로 돌아갔다. 아버지는 다음 날 시험 장소인 슈투트가르트에 갈 생각에 잔뜩 흥분해서 한스에게 책은 다 챙겼는지, 검은색 양복은 준비해놓았는지, 가는 길에 문법 공부를 하지 않겠는지, 기분은 괜찮은지 등을 열 번도 넘게 물었다. 한스는 짧고 퉁명하게 대답하고 대충 저녁을 먹고는 먼저 자겠다고 인사했다.

"잘 자라, 한스. 푹 자도록 해! 아침 6시에 깨우마. '**사전**' 챙기는 거 잊지 않았지?"

"예, '**사전**' 잘 챙겼어요. 안녕히 주무세요(무식한 아버지가 중성명사인 '사전'을 남성명사로 착각해 'das Lexikon'가 아니라 'den Lexikon'이라고 말했지만, 착한 한스는 아버지의 문법을 고치지 않고 대답해주었다 – 옮긴이)!"

한스는 작은 방으로 들어와 오래도록 어둠 속에 앉아 있었다. 자신이 주인인 방, 작지만 누구의 방해도 없는 자신만의 방은 한스가 시험을 준비하는 동안 받은 유일한 축복이었다. 여기서 긴 저녁 시간을 피곤과 졸음과 두통과 싸워가며 카이사르, 크세노폰, 문법, 사전, 수학 문제와 씨름했다. 골똘히 궁리하면서 처절하게, 끈질기게, 야심 차게 덤벼들어 싸웠으나 가끔 포기하고 싶기도 했다. 하지만 이 방은 한스가 잃어버린 어린 시절의 즐거움보다 더 가치 있게 여겨지는 시간을 선물해주었다. 자부심과 도취감, 승리감으로 가득했던 기묘하고 꿈같은 시간이었다. 그 시간 동안 한스는 학교와 시험 등 모든 것을 넘어 더 고귀한 존재가 되기를 꿈꾸고 갈망했다. 자신은 얼굴이 포동포동하고 착해빠진 동급생들과 다른 우월한 존재라고 여겼다. 언젠가는 동급생들이 감히 범접할 수 없는 위치에서 그들을 굽어보리라는 대담하고 행복한 예감에 사로잡혔다. 한스는 마치 이 좁은 방에 신선하고 서늘한 공기가 들어온 듯 숨을 크게 들이마시고 침대에 걸터앉았다. 그리고 다시 시간 가는 줄 모르고 꿈과 희망, 기대감에 빠져들었다. 하얀 눈꺼풀이 소년의 피곤한 큰 눈동자를 천천히 덮었다. 다시 눈이 뜨이나 싶더니 이내 감겼다. 창백한 소년의 얼굴이 여윈 어깨로 떨어지고 야윈 팔이 힘없이 처졌다. 한스는 옷을 입은 채 잠들었다. 어머니 같은 조용한 잠의 손길이 닿자 소년의 요란한 심장 소리가 가라앉고 아름다운 이마의 가느다란 주름이 사라졌다.

유례없는 일이었다. 이른 시간인데도 교장이 친히 기차역까지 마중 나온 것이다. 검은색 프록코트를 입은 아버지 기벤라트는 흥분과 기쁨과 자부심으로 가만히 있지를 못했다. 초조해하며 잔걸음으로 교장과 한스 주위를 빙빙 돌았다. 역장과 역무원들이 잘 다녀오라고, 시험 잘 보라고 건네는 인사에 화답하면서 작고 빳빳한 여행 가방을 자꾸만 왼손에 들었다 오른손에 들었다를 반복했다. 우산을 팔에 끼웠다 무릎 사이에 끼웠다 하기도 했다. 그러다 몇 번이나 우산을 떨어뜨려서 그때마다 우산을 집기 위해 가방을 내려놓아야 했다. 그 광경을 보았다면 기벤라트가 슈투트가르트행 왕복표를 끊은 것이 아니라 미국에 가는 줄 알았을 것이다. 한스는 얼핏 침착해 보였지만 남모르는 두려움이 소년의 목을 조르고 있었다. 기차가 도착하자 사람들이 기차에 오르기 시작했다. 교장이 손을 흔들었고, 한스의 아버지는 담배를 꺼내 피웠다. 골짜기를 지나자 마을과 강이 사라져갔다. 목적지에 도착하기까지는 두 사람에게 무척 고된 시간이었다.

슈투트가르트에 도착하자 아버지 기벤라트는 곧 생기를 되찾아 유쾌하고 붙임성 있는 사교가로 변신했다. 작은 마을 출신이 주의 수도에서 며칠을 보내게 되었다는 사실이 그를 황홀하게 했다. 아버지와 달리 한스는 더 조용하고 불안해졌다. 도시의 풍경을 보자마자 깊은 중압감에 짓눌렸다. 낯선 얼굴들, 우쭐거리듯 요란하게 치장한 건물들, 길고 광활한 대로와 마찻길, 거리의 소음에 겁이 나고 고통스러웠다. 두 사람은 숙모 집에 묵었다. 낯선 공간과 친절하지만 수다스러운 숙모, 할 일도 없이 마냥 앉아 있어야 하는 시간, 힘을 내라며 자꾸만 말을 거는 아버지를 견디느라 소년은 완전히 지치고 말았다. 낯설고 외로운 마음으로 한스는 방에 우두커니 앉아 있었다. 익숙하지 않은 환경에서 숙모의 도회적인 옷차림이며 큼지막한 무늬의 벽지, 탁상시계, 벽에 걸린 그림들에 이어 시끄러운 창밖의 거리를 보고 있노라니 왠지 배신당한 느낌이 들었다. 집을 떠난 지 오랜 시간이 지난 것만 같았고, 그렇게 열심히 공부했던 것들이 한순간에 머릿속에서 지워져버린 것 같았다. 오후에 한스는 한 번 더 그리스어 불변화사를 복습하고 싶었다. 그러나 산책하지 않겠느냐는 숙모의 말을 듣는 순간 마음속에 초록의 초원과 숲의 소리들이 떠올라 흔쾌히 따라나섰다. 하지만 곧 대도시에서 산책하는 것은 시골의 산책과는 다른 종류의 즐거움이라는 것을 알게 되었다.

아버지가 시내에 볼일이 생겨 한스는 숙모와 단둘이 산책길에 나섰다. 그런데 계단을 다 내려가기도 전에 불행이 시작되었다. 2층에서 만난 뚱뚱하고 거만해 보이는 부인이 숙모가 무릎을 굽혀 인사를 건네자마자 거침없이 입담을 늘어놓는 것이었다. 수다는 15분 이상 지속되었다. 한스는 계단 난간에 기대어 있었는데 부인의 개가 냄새를 맡고 한스를 향해 짖기도 했다. 확실하진 않았지만 두 사람이 자신에 대해 말하고 있는 것 같았다. 뚱뚱한 부인이 작은 안경 너머로 자꾸만 자신을 훑어보았기 때문이다. 길을 걸은 지 얼마 지나지 않아 숙모가 한 상점에 들어가더니 한참 후에야 나왔다. 숙모를 기다리는 동안 한스는 길가에 수줍게 서 있다가 지나가는 사람들에게 이리저리 치이기도 하고 골목의 부랑아들에게 놀림을 받기도 했다. 가게를 나온 숙모는 한스에게 초콜릿 바를 내밀었다. 한스는 초콜릿을 좋아하지 않았지만 예의 바르게 인사하며 받았다. 다음 길모퉁이에서 두 사람은 철도마차를 탔다. 마차는 끊임없이 종을 울리며 사람들을 잔뜩 태우고 이 거리 저 거리를 지나 마침내 공원과 넓은 가로수 길이 있는 곳에 도착했다. 그곳에는 분수가 뿜어져 나왔고 울타리를 두른 화단에 꽃들이 피어 있었다. 작은 인공 연못에는 금붕어들이 헤엄쳐 다녔다. 한스와 숙모는 다른 산책자들 무리에 섞여 앞뒤로, 왼쪽 오른쪽으로, 혹은 원을 그리며 이리저리 걸어 다녔다. 우아하게 각양각색 옷을 입은 사람들의 얼굴과 자전거와 휠체어와 유모차 들을 보았고, 그들의 소란스러운 말소리를 들었으며, 후텁지근하고 먼지 가득한 공기를 들이마셨다. 그러다 마침내 다른 이들이 앉아 있는 벤치에 나란히 앉게 되었다. 그때까지 쉬지 않고 말하던 숙모가 잠시 한숨을 쉬더니 애정 가득한 미소로 한스에게 이제 초콜릿을 먹으라고 말했다. 하지만 한스는 초콜릿을 먹고 싶지 않았다.

"세상에, 지금 수줍어서 그러는 건 아니지? 그러지 말고 어서 먹으렴!"

어쩔 수 없이 한스는 초콜릿 바를 꺼내 한참 동안 은박지를 벗긴 후 작은 조각을 살짝 베어 물었다. 자기는 초콜릿을 좋아하지 않는다고 감히 숙모에게 말할 수는 없었다. 어떻게든 초콜릿을 녹여서 삼키려고 애쓰고 있는데 숙모가 사람들 사이에서 아는 사람을 발견하고는 그쪽을 향해 뛰어갔다.

"여기 잠시만 앉아 있으렴. 금방 돌아올게."

한스는 한숨을 내쉬며 이 기회를 이용해 초콜릿을 멀리 잔디밭으로 던져버렸다. 그러고는 박자를 맞추어 다리를 흔들며 사람들을 쳐다보았다. 문득 자신이 매우 불행하게 느껴졌다. 그래서 다시 한번 불규칙동사를 떠올려 보았는데 아무것도 생각나지 않아 소스라치게 놀랐다. 모든 걸 까맣게 잊어버리고 말았다! 선발 고사가 바로 내일인데!

숙모가 돌아와 올해는 118명이 주 시험에 응시하며 그중 36명만이 합격할 거라는 이야기를 들려주었다. 한스는 낙담하여 집으로 돌아오는 길에 한마디도 하지 않았다. 집에 오자 머리가 아프고 아무것도 먹고 싶지 않았다. 너무 깊이 절망해 있자 아버지는 한스를 엄하게 꾸짖었고 숙모조차 그를 몹시 이상한 아이라고 생각했다. 그날 밤 한스는 깊이 잠들었지만 내내 섬뜩한 꿈에 시달렸다. 꿈에서 117명의 지원자와 함께 시험장에 앉아 있는데 좀 전까지 고향의 마을 목사처럼 보였다가 이제는 숙모처럼 보이는 시험관이 한스 앞에 초콜릿을 산더미처럼 쌓아놓는 것이었다. 한스는 그것을 전부 먹어야 했다. 그런데 눈물을 흘리면서 초콜릿을 먹는 사이 다른 지원자들은 하나둘 일어나 작은 문을 통해 나가는 것이었다. 다른 지원자들은 산더미 같은 초콜릿을 다 먹었는데 한스의 초콜릿은 자꾸만 불어나 책상과 의자를 뒤덮더니 이제 그를 질식시킬 것 같았다. 다음 날, 아침 한스가 커피를 마시며 시험장에 늦지 않기 위해 시계에서 눈을 떼지 않고 있던 그 시간에 고향에서는 많은 이들이 그를 생각하고 있었다. 먼저 구둣방 주인 플라이크는 아침 수프를 먹기 전에 기도를 올렸다. 자기 가족과 기능공, 두 명의 수습공이 모두 둘러앉은 식탁에서 플라이크는 항상 하는 아침 기도에 몇 마디를 덧붙였다.

"오, 하나님. 오늘 시험장에 들어가는 한스 기벤라트에게도 당신의 손을 내밀어 주소서. 그를 축복하시고 힘을 주시어 그가 당신의 거룩한 이름을 전하는 바르고 성실한 전도자가 되게 하옵소서!"

마을 목사는 한스를 위해 기도하지는 않았지만 아침 식사를 하면서 아내에게 말했다.

"지금쯤 기벤라트가 시험장에 들어가겠군. 그 아이는 대단한 인물이 될 거야. 이제 곧 모두가 그 아이를 주목하겠지. 그러면 내가 라틴어 공부를 도와준 게 헛수고가 되지는 않을 거야."

담임교사는 수업을 시작하기 전에 학생들에게 말했다.

"이제 슈투트가르트에선 선발 고사가 시작되겠구나. 우리 모두 기벤라트의 행운을 빌자. 물론 딱히 행운이 필요하진 않을 거야. 너희 같은 게으름뱅이 열 명을 합친 것보다 똑똑하니까 말이야."

학생들도 대부분 지금 자리에 없는 한스를 생각했다. 특히 한스가 붙을지 떨어질지 내기한 아이들은 더더욱 그랬다.

진심을 담은 기도와 애정 어린 관심은 먼 거리도 쉽게 건너 영향을 미치기 마련이라 한스는 고향 사람들이 자기를 생각해 주고 있다는 것을 느꼈다. 하지만 아버지와 함께 시험장에 들어가는 순간 심장이 마구 뛰기 시작했다. 겁먹고 놀란 모습으로 조교의 지시를 따르면서 넓은 홀을 가득 채운 창백한 소년들을 보고 있자니 마치 고문실에 갇힌 범죄자가 된 기분이었다. 드디어 교수가 들어와 지원자들을 조용히 시킨 후 라틴어 문장력 시험문제를 받아쓰게 했다. 그제야 한스는 문제가 우스울 정도로 쉽다는 것을 알고 안도의 한숨을 쉬었다. 재빠르게 그리고 즐겁게 초안을 쓴 후 신중하고 깔끔하게 답안을 작성했다. 일찌감치 답안을 제출한 학생들 중에는 한스도 있었다. 숙모의 집으로 돌아가던 중 한스는 길을 잃고 두 시간이나 뜨거운 거리를 헤맸지만 되찾은 안정감을 잃어버리진 않았다. 오히려 얼마간 아버지와 숙모에게서 떨어져 있을 수 있어서 기뻤다. 용감한 모험가라도 된 듯 낯설고 시끄러운 도시의 거리를 누볐다. 길을 묻고 물어 간신히 집에 돌아왔을 때는 많은 질문이 한스를 기다리고 있었다.

"어떻게 되었니? 시험 어땠어? 잘 보았니?"

"쉬웠어요." 한스는 자랑스럽게 대답했다. "그런 문제는 제가 5학년 때 이미 풀 수 있었을걸요."

그러고는 왕성한 식욕으로 식사를 했다.

오후에는 시험이 없었기 때문에 아버지는 한스를 데리고 친척과 지인 들을 방문했다. 그러다 한 곳에서 검은 옷을 입은 수줍어하는 사내아이를 만났다. 그 아이도 선발 고사를 보기 위해 괴핑겐에서 왔다고 했다. 어른들이 아이들끼리 놀게 해주자

두 소년은 서로 낯설고 호기심 가득한 눈으로 쳐다보았다.

"라틴어 시험은 어땠어? 쉬웠지?" 한스가 물었다.

"엄청. 하지만 그게 변수야. 쉬운 문제에서 실수가 나오게 마련이거든. 방심하게 되니까. 어딘가 함정이 있었을 거야."

"그렇게 생각하니?"

"당연하지. 출제자가 그렇게 멍청할 리 없잖아."

한스는 조금 충격을 받고 생각에 잠겼다가 소심하게 물었다.

"그 문제 아직 가지고 있어?"

소년이 노트를 가져왔다. 둘은 함께 문제 전체를 한 단어 한 단어 자세히 살펴보았다. 괴핑겐에서 온 아이는 라틴어를 매우 잘하는 것 같았다. 적어도 그 아이는 한스가 한 번도 들어보지 못한 문법 표현을 두 번이나 사용했다.

"내일은 무슨 과목을 보지?"

"그리스어와 논술."

그러자 괴핑겐 소년이 한스의 학교에서 몇 명이나 더 시험을 보러 왔는지 물었다.

"없어." 한스가 대답했다. "나 혼자야."

"그렇구나. 우리 괴핑겐에선 열두 명이나 왔는데! 세 명은 굉장히 똑똑해. 다들 걔들이 상위 몇 등 안에 들 거라고 예상하고 있어. 작년에도 수석은 우리 괴핑겐에서 나왔지. 그런데 넌 시험에 떨어지면 김나지움(독일의 전통적인 중고등학교 – 옮긴이)에 갈 거니?"

그건 처음 듣는 말이었다.

"음, 모르겠어…. 아냐, 난 안 갈 것 같아."

"정말? 나는 이번에 떨어지더라도 어쨌든 대학에 갈 거야. 우리 엄마가 날 울름으로 보내겠지."

그 말에 한스는 강한 인상을 받았다. 수재 세 명이 있는 열두 명의 괴핑겐 학생들도 무서웠다. 한스는 감히 얼굴을 내밀지도 못할 것 같았다.

집에 돌아오자마자 한스는 책상에 앉아 다시 한번 -mi로 끝나는 그리스어 동사를 복습했다. 라틴어 시험은 자신 있었지만 그리스어는 한스에게 특히 어려운 과목이었다. 그리스어를 좋아하고 거의 열광할 정도였지만 그건 작품을 읽을 때뿐이었다. 특히 크세노폰의 글은 아주 멋지고 감동적이고 생생하게 느껴졌다. 단어 하나하나가 맑고 아름답고 힘찬 울림으로 다가왔다. 문장 속에 활기차고 자유로운 영혼이 살아 있어서 모든 것이 이해하기 쉬웠다. 하지만 문법을 다루고 독일어를 그리스어로 번역할 때면 마치 모순된 법칙과 형태로 이루어진 미로를 헤매는 느낌이었고, 오래전 이 낯선 외국어의 알파벳조차 읽지 못했을 때 첫 그리스어 수업에서 느꼈던 공포와 불안감이 되살아나는 것이었다. 다음 날 시험 과목은 실제로 그리스어였고 이어서 독일어 논술 시험이 있었다. 그리스어 문제는 꽤 길었으며 전혀 쉽지 않았다. 논술 주제는 매우 까다로운 데다 논점을 혼동할 여지가 있었다. 오전 10시가 넘어가자 고사장 안이 후덥지근해지더니 푹푹 찌기 시작했다. 한스는 좋지 않은 깃펜으로 쓰느라 두 장의 답안지를 망치고 나서야 그리스어 답안을 말끔하게 쓸 수 있었다. 논술 시간에는 옆자리에 앉은 뻔뻔스러운 학생이 문제가 적힌 쪽지를 내밀며 답을 알려달라고 옆구리를 찌르는 바람에 큰 고비를 맞을 뻔했다. 시험장에서 옆 사람과의 대화는 무조건 금지였다. 발각되면 가차 없이 선발 고사에서 실격당했다. 한스는 두려움으로 몸이 떨리는 것을 느끼며 쪽지에 썼다. '말 걸지 마.' 그러고는 등을 돌려버렸다. 시험장은 너무 더웠다. 잠시도 쉬지 않고 규칙적으로 시험장 안을 왔다 갔다 하던 감독관은 여러 번에 걸쳐 수건으로 얼굴을 닦았다. 예식 때나 입는 양복을 입은 한스도 땀을 흘렸다. 머리도 아프기 시작하더니 결국 매우 불안한 심정으로 답안지를 제출했다. 답안에 실수가 많아서 선발 고사에서 떨어질 것만 같았다.

식사를 하면서 한스는 어떤 물음에도 대답하지 않고 어깨만 으쓱했고, 그저 죄지은 사람 같은 표정을 지었다. 숙모는 한스를 위로했지만 아버지는 화가 나서 인상이 험악해졌다. 식사가 끝난 후 아버지는 아들을 옆방으로 끌고 가서 다시 꼬치꼬치 캐물었다.

"시험을 못 봤어요." 한스가 말했다.

"왜 정신을 안 차렸어? 더 집중했어야지, 제기랄!"

한스는 대꾸하지 않았지만 아버지가 계속해서 욕하며 혼내자 얼굴을 붉히며 말했다.

"아버지는 그리스어에 대해 아무것도 모르시잖아요!"

가장 끔찍한 시간은 오후 2시에 치를 면접 구술시험이었다. 한스는 이 시험을 가장 두려워하고 있었다. 작열하는 뜨거운 거리를 걷고 있자니 비참한 기분이 들었다. 고통스럽고 두려웠으며 현기증이 나서 앞을 잘 볼 수도 없었다. 한스는 10분간 커다란 초록색 책상에 앉은 세 명의 시험관 앞에 앉아 라틴어 몇 문장을 번역하고, 질문에 답해야 했다.

그리고 10분간 또 다른 세 명의 시험관 앞에 앉아 그리스어를 번역하고 다시 여러 질문을 받았다. 마지막 질문은 불규칙적으로 조합되는 부정과거형에 대한 것인데 한스는 답을 하지 못했다.

"그럼 나가도 좋습니다. 저쪽 오른쪽 문으로 나가세요."

한스는 문으로 걸어갔다. 그런데 문을 나가면서 갑자기 부정과거형이 생각났다. 걸음을 멈추었다.

"나가세요." 시험관이 외쳤다. "어서 가세요! 혹시 어디가 아픈가요?"

"아닙니다. 다만, 지금 막 부정과거형이 생각났습니다."

한스는 시험장을 향하여 큰 소리로 답을 외쳤다. 그때 한 시험관이 웃는 모습을 보았고, 한스는 머리까지 시뻘게져서 시험장을 뛰쳐나왔다. 밖에서 방금 받았던 질문들과 자신이 한 대답을 기억해보려고 애썼지만 머리가 뒤죽박죽이었다. 자꾸만 커다란 초록색 책상 위와 프록코트를 입은 세 명의 근엄한 노교수, 펼친 책에 올려놓았던 자신의 떨리는 손만 눈앞에 아른거렸다. 망했어! 대체 뭐라고 대답을 한 거지? 거리를 걷는 동안 한스는 마치 자신이 몇 주째 이곳에 와 있으며 다시는 여기서 나가지 못할 것 같다는 생각이 들었다. 아버지의 정원과 푸른 솔숲, 강가 낚시터가 아주 멀리 떨어져 있고 오랜 옛날의 풍경같이 느껴졌다. 오늘 당장 집에 갈 수만 있다면! 어차피 시험을 망쳤으니 더 이상 남아 있을 이유도 없었다.

한스는 우유빵을 하나 사 먹고 오후 내내 시내를 돌아다녔다. 아버지에게 변명해야 할 일이 싫었기 때문이다. 마침내 숙모의 집에 돌아와 보니 모두 한스를 걱정하고 있었다. 아이가 워낙 지치고 처량해 보였던지 어른들은 한스에게 계란 수프를 먹이고 바로 잠자리에 들게 했다. 다음 날은 수학과 종교 과목을 볼 차례였고, 시험이 끝나면 마침내 집에 갈 수 있었다.

오전 시험은 매우 잘 치렀다. 어제 주요 과목에서 그렇게 실수해놓고 오늘 시험을 잘 보다니 한스는 어처구니가 없어 마음이 씁쓸했다. 어쨌든 드디어 집으로 돌아간다!

"시험이 다 끝났으니 이제 집에 갈 수 있겠네요." 한스가 숙모에게 말했다.

아버지는 하루 더 머물면서 칸슈타트에 있는 쿠어가르텐 정원에 놀러 가서 커피라도 한잔 마시고 오자고 했다. 하지만 한스가 간절히 애원하자 아버지는 아들이 혼자 집에 돌아가는 것을 허락해주었다. 한스는 기차역까지 배웅을 받고 기차표를 받았다. 숙모가 한스에게 작별의 입맞춤을 해주고 먹을 것을 약간 들려 주었다. 기차는 피곤하고 머릿속이 텅 빈 한스를 태우고 초록의 구릉지를 지나 고향으로 달려갔다. 검푸른 전나무 숲이 모습을 드러내자 비로소 소년의 마음에 기쁨과 안도의 감정이 스며들었다. 늙은 하녀와 자신의 작은 방, 교장 선생님, 천장이 낮은 익숙한 교실, 그 모든 것이 그리웠다.

다행히 역에는 호기심 많은 마을 사람들이 나와 있지 않았다. 한스는 서둘러 작은 가방을 들고 사람들 눈에 띄지 않게 집으로 돌아갔다.

"슈투트가르트는 좋았니?" 늙은 하녀 안나가 물었다.

"좋았느냐고요? 아니, 시험이란 게 무슨 좋은 일이라도 되는 줄 아세요? 전 이렇게 집에 돌아와서 기쁠 뿐이에요. 아버지는 내일 오실 거예요."

한스는 신선한 우유를 그릇에 가득 부어 마신 다음 창문에 걸려 있는 수영 바지를 낚아채 밖으로 뛰어나갔다. 마을 사람들이 모두 수영하러 가는 풀밭 쪽으로는 가지 않았다.

그 대신 마을에서 멀리 떨어진 울창한 관목 사이로 수심 깊은 물이 천천히 흐르는 '바게' 강으로 갔다. 강에 이르러 옷을 벗고 차가운 물속에 손을 담그고 천천히 발을 넣어보았다. 잠시 몸서리를 치고는 이내 물속으로 뛰어들었다. 약한 물살을 천천히 거슬러 헤엄치는 동안 한스는 지난 며칠 동안의 땀과 두려움이 씻겨나가는 것을 느꼈다. 강물이 가냘픈 육체를 차갑게 감싸는 동안 한스의 영혼은 아름다운 고향을 향한 새로운 기쁨으로 가득 찼다. 한스는 더 빠르게 헤엄치다가 쉬고 다시 헤엄치면서 기분 좋은 차가움과 나른함에 젖어 들었다. 강물에 둥둥 떠서 흐름에 몸을 맡긴 채, 원을 그리며 붕붕대는 황금빛 날벌레 소리에 귀 기울였다. 해는 산 너머로 숨어버리고 붉게 빛나는 저녁 하늘에 조그만 제비들이 빠르게 날아가고 있었다. 다시 옷을 입고 꿈꾸는 기분으로 슬슬 집으로 걸어갈 때는 이미 계곡에 어둠이 깔려 있었다.

한스는 상점 주인 자크만의 정원 옆을 지나갔다. 아주 어렸을 때 여기서 친구들과 함께 설익은 자두를 서리해 먹은 적이 있었다. 한스는 흰 전나무 각목 더미가 쌓여 있는 키르히너의 목재소도 지나쳤다. 낚시에 쓸 지렁이가 필요할 때면 늘 저 각목 더미 아래에서 잡곤 했다. 이번에는 게슬러 감독관의 작은 집을 지나쳤다. 이 년 전 겨울에 스케이트를 타면서 한스는 감독관의 딸 에마가 자신에게 관심을 가져주었으면 하고 바랐다. 에마는 한스와 동갑내기로 마을에서 가장 예쁘고 청순한 소녀였다. 한스는 에마와 한 번만이라도 이야기를 나누거나 손을 잡아보는 것이 내내 간절한 소원이었다. 하지만 한스가 너무 수줍어서 이 소원은 이루어지지 않았다. 그 후 에마가 기숙학교에 들어가는 바람에 한스는 그 애가 어떻게 생겼었는지도 기억할 수 없었다. 하지만 이제 다시 아득한 옛일처럼 어린 시절의 기억이 떠올랐다. 이 기억들은 최근 경험한 일들과는 다르게 총천연색으로 생생했고 묘하게 불길한 예감이 드는 냄새를 풍겼다. 저녁이면 나숄트의 집 현관 통로에 앉아 리제가 감자껍질을 벗기며 들려주는 이야기를 듣곤 했다. 일요일이면 아침 일찍 바지를 높이 걷어 올리고는 들키지 않도록 조심조심하면서 제방 아래 그물에 걸린 가재나 금붕어를 훔치기도 했다. 나중에 흠뻑 젖은 일요일 예복을 걸친 채 아버지한테 얻어맞기 일쑤였지만 말이다! 지금은 거의 잊어버리고 살고 있지만 그때는 신비롭고 기이한 일이나 사람 들이 참 많았다. 목이 구부정한 구두 수선공 슈트로마이어에게는 아내를 독살했다는 소문이 따라다녔다. 지팡이를 들고 배낭을 메고 여러 지방을 여행했던 모험심 강한 '베크 씨'에게는 마을 사람들이 항상 존칭 '씨'를 붙여서 불렀다. 그가 과거에 엄청난 부자였으며 네 필의 말과 마차를 소유하고 있었기 때문이었다. 한스는 이제 그들의 이름밖에 알지 못했다. 그렇게 작고 신비했던 골목 세상은 사라져버렸고, 그렇다고 그 대신에 무언가 생생하고 가치 있는 다른 것들을 맞이한 것도 아니었다. 다음 날도 쉬는 날이었다. 한스는 해가 중천에 떠오를 때까지 늦잠을 자고 자유를 누렸다. 점심때는 아버지를 마중 나갔는데, 아버지는 아직까지도 슈투트가르트의 즐거움에 푹 빠져 있었다.

"시험에 합격하면 원하는 건 뭐든지 해도 좋다." 아버지가 기분이 좋아서 말했다. "하고 싶은 것을 생각해봐라!"

"아녜요, 아녜요." 소년은 한숨을 쉬었다. "저는 떨어질 것 같아요."

"멍청한 소리 하지 마라. 너는 합격할 거야! 내 마음이 바뀌기 전에 하고 싶은 걸 얼른 말해봐."

"방학이 되면 다시 낚시를 하고 싶어요. 그래도 될까요?"

"그래, 시험에 합격하면 하게 해주마."

다음 날은 일요일이었는데 천둥과 폭우 때문에 한스는 하루 종일 방에 머물며 책을 읽거나 생각에 잠겼다. 슈투트가르트에서 본 시험을 다시 한번 곰곰이 되새겨보았지만 생각하면 할수록 더 잘할 수 있었을 텐데 그날 운이 끔찍이 안 좋았다는 똑같은 결론에 도달하곤 했다. 합격은 거의 불가능했다. 멍청한 두통만 없었더라면! 점점 더 두려움에 짓눌려 고통스러워하던 한스는 급기야 아버지에게 달려갔다.

"아버지!"

"왜 그러냐?"

"말씀드릴 것이 있어요. 소원 말이에요. 낚시는 그냥 안 하고 싶어요."

"그래? 근데 그 얘기는 또 왜?"

"왜냐하면 제가… 저는 그러니까 그냥 여쭤보고 싶었던 거예요. 그냥 제가…."

"바보같이 굴지 말고 어서 말해라! 그러니까 뭘 말이냐?"

"제가 시험에 떨어지면 김나지움에 가도 될까 해서요."

아버지 기벤라트는 기가 막혔다.

"뭐? 김나지움?" 아버지는 버럭 소리를 질렀다. "김나지움에 가겠다고? 어떤 놈이 그딴 걸 알려주더냐?"

"아무도 알려주지 않았어요. 저 혼자 생각해본 거예요."

한스의 얼굴에 죽을 것 같은 두려움의 표정이 나타났다. 그러나 아버지는 그 표정을 보지 못했다.

"저리 가라, 가." 아버지는 억지로 웃으며 말했다. "정신이 나갔구나. 김나지움에 가겠다니! 내가 무슨 상무부 의원이라도 되는 줄 아나 보구나."

아버지가 워낙 단칼에 거절했기 때문에 한스는 포기하고 실망하면서 돌아섰다.

"저게 아들이라니!" 한스의 등 뒤로 아버지가 으르렁댔다. "말도 안 돼. 이젠 김나지움에 가겠다고 하질 않나! 보기 좋구나. 쩔쩔매는 꼴이라니."

한스는 창틀에 앉아 깨끗이 닦인 마룻바닥을 30분이 넘도록 응시하면서 자신이 신학교나 김나지움에도 못 가고 대학에도 갈 수 없다면 어떻게 될지 상상해보았다. 어쩌면 치즈 가게나 사무실에 들어가 수습생으로 일해야 할지도 모른다. 그러면 그토록 경멸하며 절대 되고 싶지 않았던 평범하고 시시한 사람이 되어 평생을 살아갈 것이다. 아름답고 총명한 소년의 얼굴이 분노와 괴로움으로 잔뜩 일그러졌다. 몹시 화가 난 한스는 자리에서 벌떡 일어나 침을 뱉었다. 눈앞에 있던 라틴어 시집을 집어 들어 있는 힘껏 벽을 향해 내던졌다. 그러고는 빗속으로 뛰어나갔다.

월요일 아침 일찍 한스는 학교에 다시 나갔다.

"잘 지냈니?" 교장이 악수를 청하며 말했다. "나는 네가 어제 찾아올 줄 알았다. 시험은 잘 보았니?"

한스는 고개를 숙였다.

"아니, 대체 무슨 일이냐? 잘 못 보았니?"

"네, 그런 것 같아요."

"어디 기다려보자꾸나!" 교장이 한스를 위로했다. "아마도 오늘 오후에는 슈투트가르트에서 소식이 올 거다."

오전 시간은 끔찍하게 길었다. 아무 소식도 오지 않았다. 점심시간에 한스는 속으로 흐느끼느라 밥을 거의 먹지 못했다.

오후 2시쯤 교실에 들어서니 담임교사가 이미 와 있었다.

"한스 기벤라트!"

담임교사가 크게 소리쳤다. 한스가 다가가자 담임교사가 손을 내밀었다.

"축하한다, 기벤라트. 주 선발 고사에서 네가 이 등으로 합격했다."

순간 교실 전체가 숙연해졌다. 문이 열리고 교장이 들어왔다.

"축하한다. 자, 그럼 소감을 들어볼까?"

소년은 놀라움과 기쁨으로 말문이 막혔다.

"할 말이 별로 없니?"

"결과가 이럴 줄 알았다면…." 한스는 간신히 말했다. "틀림없이 일 등도 할 수 있었을 거예요."

"이제 집에 가보렴." 교장이 말했다. "아버지께 이 소식을 전해드리렴. 그리고 앞으론 학교에 나오지 않아도 된다. 어차피 팔 일 뒤면 방학이 시작되니 말이다."

소년은 현기증을 느끼며 길을 나섰다. 길가에는 보리수나무들이 서 있고 광장에는 햇살이 내리쬐고 있었다. 모든 것이 그대로였지만 전보다 더 아름다웠고 의미 있었으며 기쁨이 넘쳤다. 선발 고사에 합격했다! 그것도 이 등으로! 처음 찾아온 기쁨의 돌풍이 지나가자 이번에는 뜨거운 감사의 마음이 찾아왔다. 이제 마을 목사를 길에서 피할 이유가 없다.

이제 계속 공부할 수 있다! 더 이상 치즈 가게나 사무실을 겁낼 필요도 없다!

그리고 드디어 낚시를 할 수 있게 됐다. 집에 도착하니 마침 아버지가 문간에 서 있었다.

"무슨 일이냐?"

아버지가 무심하게 물었다.

"별일 아녜요. 학교에서 더 이상 오지 않아도 된대요."

"뭐? 대체 왜?"

"제가 이제 신학생이 되었거든요."

"이런 세상에! 그럼 합격했단 말이냐?"

한스가 고개를 끄덕였다.

"성적은?"

"제가 이 등이래요."

한스의 아버지는 그 정도까지는 예상하지 못했다. 그는 할
말을 잃고 그저 아들의 어깨를 두드리면서 머리를 흔들며 웃기
만 했다. 그러다 무언가 말을 하려는 듯 입을 열었다. 하지만 여
전히 아무 말도 못 하고 고개를 흔들었다.

"이럴 수가!"

마침내 아버지가 입을 열었다. 그리고 또 외쳤다.

"이럴 수가!"

한스는 집 안으로 돌진하여 계단을 뛰어올라 다락방으로 갔
다. 빈 다락방에 딸린 벽장을 뒤져 각종 상자와 실 뭉치, 코르크
조각 들을 끄집어냈다. 낚시 도구들이었다. 이제 낚싯대만 하
나 멋지게 깎아 만들면 된다. 한스는 아버지에게 돌아가 말했
다.

"아버지, 주머니칼 좀 빌려주세요!"

"뭐하려고?"

"나무 막대기를 만들어야 하거든요. 낚시하려고요."

아버지가 주머니에 손을 집어넣었다.

"자, 여기 2마르크를 줄 테니 이제 네 칼을 사도록 해라." 아
버지는 환하게 웃으며 관대하게 말했다. "단, 한프리트 상점 말
고 맞은편 대장간에 가서 사야 한다."

소년은 대장간으로 달려갔다. 대장장이는 시험에 관해 묻고
기쁜 소식을 듣더니 특별히 좋은 칼을 꺼내 주었다. 강 하류의
브뤼헬 다리 아래에는 아름답고 길쭉길쭉한 오리나무와 개암

나무 숲이 있었다. 한스는 한참을 둘러본 후 흠이 없고 질기고 탄력 있는 나뭇가지를 잘라내 서둘러 집으로 돌아왔다. 한스는 상기된 얼굴로 눈을 빛내며 즐겁게 낚싯대를 만들었다. 사실 낚싯대를 다듬는 일도 낚시하는 것만큼이나 즐거웠다. 오후 내내 그리고 저녁까지 꼬박 그 일에 매달렸다. 흰색과 갈색, 초록색 낚싯줄을 분류하고 꼼꼼하게 살펴보고는 끊어진 줄을 수선하고 오래된 매듭과 뒤엉킨 실을 풀었다. 다양한 모양과 크기의 코르크 조각과 깃털 낚시찌를 시험해보고 새로 만들었다. 다양한 무게의 작은 납덩어리들을 두드려서 공처럼 만들거나 깎아서 낚싯줄에 매달 낚싯봉도 만들었다. 다음은 낚싯바늘을 만들 차례였는데 예비로 마련해둔 것이 몇 개 있었다. 바늘 몇 개를 네 겹의 검은 재봉실로, 몇 개는 여분의 거트실(양의 창자로 만든 실. 주로 현악기 줄로 사용한다 - 옮긴이)로, 또 몇 개는 꼬아 만든 말총으로 단단히 묶었다. 저녁이 되어서야 모든 준비가 끝났다. 한스는 이제 긴긴 7주의 방학이 지겹지 않을 것이라 확신했다. 낚싯대만 있으면 강에서 얼마든지 시간을 보낼 수 있었다.

2장

여름방학은 이래야 한다! 산 위로 용담꽃처럼 새파란 하늘이 펼쳐지고, 가끔 세찬 폭우가 찾아오는 것을 제외하면 화창하고 뜨거운 날들이 몇 주간 계속되었다. 강물은 수많은 사암 절벽과 전나무 그늘, 비좁은 계곡 사이를 흐르고 있었지만 저녁 늦게까지 수영할 수 있을 정도로 따뜻했다. 마을 주변은 풀 베는 냄새며 건초 냄새가 가득했고, 몇몇 곡식밭의 좁은 고랑들은 금빛과 갈빛으로 변해 있었다. 개천가에는 흰 꽃을 피운 독미나리 비슷한 풀들이 사람 키만큼 무성하게 자라 있었는데 우산 모양의 꽃잎은 언제나 작은 딱정벌레들로 뒤덮여 있었다. 속이 빈 그 줄기는 잘라서 피리나 파이프를 만들 수 있었다. 숲 가장자리에 길게 늘어선 멀레인은 솜털과 노란 꽃을 달고 위엄 있게 눈길을 끌었다. 부처꽃과 바늘꽃은 가늘지만 억센 줄기 끝에 꽃을 드리운 채 비탈진 언덕을 온통 자홍빛으로 뒤덮어놓았다. 안쪽 전나무 아래에는 크고 멋진 붉은색 디기탈리스가 엄숙하고도 아름답게 이국적인 모습으로 줄지어 서 있었다. 디기탈리스는 은빛 솜털이 난 넓은 잎과 튼튼한 줄기에 술잔 모양의 붉은 꽃을 높이 달고 있었다. 그 옆에는 붉게 반짝이는 광대 버섯, 통통하고 넓적한 그물버섯, 괴상하게 생긴 선모버섯, 이 리저리 가지가 난 붉은 싸리버섯 등 각종 버섯과 기묘하게도 색깔이 없으면서 병이라도 든 것처럼 비대한 수정란풀이 있었 다. 숲과 초원 사이 황량한 두렁에는 생명력이 강한 금작화가 타는 듯이 노란 빛을 뿜냈으며, 붉은 자줏빛의 히스꽃 무리가 길게 이어져 있고, 두 번째 풀 베기를 앞둔 대부분의 초원은 황 새냉이, 동자꽃, 샐비어, 체꽃이 무성하게 자라 알록달록 빛을 발하고 있었다. 활엽수 숲에서는 되새들의 노랫소리가 끊이지 않았고, 전나무 숲에서는 붉은색 다람쥐가 나무 꼭대기를 바쁘 게 오가고 있었다. 두렁과 돌담, 양지 바른 묘지에서는 초록색 도마뱀들이 따뜻한 공기 속에서 쾌적하게 숨을 쉬며 몸을 반짝 였고, 초원 위로 지칠 줄 모르는 매미들의 합창 소리가 높이 울 려 퍼졌다.

　마을은 이맘때 시골 분위기가 완연했다. 건초를 실은 수레들 이 길가에 서 있고 건초 냄새와 연장 다듬는 소리가 대기를 가 득 채우고 있어서 두 채의 공장 건물만 아니었다면 영락없는 농촌의 모습이었다. 방학 첫날, 한스는 늙은 하녀 안나가 일어 나지도 않은 이른 아침부터 부엌에 내려와 커피를 기다렸다. 소년은 불 지피는 일을 도우고 바구니에서 빵을 가져와 차가운 우유를 부은 커피를 급히 들이켠 다음 빵을 주머니에 쑤셔 넣 고 밖으로 내달렸다. 높은 철길 옆에서 발을 멈추고 바지 주머 니에서 둥근 양철 상자를 꺼내 열심히 메뚜기를 잡기 시작했 다. 기차가 지나갔다. 철로가 상당히 가팔랐기 때문에 기차는 질주하지 못하고 꽤 느긋하게 움직였다. 차창이 활짝 열려 있었고 승객은 별로 없었다. 증기와 연기로 이루어진 긴 깃발이 신나게 펄럭였다. 한스는 눈으로 기차를 따라가면서 하얀 연기가 소용돌이치다가 곧 햇살이 내리쬐는 맑은 아침 공기 속으로 흩어지는 것을 지켜보았다. 이 모든 것을 얼마나 오랫동안 보지 못하고 지냈단 말인가! 한스는 마치 잃어버린 아름다운 순간들을 이제 두 배로 되찾고 다시 한번 자유롭고 걱정 없는 어린 소년으로 돌아가려는 듯이 숨을 깊이 들이마셨다.

메뚜기가 든 상자와 새 낚싯대를 들고 다리를 건너 풀밭을 가로질렀다. 풀밭 안쪽 외진 곳, 수심이 가장 깊은 장소인 '말웅덩이'에 도착하자 그동안 감춰져 있던 큰 기쁨과 사냥에 대한 기대감으로 가슴이 두근거렸다. 그곳에는 버드나무 기둥에 몸을 기댄 채 그 어느 곳보다 편하고 어떤 방해도 없이 낚시를 할 수 있는 공간이 있었다. 한스는 낚싯줄을 풀어 작은 납덩이를 매단 다음 통통한 메뚜기 한 마리를 매정하게 바늘에 끼우고는 강 한가운데를 향해 낚싯대를 힘차게 휘둘렀다. 그렇게 정겹고 익숙한 옛 놀이가 마침내 시작되었다. 작은 송사리들이 떼 지어 미끼 주변으로 몰려들더니 낚싯바늘에서 먹이를 물어 뜯으려 했다. 미끼가 순식간에 사라지고 이어서 두 번째 메뚜기가 제물이 되었다. 다음으로 또 한 마리, 그리고 네 번째, 다섯 번째 미끼를 던졌다. 한스는 바늘에 미끼를 매다는 일에 점점 더 신중해졌다. 그러다 납덩이를 하나 더 매달아 낚싯줄을 무겁게 만들었다. 그러자 드디어 낚을 만한 물고기의 입질이 오기 시작했다. 이 녀석은 미끼를 조금 뜯는 듯하다가 놓더니 다시 건드리다가 이번에는 덥석 물었다! 능숙한 낚시꾼이라면 낚싯대와 줄을 통해 전해지는 손가락의 떨림만으로도 입질을 느끼게 마련이다. 한스는 기술적으로 낚싯줄을 확 잡아 올린 후 조심조심 줄을 감기 시작했다. 단단히 버티던 물고기가 모습을 드러내자 한스는 그것이 로치(잉엇과의 담수어 - 옮긴이)라는 것을 알았다. 하얗고 금빛으로 반짝이는 넓적한 몸통과 삼각형 머리, 아름다운 선홍빛 배지느러미를 보면 금방 알 수 있었다. 무게가 얼마나 될까? 그런데 몸무게를 가늠해보기도 전에 녀석은 죽을힘을 다해 퍼덕이더니 겁에 질린 채 수면 위에서 몸을 비틀어 달아나고 말았다. 물속에서 몸을 서너 번 비틀고는 은빛 섬광처럼 수심 깊은 곳으로 사라져갔다. 녀석이 미끼를 제대로 물지 않았던 것이다. 낚시꾼의 본능이 이제 사냥에 대한 흥분으로 눈을 떴다. 한스는 무섭게 집중하기 시작했다. 수면에 닿은 가는 갈색 낚싯줄을 날카롭게 응시했다. 뺨은 붉게 상기되었고, 꼼짝 않고 있다가도 빠르고 정확하게 움직였다. 또 한 마리의 로치가 미끼를 물었다. 녀석은 이내 낚여 올라왔다. 그 후에는 아쉽게도 작은 잉어를, 다음으로는 연달아 세 마리의 망둥이를 낚았다. 망둥이를 아주 좋아하는 아버지를 생각하니 한스는 기뻤다. 망둥이는 통통한 몸통에 작은 비늘이 덮여 있고, 두툼한 머리에 우스꽝스러운 흰 수염과 작은 눈이 달렸으며, 꼬리가 가늘고 길었다. 원래는 초록색과 갈색 사이의 색을 띠었지만 뭍에 나오면 강철 같은 검푸른 빛으로 변했다.

벌써 해가 높이 솟아 있었다. 위쪽 제방의 물거품이 눈처럼 하얗게 빛났고 수면 위로 따뜻한 공기가 흐르고 있었다. 눈을 높이 들면 무크베르크 산 위로 손바닥만 한 눈부신 구름 조각들이 보였다. 날이 뜨거워졌다. 푸른 하늘 한가운데 고요히 멈춰 있는 작고 하얀 구름 조각들만큼 한여름의 진정한 열기를 알려주는 것은 없을 것이다. 빛이 구름에 가득 스며 있으니 눈이 부셔서 오래 쳐다볼 수 없을 정도였다. 구름이 없으면 사람들은 날씨가 얼마나 더운지 가늠하지 못한다. 푸른 하늘이나 반짝이는 강물이 아니라 몇 조각의 거품같이 하얀, 둥글게 뭉쳐진 범선 같은 정오의 구름 조각을 보면, 사람들은 갑자기 이글거리는 태양을 느끼고 그늘을 찾아가 이마의 땀을 훔쳐내는 것이다.

한스는 점점 낚시에 집중하지 못하는 자신을 느꼈다. 피곤하기도 했고 정오쯤엔 물고기도 거의 잡히지 않았다. 이 시간에는 가장 크고 나이 많은 흰 잉어들도 햇볕을 쬐려고 수면으로 올라온다. 녀석들은 거대하고 시커먼 덩어리로 떼를 이루고 물살을 거슬러 꿈을 꾸듯 수면을 헤엄친다. 그러다 종종 알 수 없는 이유로 깜짝 놀라기도 하는데 어쨌든 이 시간대에는 미끼를 물지 않았다.

한스는 버들가지에 낚싯줄을 걸쳐 물에 담가두고는 바닥에 앉아 초록빛 강물을 바라보았다. 물고기들이 천천히 올라와 수면 위로 검은 등을 하나둘 내밀기 시작했다. 따뜻함에 이끌려 마법에 걸린 듯 고요히 천천히 움직이는 물고기 무리였다. 따뜻한 물속에서 얼마나 행복할까! 한스는 장화를 벗고 물속에 발을 담갔다. 수면 쪽의 물은 제법 따뜻했다. 오늘 잡은 물고기들을 살펴보았다. 녀석들은 커다란 주전자 안에서 얌전히 헤엄치다가 가끔 퍼덕였다. 얼마나 아름다운가! 흰색, 갈색, 초록색, 은색, 옅은 금색 외에도 여러 빛깔이 움직일 때마다 비늘과 지느러미가 반짝였다.

사방이 고요했다. 다리 위를 지나는 마차 소리도 들리지 않았으며 덜컥거리는 물레방아 소리도 이곳에서는 거의 들을 수 없었다. 단지 하얀 제방에서 끊임없이 흐르는 물소리가 부드럽고 서늘하게 잠을 몰고 오듯 들려왔으며, 뗏목 말뚝을 소용돌이치는 물소리도 조용히 들려왔다.

그리스어와 라틴어, 문법과 문체, 산수와 암기와 함께 쫓기듯 보낸 기나긴 일 년, 고문과도 같았던 그 모든 소동이 이 따스한 시간 동안 잠든 듯 고요하게 가라앉았다. 한스는 약간의 두통을 느꼈지만 전처럼 심하진 않았다. 그리고 이제는 강가에 앉을 수 있게 되었다. 한스는 제방의 물거품을 바라보다가 낚싯줄을 힐끗 쳐다본 후 옆에 있는 주전자에서 헤엄치는 물고기들을 쳐다보았다. 이 순간은 정말 근사했다. 이따금 자신이 선발 고사에 합격한 사실, 이 등으로 합격했다는 사실이 떠올랐다. 그럴 때면 맨발로 물을 찰박대며 양손은 바지 주머니에 찔러 넣고 휘파람으로 노래를 불렀다. 사실 한스는 휘파람을 불 줄 몰랐다. 그것은 오랜 고민거리로 학교 친구들에게 놀림거리가 되기도 했다. 휘파람이라곤 이 사이로 살짝 소리 내는 법밖에 몰랐지만 집에서는 그 정도면 충분했다. 게다가 지금은 자신의 휘파람을 듣는 사람이 아무도 없었다. 다른 친구들은 교실에 앉아 기하학이나 배우고 있겠지만 한스는 수업을 듣지 않아도 되니 자유로웠다. 한스는 학교 친구들을 뛰어넘었다. 이제 그들이 한스의 발밑에 있었다. 아이들은 한때 한스를 몹시 괴롭혔다. 한스에게는 아우구스트 말고 친구가 없었을뿐더러 아이들의 주먹다짐이나 놀이에 전혀 어울리지 못했기 때문이다. 이제 그 녀석들은 한스의 뒷모습이나 쳐다봐야 할 것이다. 어리석은 녀석들! 한스는 그 아이들이 너무 혐오스러운 나머지 일순간 입을 일그러뜨렸다. 그 바람에 휘파람 소리가 잠깐 끊겼다. 한스는 낚싯줄을 감다가 피식 웃고 말았다. 낚싯바늘에 있던 미끼가 실오라기 하나 남아 있지 않았다. 소년은 양철통에 남아 있는 메뚜기들을 놓아주었다. 메뚜기들은 당황한 듯키 낮은 잔디밭으로 힘없이 기어 들어갔다. 옆의 가죽 공장에서는 벌써 점심을 먹고 있었다. 벌써 식사 시간이 된 것이다. 점심 식탁에서는 별로 말을 하지 않았다.

"뭐 좀 잡았니?" 아버지가 물었다.

"다섯 마리요."

"오, 그래? 나이 든 놈들은 잡지 않도록 조심해라. 나중에 새끼들이 아주 없어질 수 있으니."

대화는 더 이상 이어지지 않았다. 날씨가 매우 따뜻했다. 밥을 먹은 직후에는 수영을 할 수 없다는 것이 정말 유감이었다. 대체 왜 하면 안 되지? 몸에 안 좋기 때문이라고들 했다! 사실 그렇긴 했다. 한스도 그걸 잘 알고 있었지만 식후에 곧 수영을 하곤 했었다. 하지만 이제는 하지 않았다. 옳지 못한 행동을 하기에는 너무 어른스러워졌다. 세상에! 시험장에서 시험관들은 자신에게 '기벤라트 씨'라고 존대해주었다! 정원의 가문비나무 아래에서 한 시간 동안 누워 있는 것도 괜찮았다. 그늘이 충분히 짙어서 책을 읽거나 나비를 구경할 수도 있었다. 그렇게 2시까지 누워 있었는데 너무 편안한 나머지 잠이 들 뻔했다. 이제 수영하러 가야지! 강가의 초원에는 꼬마들밖에 없었고 좀 더 큰 아이들은 모두 학교에 가 있었다. 한스는 내심 이 상황이 나쁘지 않았다. 이제 천천히 옷을 벗고 물속에 들어갔다. 그는 따뜻함과 시원함을 번갈아가며 즐기는 방법을 터득했다. 잠시 동안은 수영하고 잠수하며 물장구를 치다가 또 잠시 동안은 강가에 배를 깔고 누워 살갗이 말라 햇볕에 달아오르는 것을 느끼는 것이었다. 꼬마들은 감탄하는 눈빛으로 한스 주변으로 몰려들었다. 그렇다, 한스는 유명해져 있었다. 게다가 그는 또래 소년들과 겉보기에도 달랐다. 볕에 그을린 가는 목 위로는 섬세한 머리가 자연스럽고 우아하게 자라 있었고, 총명한 얼굴에 우수에 찬 듯한 눈을 갖고 있었다. 게다가 매우 마르고 가녀린 체구는 가슴과 등의 갈비뼈를 셀 수 있을 정도였고 종아리에도 살이 전혀 없었다. 한스는 오후 내내 햇볕을 쬐고 수영하기를 반복했다. 4시가 넘자 동급생 친구들 대부분이 소란을 피우며 학교에서 재빨리 뛰쳐나왔다.

"야, 기벤라트! 너 지금 기분 최고지?"

한스는 편안하게 기지개를 켰다.

"응, 꽤 좋아."

"신학교는 언제 들어가냐?"

"9월이나 되어야 들어가. 지금은 방학이고."

한스는 자신을 향한 친구들의 부러움을 그대로 받아들였다.

뒤에서 놀리는 소리가 시끄럽게 들리고 누군가 이런 시도 읊었지만 아무렇지 않았다.

나도 저럴 수 있다면 좋겠네,
슐체 리자베트처럼!
재는 낮에도 침대에 누워 있는데,
나는 그럴 수가 없다네.

한스는 그저 웃었다. 그사이 또래 녀석들도 옷을 벗었다. 한 녀석은 그대로 물에 뛰어들었고, 몇몇 녀석은 조심스럽게 몸을 식혔으며, 나머지는 일단 풀밭에 벌러덩 드러누웠다. 잠수를 잘하는 아이는 환호를 받았다. 한 겁쟁이 아이는 등 뒤에서 누가 물로 밀어 넣는 바람에 살려달라고 소리 질렀다. 아이들은 서로 물장난을 치고 뛰어다니고 헤엄쳤으며 뭍에 누워 있는 친구들에게 물을 뿌리기도 했다. 첨벙거리는 소리와 외치는 소리가 요란했다. 온 강변이 하얗고 축축하고 매끈한 몸들로 가득했다. 한스는 한 시간 후 자리에서 일어났다. 물고기들의 입질이 다시 시작되는 따뜻한 저녁 시간대가 다가오고 있었다. 저녁 식사 시간이 다가오도록 다리에서 낚시를 했지만 한 마리도 낚지 못했다. 물고기들은 탐욕스럽게 미끼에 몰려들어 매번 먹이를 뜯어 먹었으나 낚싯바늘에는 절대 걸려들지 않았다. 한스가 미끼로 쓴 건 체리였는데 너무 크고 부드러웠던 모양이다. 그래서 일단 더 늦게 다시 시도해보기로 했다.

저녁 식사 시간에 한스는 그날 많은 친척들이 자기를 축하

하기 위해 집에 왔었다는 이야기를 들었다. 오늘자 주간신문을 보니 '새 소식'란에 이렇게 쓰여 있었다.

"중등 신학교 입학 선발 고사에 우리 마을은 이번에 단 한 명의 후보 한스 기벤라트를 내보냈다. 기쁘게도 방금 우리는 기벤라트가 이 등으로 합격했다는 소식을 받았다."

한스는 말없이 신문을 접어 주머니에 찔러 넣었지만 내심 펄쩍 뛸 정도로 자랑스러웠다. 만세라도 외치고 싶을 정도였다. 한스는 식사를 마치고 다시 낚시터로 나갔다. 이번에는 미끼로 치즈 몇 조각을 가져왔다. 치즈는 물고기들이 좋아하는 먹이로 어두운 저녁에도 물고기들의 눈에 잘 띄었다. 이번에는 낚싯대는 놔두고 간단한 손낚시 도구만 챙겨 왔다. 낚싯대나 낚시찌 없이 낚싯줄만 손에 잡고 낚는 방식은 한스가 가장 좋아하는 낚시였다. 준비물은 줄과 바늘이 전부였다. 약간 까다로운 방식이었지만 훨씬 더 재미있었다. 미끼의 미세한 움직임도 느낄 수 있어서 물고기가 낚싯밥을 건드리거나 무는 순간을 곧바로 알아챌 수 있었다. 낚싯줄의 떨림만으로도 마치 눈으로 직접 보는 것처럼 물고기의 몸짓을 감지할 수 있었다. 물론 이런 방식의 낚시에는 숙련된 손 기술과 스파이와 같은 감시 능력이 필요했다.

강이 굽이쳐 흐르고 좁고 깊숙이 깎여 들어간 계곡에는 일찌감치 어둠이 깃들었다. 다리 아래 강물은 시커멓고 잔잔했으며 아래쪽 물레방아에는 벌써 등불이 켜졌다. 재잘대는 소리, 노래하는 소리가 골목과 다리를 채웠고 공기는 약간 후덥지근했다. 강에서는 검은 물고기가 짧게 물을 치고 높이 뛰어오르는 모습을 계속 볼 수 있었다. 이런 저녁 시간이면 물고기들은 더 흥분하여 지그재그로 쏜살같이 헤엄치고, 수면 위로 뛰어오르고, 낚싯줄에 몸을 던지며 닥치는 대로 미끼를 물곤 했다. 치즈 조각이 다 떨어질 때까지 한스는 작은 잉어 네 마리를 낚아 올렸다. 이 녀석들은 내일 마을 목사에게 선물할 생각이었다. 더운 바람이 계곡 아래쪽으로 불어왔다. 날이 어두워졌지만 하늘에는 아직 빛이 남아 있었다. 완전히 어두워진 마을에는 검고 뾰족한 교회 탑과 성의 지붕만이 밝은 하늘을 향해 솟아 있었다. 아주 먼 곳에서 천둥 번개가 치는 듯했고 이따금 부드러운 천둥소리가 까마득히 들려오기도 했다. 10시쯤 침대에 눕자 한스의 머리와 팔다리는 기분 좋게 피곤했으며 졸음이 밀려왔다. 정말 오랜만에 느껴보는 것이었다. 아름답고 자유로운 여름방학이 한스의 마음을 위로하며 유혹하듯이 앞으로도 길게 펼쳐져 있었다. 마음껏 돌아다니고 수영하고 낚시하며 꿈을 꿀 수 있었다. 일 등을 했더라면 완벽했을 거라는 생각만이 그를 언짢게 했다.

　이른 아침부터 한스는 잉어를 챙겨 들고 목사관 문을 두드렸다. 목사가 서재에서 나왔다.

　"오, 한스 기벤라트! 좋은 아침이구나! 축하한다. 진심으로 축하해. 애야, 그런데 뭘 들고 있는 거냐?"

　"물고기를 좀 가져왔어요. 어제 잡은 거예요."

　"와, 이것 좀 보게! 고맙구나. 어서 들어오렴."

　한스는 익숙한 서재로 들어갔다. 사실 이곳은 목사관 서재처럼 보이지 않았다. 화초 냄새도 담배 냄새도 나지 않았다. 눈길을 사로잡는 서가에는 대부분 새 책인 게 분명한, 겉칠을 하고 금박을 입힌 깨끗한 책들이 책등을 보이고 있었고, 일반적인 목사의 책장에서 볼 수 있는 찢어지고 휘어지고 벌레 먹고 곰 팡이 핀 책은 없었다. 더 자세히 살펴보면 잘 정렬된 책들의 제 목에서 지나간 시대의 존경받는 위인들의 정신과는 완전히 다 른 새로운 정신을 볼 수 있었다. 일반적인 목사의 서재에서 볼 수 있는 가치 있는 소장본들, 이를테면 벵겔, 외팅거, 슈타인호 퍼(모두 18세기 독일의 경건주의를 이끈 신학자들이다 - 옮긴이)는 물론, 〈탑의 수탉〉에서 뫼리케(독일 시인이자 목사 에두아르트 뫼 리케의 〈탑의 수탉〉은 교회 탑 위에 있었던 수탉 모양의 풍향계를 노 래한 시다 - 옮긴이)가 아름답게 찬양한 신앙심 깊은 시인들은 여기에 없었고, 혹은 많은 현대적 작품들에 파묻혀 보이지 않 았다. 각종 간행물을 모아둔 서류철, 서서 일하는 작업대와 종 이가 널려 있는 커다란 책상이 전체적으로 박식하고 진지한 분 위기를 자아냈다. 마치 이곳에서 많은 연구가 이루어지고 있 는 것 같았다. 실제로도 목사는 많은 연구를 했지만 당연히 설 교나 교리문답, 성경 공부보다는 학식을 자랑하는 잡지 기고 나 책 집필을 위한 연구와 논문에 더 많은 시간을 쏟았다. 꿈 해 몽이나 예언을 위한 명상도 이 서재에서는 배척되었고, 학문의 골짜기를 넘어서 사랑과 연민으로 사람들의 갈급한 영혼에 다 가가려는 순수한 마음의 신학도 추방당했다. 그 대신에 열정 적인 성경 비판이 이루어졌으며 객관적인 '역사 속 그리스도' 를 찾기 위한 노력이 있었다. 신학 또한 다른 학문과 사정이 크 게 다르지 않았다. 신학에도 예술에 해당하는 쪽이 있었고, 학문에 해당하거나 적어도 학문으로 남으려고 하는 쪽이 있었다. 예나 지금이나 학자들이 새로운 가죽 부대 때문에 낡은 포도주를 등한시하는 반면, 예술가들은 겉보기에 잘못돼 보이는 많은 것을 태연하게 고수하며 많은 이들에게 위로와 기쁨을 안겨주었다. 이것은 비평과 창작, 학문과 예술 사이에 항상 존재해온 불평등한 싸움이었다. 비평과 학문이 누구도 돕지 않으면서 항상 정당성을 인정받았던 반면, 창작과 예술은 언제나 믿음과 사랑, 위로와 아름다움, 영원을 알게 하는 씨앗을 뿌렸고 역시 언제나 좋은 밭을 만났다. 그것은 생이 죽음보다 강하고 믿음이 의심보다 더 큰 영향력이 있기 때문이었다.

한스는 처음으로 작업대와 창문 사이에 있는 작은 가죽 소파에 앉았다. 목사는 지나칠 정도로 친절했다. 그는 매우 친근하게 신학교에 대해, 그곳의 생활과 공부에 대해 알려주었다. 그리고 마지막으로 이렇게 말했다.

"네가 그곳에서 경험하게 될 가장 새롭고 중요한 일은 바로 신약성서의 그리스어를 배우는 거란다. 그것은 완전히 새로운 세계라서 배우는 것도 많고 얻는 기쁨도 크단다. 처음에는 언어를 배우는 데 고생할 수도 있어. 아테네식 그리스어가 아니라 전혀 다르고 완전히 새로운 정신이 만들어낸 언어 세계거든."

한스는 귀 기울여 들었다. 진정한 학문과 가까워진 것 같아 자부심을 느꼈다.

목사가 이어서 말했다.

"학교에서 이 새로운 세계를 배우게 되면 당연히 배움의 재미가 크게 줄어들 거야. 어쩌면 네게 가장 먼저 히브리어를 배우도록 일방적으로 요구할 수도 있겠지. 네가 원한다면 이번 방학 때 나한테 조금 배워볼 수도 있단다. 그러면 신학교에 들어가서 다른 공부를 할 수 있는 체력과 시간이 남게 되겠지. 누가복음 몇 장을 나와 함께 읽어보면 어떻겠니? 그럼 나중에 이 언어를 가지고 놀다시피 공부할 수 있을 거다. 사전이야 내가 빌려줄 수 있고. 하루에 한 시간, 길어야 두 시간 정도만 할애하면 될 거야. 그 이상은 당연히 안 되지. 지금 너는 무엇보다도 충분한 휴식이 필요하거든. 다만 이건 그저 제안일 뿐이야. 나도 너의 신나는 휴가 기분을 망치고 싶지 않단다."

한스는 당연히 제안을 받아들였다. 사실 이 누가복음 공부는 그가 얻은 자유라는 맑고 푸르른 하늘에 침범한 옅은 구름처럼 보였다. 하지만 부끄러워서 차마 제안을 거절하지 못했다. 게다가 방학을 보내면서 새로운 언어를 배우는 일이 고생보다는 기쁨을 더 많이 줄지도 몰랐다. 그렇지 않아도 한스는 신학교에서 배우게 될 많은 새로운 것들에 두려움을 품고 있었는데 히브리어가 특히 그랬다.

한스는 즐거운 마음으로 목사관을 나와 숲 쪽으로 이어진 낙엽송 길을 따라 걸었다. 약간의 불안감은 이미 사라졌고, 생각하면 할수록 목사와 함께 공부하기로 한 것이 잘한 일처럼 여겨졌다. 신학교에 들어가 학우들보다 앞서려면 더 치열하고 집요하게 공부해야 한다는 것을 그도 잘 알고 있었다. 그리고 한스는 반드시 남들보다 잘하고 싶었다. 대체 왜? 한스 자신도 이유는 알지 못했다. 삼 년 전부터 한스는 특별한 관심의 대상이였다. 학교 교사들과 마을 목사, 아버지, 게다가 교장마저 그를 격려하고 부추기며 잠시도 숨 돌릴 틈을 주지 않았다. 그 긴 시간 동안 학년이 바뀌어도 한스는 변함없는 일등 학생이었다. 이제 자신이 최고라는 자부심을 지닌 한스는 누군가 자신을 추격하는 것을 견디지 못했다. 그리고 어리석게 시험을 두려워했던 일도 이제 끝이었다.

여전히 방학은 세상에서 가장 아름다운 것이었다. 혼자밖에 없는 이 아침 시간, 숲 속 산책길은 얼마나 아름다운가! 가문비나무들이 줄지어 서서 기둥을 이루고 초록빛 아치형으로 천장을 덮은 푸르른 회랑이 끝없이 펼쳐져 있었다. 무성한 산딸기 덤불이 여기저기 우거져 있을 뿐 낮은 풀들은 거의 없었다. 그 대신 여리고 보드라운 이끼가 넓디넓은 대지를 덮고 있었고, 그 위로 키 작은 월귤나무와 히스꽃이 가끔 보였다. 아침 이슬은 이미 말라 있었다. 곧게 뻗은 나뭇가지 사이로 아침 숲 특유의 후덥지근한 공기가 감돌았다. 태양의 온기와 이슬의 증기, 이끼의 습기와 함께 송진과 전나무 잎, 버섯 냄새가 한데 뒤섞여 마술을 부리듯 모든 감각을 마비시키고 매혹하는 것 같았다. 한스는 이끼 위에 누워 검고 빽빽하게 자란 월귤나무 덤불을 잡아 뜯었다. 사방에서 나무를 쪼는 딱따구리 소리와 이에 질세라 울어대는 뻐꾸기 소리가 들려왔다. 시커멓게 우거진 전나무 우듬지 사이로 구름 한 점 없는 짙푸른 하늘이 내려다보고 있었다. 무성하게 자란 수천수만의 나뭇가지가 저 멀리 높이 솟아올라 거대한 갈색 벽을 이루고 있었다. 이끼 이곳저곳에는 따뜻한 햇살이 반짝반짝 흩뿌려져 노란 얼룩을 그려놓았다. 사실 한스는 뤼첼러 씨 농장이나 크로쿠스 초원까지 이어진 긴 산책길을 다녀올 생각이었다. 하지만 결국 이끼 위에 누워 월귤을 따 먹으면서 멍하니 허공만 쳐다보고 있었다. 왜 이렇게 피곤한지 알 수 없었다. 전에는 서너 시간 산책하는 것쯤은 아무렇지도 않았다. 한스는 좀 더 멀리 산책해보려고 벌떡 일어났다. 하지만 몇 백 걸음 걷고 나서는 저도 모르게 또 주저앉고 말았다. 이끼 위에 그대로 누운 채 눈을 깜빡이며 나뭇가지와 나무 꼭대기를 보다가 초록빛 이끼를 내려다보았다. 이 공기 때문에 피곤한 걸까!

점심때가 되어 집으로 돌아왔을 때 한스는 다시 두통을 느꼈다. 이번에는 눈도 아팠다. 숲을 따라 올라가면서 햇빛을 너무 많이 보았기 때문이다. 그는 불쾌한 기분으로 오후 반나절을 집 안에서 보내야 했다. 밖으로 나가 수영을 하고 나자 비로소 머릿속이 맑아졌다. 이제는 목사관에 가야 할 시간이었다.

가는 길에 한스는 구둣방 주인 플라이크를 보았다. 그는 작업실 창문 앞에 다리가 세 개 달린 의자를 놓고 앉아 있었다.

"얘야, 어딜 가니? 요즘은 도통 얼굴을 보여주지 않는구나!" 플라이크가 소리쳤다.

"목사님께 가는 길이에요."

"아직도? 시험은 끝났잖니."

"네, 이번엔 다른 일이 있어서요. 신약성경을 배우려고요. 사실 신약성경은 그리스어로 쓰였지만 제가 그동안 배운 것과는 완전히 다른 그리스어라서요. 지금 그걸 배우러 가는 거예요."

구둣방 주인은 모자를 목 뒤로 젖히고 생각에 잠긴 듯 넓은 이마에 깊은 주름을 만들었다. 그러고는 깊은 한숨을 내쉬었다.

"한스, 너에게 할 말이 있단다." 플라이크가 나지막이 말했다. "여태까진 시험 때문에 잠자코 있었지만 이제는 정말 말해주어야 할 것 같구나. 네가 꼭 알아야 하는 게 있는데 목사님은 무신론자란다. 목사님은 너에게 성경이 잘못되었고 거짓이라고 말하며 널 속일지 몰라. 목사님과 함께 신약성경을 읽는다면 결국 너도 모르게 믿음을 잃어버리고 말 거야."

"하지만 플라이크 아저씨, 제가 배우는 건 단지 그리스어예요. 신학교에 가면 어차피 배워야 하는 거라고요."

"물론 넌 그렇게 생각하겠지. 하지만 경건하고 양심적인 선생님한테 성경을 배우는 것과 하나님을 믿지도 않는 사람에게 배우는 건 천지 차이란다."

"그런가요? 하지만 그분이 정말 하나님을 믿는지 안 믿는지는 아무도 모르잖아요."

"아니란다. 한스, 유감이지만 모두가 그걸 알고 있단다."

"그러면 제가 어떻게 해야 해요? 전 이미 목사님과 공부하기로 약속했단 말이에요."

"그렇다면 물론 가야지. 다만 목사님이 성경에 대해 사람이 만들어낸 거라고 하거나, 거짓이라거나, 성령에서 온 게 아니라거나, 그런 말을 한다면 나를 찾아오렴. 자세히 알려줄게. 그렇게 하겠니?"

"그럴게요, 플라이크 아저씨. 하지만 아마도 그런 상황이 생기진 않을 거예요."

"두고 보도록 하자. 내 말을 기억해라!"

마을 목사가 아직 집에 오지 않아서 한스는 서재에서 기다려야 했다. 금박을 입힌 책 제목들을 보고 있자니 구둣방 주인의 말이 생각났다. 이전에도 그런 식으로 마을 목사와 새로운 교리를 좇는 신학자들에 대해 하는 이야기를 들은 적이 있었다. 이제 자기 자신이 이런 이야기에 개입되었다는 사실을 떠올리자 처음으로 긴장감과 호기심이 느껴졌다. 자신의 상황이 구둣방 주인의 염려처럼 엄청나고 끔찍한 게 아니라 오히려 오래도록 묻혀온 대단한 비밀을 캐볼 수 있는 기회라는 생각이 들었다. 더 어렸을 적에는 신의 존재나 떠도는 영혼, 악마와 지옥에 대한 궁금증으로 이런저런 공상에 빠지기도 했다. 하지만 혹독하고 치열했던 지난 몇 년간 호기심은 잠들어 버렸다. 학교에서 배운 기독교 신앙은 가끔 구둣방 아저씨와 대화할 때만 잠시 되살아나 개인적인 삶과 어우러졌다. 구둣방 주인과 목사를 비교하자니 웃음이 나왔다. 힘든 시절을 통해 습득한 구둣방 주인의 완강함과 엄격함을 한스는 잘 이해할 수 없었다. 플라이크는 똑똑한 사람이지만 단순하고 편협한 면이 있었고 지나친 경건주의로 인해 많은 사람들에게 조롱당했다. 그는 교회 형제들 모임에서 다른 형제들의 엄격한 재판장 노릇을 했고, 권위 있는 성경 해설가 역할도 했으며, 마을을 돌면서 사람들을 전도하기도 했다. 하지만 그는 그저 작은 공방의 수공업자로 여느 사람과 다름없는 우매한 인간이었다. 그 반면에 마을 목사는 노련하고 뛰어난 웅변가이자 설교자일 뿐만 아니라 부지런하고 엄격한 학자였다. 한스는 존경하는 심정으로 서가를 올려다보았다.

잠시 후 목사가 돌아와 프록코트를 벗고 가벼운 검은색 카디건을 걸쳤다. 그는 한스에게 누가복음의 그리스어 본문을 쥐여주고 읽어보게 했다. 이전의 라틴어 수업과는 전혀 다른 방식이었다. 목사와 한스는 몇 문장을 읽고 단어마다 꼼꼼하게 번역을 했다. 그런 다음 목사가 이해하기 쉬운 문장의 예를 들어 이 언어 특유의 정신을 능숙하게 해석해주었고, 누가복음이 탄생한 시대적 배경과 그 서술 방식을 알려주었다. 그렇게 한 시간 만에 소년에게 완전히 새로운 독서와 교육에 대한 개념을 전해주었다. 한스는 문장마다 그리고 단어마다 어떤 수수께끼와 과제가 숨어 있는지 짐작할 수 있었다. 또한 오랜 옛날부터 수많은 학자와 명상가와 연구자 들이 이런 문제들을 둘러싸고 얼마나 애써왔는지 어렴풋하게나마 헤아릴 수 있었다. 게다가 자신 역시 이 시간에는 그러한 진리의 탐구자 집단에 속해 있는 것만 같았다.

한스는 사전과 문법책을 빌려 와 저녁 시간 동안 한참을 더 공부했다. 새삼 얼마나 많은 연구와 지식의 산을 넘어야 진정한 학문의 길로 들어설 수 있는지 깨달았다. 한스는 어떤 난관이 오더라도 포기하지 말고 이겨내자고 마음먹었다. 구둣방 주인에 대한 생각은 한동안 머릿속을 떠나 있었다.

며칠 동안 한스는 이 새로운 공부의 재미에 푹 빠져 지냈다. 저녁이면 으레 목사관을 찾아갔다. 시간이 지날수록 진정한 학문이란 더 아름답고 더 어려우며, 그만큼 배울 가치가 있다고 여겨졌다. 이른 아침마다 낚시를 가고 오후에는 수영을 하며 시간을 보냈지만, 나머지 시간에는 거의 집을 나가지 않았다. 시험에 대한 불안감과 승리감으로 그동안 가라앉아 있었던 야망이 다시 깨어나 잠시도 쉴 수가 없었다. 아울러 지난 몇 달간 자주 느꼈던 독특한 감각이 다시 머릿속에 찾아들었다. 통증은 아니었다. 어서 빨리 승리해야 한다는 조급함 때문에 맥박이 빨라지고 자신을 몰아치며 급하게 내달리게 되는 것이었다. 그런 욕망에 시달리다 보면 자연히 두통도 찾아왔다. 하지만 한스는 미열이 지속되는 동안에도 빠른 속도로 책을 읽고 복습 과제를 해치웠다. 이제 그는 읽는 데 15분 이상 걸렸던 크세노폰의 가장 어려운 문장도 놀이하듯 읽어낼 수 있었다. 사전도 거의 필요 없었다. 더 깊어진 이해력으로 어려운 문단 전체를 빠르고 재미있게 읽을 수 있었다. 이렇게 한껏 고조된 학업 열정과 지식에 대한 목마름이 드높은 자신감과 만나서 이미 자신은 지식과 가능성의 고지를 바라보는 자기만의 길을 걷고 있다는 생각이 들었다. 학교나 선생님들, 학창 시절 같은 것들은 아주 오래전의 기억처럼 여겨지는 것이었다.

그런 기분에 또다시 사로잡히자 한스는 잠을 깊이 자지 못하고 중간중간 깨면서 유독 생생한 꿈을 꾸었다. 약간의 두통을 느끼며 잠에서 깨어 고통스러울 때마다 발전에 대한 조바심으로 괴로웠다. 그런 한편, 자신이 또래들보다 얼마나 앞서 있는지, 담임교사와 교장이 얼마나 자신을 존중하고 심지어 경탄하는 눈으로 바라보는지 생각하면 거만함이 솟구치기도 했다.

소년이 이런 야망에 눈뜨고 그 야망을 아름답게 키워나가는 모습은 교장에게 뿌듯한 만족감을 선사했다. 교사들이 감정도

융통성도 없는 사람이라거나 영혼 없이 규정만 따지는 사람이라고 치부해서는 안 된다! 그럼, 안 되고말고. 오랜 가르침에도 별다른 변화가 없던 아이가 재능을 싹 틔우고, 나무칼과 새총과 활 같은 어린애들 장난감을 내려놓고 스스로 전진하여 도움닫기를 시작하고, 뺨이 통통했던 그 아이가 진지한 공부를 통해 섬세하고 금욕적인 소년으로 성장하고, 나아가 성숙한 지성을 갖추어 눈빛이 깊어지고 목표 지향적이 되며, 손은 하얗고 점잖아지는 것을 볼 때, 교사의 영혼은 비로소 보람과 자부심으로 웃게 된다. 교사가 국가로부터 부여받은 임무와 의무는 어린 소년들의 야만적인 힘과 타고난 욕심을 제어해 뿌리부터 뽑아내고, 그 대신에 사회적으로 인정받을 만한 점잖고 절제된 이상을 심어주는 일이다. 만일 학교의 그런 노력이 없었다면 어떻게 되었을지 상상해보라! 많은 사람들이 행복을 누리는 시민 혹은 부지런한 관리가 아니라 무분별한 소란을 일으키는 개혁가나 생산성 없이 꿈만 꾸는 몽상가가 되었을 것이다. 소년들에게는 어딘가 미개하고 무질서하고 교양 없는 부분이 있다. 바로 이런 부분을 제거하고 위험해 보이는 불꽃들은 미리 끄고 밟아 없애야 한다. 자연이 창조한 인간은 어딘가 종잡을 수 없고 예측할 수 없는 위험한 면이 있기 마련이다. 마치 낯선 산맥에서 터져 나온 물줄기와 같고, 길도 이정표도 없는 원시림과 같다. 그런 원시림을 정비하기 위해서는 가지를 쳐내고 풀을 베며 강제로 생장을 조절해주어야 하듯이 학교 또한 자연적인 인간을 깨부수고 규제하고 제압해야 한다. 학교의 임무는 정부 당국이 인정한 기본법에 따라 인간의 잠재된 힘을 일깨우고 그들을 사회의 쓸모 있는 일원으로 만드는 것이다. 그런 교육은 군대 같은 단체 생활의 까다로운 훈육을 통해 영예롭게 완성되는 법이다.

기벤라트의 아들이 얼마나 멋지게 성장했는지 보라! 한스는 마음대로 뛰어다니거나 노는 일을 일찌감치 멈추었고, 수업 시간에 멍청하게 잡담하는 법도 전혀 없었다. 토끼 키우기 같은 소꿉장난이나 골치 아픈 낚시 취미도 그만두었다. 하루는 저녁에 교장이 한스의 집을 찾아왔다. 교장은 좋아서 어쩔 줄 모르는 아버지 기벤라트에게 점잖게 인사한 후 한스의 방으로 갔다. 소년은 누가복음을 공부하고 있었다. 교장은 상냥한 목소리로 인사를 건넸다.

"대단하구나, 기벤라트. 벌써 이렇게 열심이라니! 그런데 왜 날 찾아오지 않는 거니? 네가 오길 매일 기다렸단다."

"벌써 찾아가려고 했어요. 그런데 찾아뵐 때 좋은 물고기를 잡아다 드리고 싶었거든요."

한스가 사과의 말을 했다.

"물고기? 무슨 물고기 말이냐?"

"그러니까 잉어나 뭐 그런 거요."

"아하, 요즘 다시 낚시하러 다니니?"

"네, 많이 하진 않지만요. 아버지께서 허락해주셨어요."

"그렇구나. 그래, 재미있니?"

"네, 그럼요."

"잘되었구나. 아주 좋아. 너는 휴가를 충분히 즐길 자격이 있어. 그렇다면 지금은 다시 공부하고 싶은 마음이 별로 없겠구나?"

"그렇지 않아요. 공부하고 싶어요, 교장 선생님."

"나는 네가 관심 없는 일은 절대로 강요하고 싶지 않아."

"저는 정말로 공부하고 싶어요."

교장은 몇 차례 심호흡을 한 뒤 가느다란 수염을 쓰다듬으며
의자에 앉았다.

"잘 들어라, 한스." 교장이 말했다. "내 말은 말이다, 내 오랜
경험으로 보건대 뛰어난 시험 성적을 거두고 나서 갑자기 실력
이 떨어지는 학생들이 많다는 거야. 신학교에 들어가면 새로운
과목을 많이 공부해야 하는데, 방학 동안 예습해서 가는 학생
들이 꼭 있는 법이지. 시험 성적이 별로인 애들이 특히 더 그렇
단다. 그런 애들은 성적이 좋다고 방학을 헛되이 보낸 친구들
을 제치고 어느새 정상의 자리를 차지해버리지."

교장이 다시 한숨을 쉬었다.

"여기 학교에선 네가 일 등 자리를 지키기가 쉬웠을 거다. 하
지만 신학교 학생들은 달라. 대부분 영재거나 매우 성실한 애
들이라 쉽게 이길 수 없을 거야. 내 말이 이해되니?"

"네, 그럼요."

"그래서 말이다. 네가 방학 동안 약간이라도 예습을 했으면
좋겠구나. 물론 지나치지 않게 말이다. 너는 지금 충분히 쉬어
야 하고 그럴 권리가 있거든. 내 생각에 하루에 한두 시간 정도
면 적당할 것 같다. 계속 놀다 보면 감을 잃게 되고 나중에 제자
리로 돌아가는 데도 몇 주가 걸릴지도 모르거든. 네 생각은 어
떠니?"

"저는 물론 찬성이에요. 교장 선생님이 절 도와주신다면요."

"좋다. 신학교에서는 히브리어 말고도 호메로스라는 새로운 세계를 맞이할 거야. 지금 기초를 튼튼하게 닦아둔다면 나중에 호메로스를 읽을 때 배나 더 재미있을 거야. 호메로스의 언어는 옛 이오니아 방언인데 호메로스 특유의 운율을 담고 있어서 매우 독특하고 독창적이란다. 그래서 호메로스의 시를 제대로 즐기고 싶다면 지금부터 철저히 매달려서 공부해야 해."

당연히 이런 새로운 세계도 만나볼 준비가 되어 있었던 한스는 최선을 다하겠다고 약속했다. 하지만 험난한 여정이 하나 더 남아 있었다. 교장은 헛기침을 하고 친절하게 말을 이었다.

"솔직히 말하자면, 나는 네가 수학에도 몇 시간을 할애했으면 좋겠구나. 네가 수학을 못하는 것은 아니지만 썩 잘하는 과목도 아니잖니. 신학교에 가면 대수와 기하를 배울 텐데 어느 정도 예습을 해두는 게 좋을 거야."

"알겠습니다, 교장 선생님."

"알고 있겠지만 날 찾아오는 건 언제나 환영이란다. 네가 성공하는 모습을 보는 것이 내 당연한 의무이기도 하니까 말이야. 수학 선생님께 개인 과외를 받을 수 있도록 네 아버지께 한번 여쭤봐라. 일주일에 서너 시간이면 충분할 거다."

"알겠습니다, 교장 선생님."

공부의 불꽃이 다시 즐겁게 타올랐다. 한스는 가끔 한 시간씩 낚시를 하거나 산책을 나갔지만 그때마다 죄책감을 느꼈다. 헌신적인 수학 교사는 한스가 수영하던 시간을 수업 시간으로 택했다.

대수는 한스가 아무리 열심을 내봐도 흥이 나지 않았다. 게다가 가장 뜨거운 오후 시간에 수영 대신 수학 교사의 후덥지근한 방까지 걸어가야 했다. 모기가 날아다니는 탁한 공기를 마시며 무거운 머리와 메마른 목소리로 a 더하기 b, a 빼기 b 따위를 읽어야 하는 것도 곤욕이었다. 그러다 보면 공기 중의 무언가가 한스를 무기력하게 짓눌렀고, 때로는 절망하고 포기하고 싶을 만큼 안 좋은 날도 있었다. 한스는 이상하게도 수학과 잘 맞지 않았다. 전혀 이해를 못 해 수학과 담 쌓고 지냈던 학생도 아니며 때때로 세련된 해법을 발견하고 기쁨을 느끼기도 했는데 말이다. 그나마 수학에서 마음에 드는 점은 변칙이나 속임수가 없고, 주제에서 벗어나 다른 영역에서 헤맬 가능성이 없다는 것이었다. 역시 같은 이유로 그는 라틴어를 좋아했다. 이 언어는 분명하고 확실했으며 항상 정확하여 어떠한 의혹도 생기지 않았다. 하지만 수학에서는 모든 계산 결과가 정답이어도 이를 통해 얻을 수 있는 것은 그게 전부였다. 한스에게 수학 공부와 수업 시간은 마치 곧은 평지 길을 걷는 느낌이었다. 항상 앞으로 나아가고 매일매일 전날엔 몰랐던 것을 새롭게 알게 되지만, 언덕을 오르는 일이 없었으며 산에 올라 갑자기 시야가 확 트이는 경험도 할 수 없었다. 교장과 함께하는 공부는 그보다 좀 더 활기가 넘쳤다. 물론 마을 목사는 신약성경의 낡아빠진 그리스어에서도 호메로스의 젊고 생생한 언어에서 느낄 수 없는 훨씬 매력적이고 웅장한 감동을 발견해내는 능력이 있었다. 그렇지만 처음 어려움을 넘기고 나자 기쁨과 놀라움을 안겨주며 저항할 수 없는 매혹으로 다가온 것은 결국 호메로스였다. 한스는 때때로 비밀스럽고 아름답게 들리는 불가해한 문장을 앞에 놓고 초조와 긴장으로 몸을 떨었다. 그럴 때면 재빨리 사전을 뒤져 고요하고 화사한 정원의 문을 여는 열쇠를 찾곤 했다.

숙제가 다시 많아져서 한스는 며칠 동안 밤늦게까지 책상 앞에 앉아 있어야 했다. 아버지는 이런 아들을 자랑스럽게 지켜보았다. 기벤라트의 우둔한 머릿속에도 자신의 뿌리에서 나온 가지가 막연히 동경만 했던 높은 곳까지 자라나는 모습을 보려는 꿈이, 평범한 사람들이 꿈꾸는 이상이 부풀려지고 있었다.

방학 마지막 주가 되자 갑자기 교장과 마을 목사가 유난히 부드럽고 상냥해졌다. 그들은 산책하라고 소년을 내보내며 수업을 접었다. 상쾌하고 활기찬 기분으로 새로운 생활을 시작하는 게 얼마나 중요한지 강조하면서 말이다.

한스는 여러 번 낚시하러 가기도 했다. 하지만 그때마다 머리가 아파서 강가에 앉아는 있었지만 제대로 집중하지 못했다. 수면은 이미 초가을의 하늘빛으로 물들어 있었다. 한스는 자신이 왜 한때 그렇게 여름방학을 고대했는지 이해할 수 없었다. 이제는 오히려 방학이 끝나는 게 기뻤다. 신학교에서 완전히 새로운 배움과 삶을 시작하기 때문이었다. 이제 낚시에는 별 의미를 못 느껴서 물고기도 거의 낚지 못했다. 아버지에게 낚시도 못한다는 놀림을 받은 후로는 낚싯줄을 다락방 벽장으로 치워버리고 더 이상 낚시를 하지 않았다. 한스는 방학이 거의 끝나서야 비로소 몇 주 동안이나 구둣방 주인 플라이크를 보지 못했다는 사실을 깨달았다. 지금이라도 플라이크를 찾아가야 했다. 벌써 저녁이 되어 구둣방 주인은 양쪽 무릎에 꼬마들을 앉힌 채 거실 창 옆에 앉아 있었다. 창문이 활짝 열려 있었지만 가죽과 구두약 냄새가 온 집 안에 진동했다. 한스는 겸연쩍게 구둣방 주인의 거칠고 넓적한 오른손에 자신의 손을 얹었다.

"그래, 잘되어 가니?" 플라이크가 물었다. "목사님께는 열심히 배웠니?"

"네, 매일 찾아가서 많은 것을 배웠어요."

"뭘 배웠는데?"

"주로 그리스어를 배웠고 이런저런 걸 배웠어요."

"그래서 나에게는 한 번도 오고 싶지 않았니?"

"오고 싶었어요, 플라이크 아저씨. 하지만 올 수 있는 상황이 아니었어요. 매일 한 시간은 목사님께, 두 시간은 교장 선생님께, 일주일에 네 번은 수학 선생님께 가야 했거든요."

"이번 방학 때 말이니? 말도 안 되는구나!"

"전 잘 모르겠어요. 선생님들이 그렇게 하라고 하셨거든요. 공부라면 저한테 어려운 것도 아니고요."

"글쎄다." 플라이크가 소년의 팔을 붙들고 말했다. "공부하는 거야 상관없지만 대체 팔뚝이 왜 이렇게 됐니? 얼굴도 무척 수척해졌구나. 여전히 머리가 아프니?"

"가끔 아파요."

"이건 정말 미친 짓이다, 한스. 게다가 죄악이야. 네 나이엔 바깥바람을 충분히 쐬고 움직이며 제대로 쉬어줘야 해. 대체 방학이 왜 있단 말이니? 분명히 방구석에 처박혀서 공부나 하라고 있는 건 아니잖니. 넌 지금 뼈랑 가죽밖에 없구나!"

한스는 웃었다.

"물론 넌 잘 헤쳐나가겠지. 하지만 과한 건 말 그대로 너무 과해. 목사님께 받은 수업은 어땠니? 목사님이 무슨 이야기를 해주었어?"

"많은 이야기를 해주셨는데 나쁜 이야기는 없었어요. 목사님은 아시는 게 엄청나게 많으시거든요."

"성경에 대해 모욕적인 말을 하진 않았니?"

"아니요. 전혀요."

"다행이구나. 분명히 말해두지만 영혼이 해를 입는 것보다 몸이 열 번 망가지는 게 차라리 낫단다. 네가 되려고 하는 목사라는 직업은 멋지지만 힘든 일이야. 그런 일을 하려면 네 또래 젊은이들과는 달라야 해. 아마 한스 넌 잘할 수 있을 거야. 언젠가 영혼을 돕고 가르치는 사람이 되겠지. 난 진심으로 그렇게 되길 바라며 널 위해 기도할 거다."

플라이크는 몸을 일으켜 소년의 어깨 위에 양손을 얹었다.

"잘 지내라, 한스. 항상 선한 길을 따르렴! 하나님이 한스 기벤라트를 축복하고 보호하시길, 아멘."

플라이크의 엄숙한 기도와 고상한 말투를 듣자 소년은 왠지 당혹스럽고 겸연쩍었다. 목사도 작별 인사를 하면서 이렇게까지는 하지 않았는데 말이다.

떠날 준비를 하고 사람들에게 작별 인사를 하려니 며칠이 순식간에 지나갔다. 침구와 겉옷, 속옷과 책 들은 이미 한 상자 보내두었고 이제 여행 가방을 쌌다. 어느 쌀쌀한 아침, 아버지와 아들은 마울브론으로 떠났다. 집을 벗어나고 고향을 떠나

고 낯선 학교로 거처를 옮기려니 한스는 울적하고 묘한 기분
이 들었다.

3장

　주 북서쪽으로 가면 숲이 우거진 구릉지와 작고 고요한 호수 사이로 시토 교단의 마울브론 수도원이 커다랗게 서 있었다. 잘 보존된 견고하고 웅장한 옛 건물은 안이나 밖이나 무척 아름다웠다. 수백 년의 세월 동안 이 건물은 찬란하고 잔잔한 초록의 자연과 함께 기품 있게 어우러져 지내왔다. 보는 이들마다 이곳에서 한번 살아보고 싶다는 욕심이 들 만했다. 수도원 방문자라면 누구나 높은 담장 사이의 그림 같은 문을 통해 고요하고 넓은 마당으로 들어서게 된다. 마당에는 분수가 하나 있고, 오래된 나무들이 근엄하게 서 있으며, 양쪽으로는 견고하고 오래된 석조 건물들이 있었다. 뒷마당으로 가면 교회 본당의 정면이 나온다. 후기 로마네스크 양식의 현관 홀은 '천국'이라 불리는데, 그 단아한 아름다움이 무엇과도 비교할 수 없을 만큼 보는 이를 황홀하게 만들었다. 교회의 커다란 지붕 위에는 도대체 어떻게 종을 달고 있는지 의아스러울 정도로 작고 바늘처럼 뾰족한 탑이 우스꽝스럽게 솟아 있었다. 전혀 손상되지 않은 회랑은 그 자체로도 아름다운 작품이었고, 회랑 끝에는 근사한 분수가 있는 '샘물 예배당'이 마치 보석처럼 달려 있었다. 힘차고 우아한 십자형 둥근 천장으로 덮인 성직자 식당과 이어서 기도실, 회의실, 평신도 식당, 수도원장 사택이 있고, 사택 옆으로는 두 채의 교회 건물이 웅장하게 서 있었다. 이 육중하고 오래된 건축물 주변은 그림 같은 담장과 돌출된 창과 문, 물레방아와 집 들이 화환처럼 밝고 아늑하게 둘러싸고 있었다. 넓고 고요한 텅 빈 앞마당에는 나무 그림자만 흔들리며 잠을 자고 있었다. 그래도 점심시간이 되면 잠시나마 활기가 넘쳤다. 식사를 마친 한 무리의 젊은이들이 수도원에서 쏟아져 나오는 것이다. 그들은 앞마당에서 흩어져 운동을 하거나 서로를 부르고 대화를 나누고 함께 웃고 공놀이를 하다가 얼마 후에는 흔적도 없이 담장 뒤로 사라지곤 했다. 많은 사람들이 이곳에 대해 위대한 삶과 기쁨이 존재하는 곳이라 생각했을 것이다. 또한 생명력 있고 행복을 품은 무언가가 자랄 수 있는 곳, 성숙하고 선한 이들이 즐거이 사색하며 고매하고 훌륭한 업적을 이룰 수 있는 곳이라고 생각했을 것이다. 이 아름다움과 고요함을 감수성이 풍부한 젊은 영혼들에게 심어주기 위해 오래전 이 수도원에 프로테스탄트 신학교가 세워졌다. 구릉과 숲 속에 감춰진 채 세상에서 멀리 떨어진 이 멋진 수도원에 말이다. 이곳에 모여든 젊은이들은 마음을 휘젓는 도시와 가족의 삶을 떠남으로써 일상의 나쁜 것들과 격리되었다. 그리하여 수년간 다른 과목들과 더불어 히브리어와 그리스어 공부를 진정한 삶의 목표로 삼고, 젊은 영혼의 욕망들은 가라앉힌 채 이상적인 학문의 즐거움에만 집중할 수 있었다. 기숙사 생활은 홀로서기와 공동생활에 대해 배울 수 있는 중요한 수단이었다. 신학생들의 생활비와 학비를 지원하는 재단은 지원을 통해서 학생들에게 훗날 언제든 이 학교 출신임을 드러낼 수 있는 특별한 정신을 심어주려고 노력했다. 그것은 교묘하고도 확실한 방식의 낙인이었다. 가끔 한 번씩 학교를 뛰쳐나가는 야생마 같은 학생들을 제외하면 슈바벤 지역의 모든 신학생들에게서 언제나 그런 낙인을 확인할 수 있었다.

어머니와 함께 수도원 신학교의 문을 처음 밟은 학생들은 아마도 감사의 마음이 가득하고 미소와 감동이 흘렀던 그날을 평생 잊지 못할 것이다. 한스 기벤라트는 어머니가 없었기 때문에 별 감흥 없이 문을 밟았다. 대신에 학생들과 함께 온 낯선 어머니들을 구경했는데 그들의 모습은 꽤 충격적이었다. 벽장이 이어져 있는 거대한 회랑에 상자와 바구니 들이 이리저리 늘어져 있었다. 공동 침실이라 할 수 있는 이곳에서 부모들과 함께 온 소년들이 잡다한 물건을 꺼내고 정리하느라 정신이 없었다. 모두 각자의 번호가 매겨진 옷장을 받았고, 이후 공부하게 될 생활관에도 책장마다 번호가 매겨져 있었다. 소년들이 부모와 함께 바닥에 무릎을 꿇고 짐을 푸는 동안 조교가 군림하듯 주변을 돌아다니다가 친절하게 조언을 하곤 했다. 학생들은 꺼낸 옷들을 펼쳐서 걸고, 셔츠를 잘 개어 넣고, 책들을 쌓아 올리고, 장화와 실내화를 나란히 정리해놓았다. 학생들이 가져온 주요 품목은 거의 똑같았다. 수도원에서 필요한 최소한의 속옷과 그 밖의 필수적인 물건 목록을 미리 전달받았기 때문이다. 학생들은 각자의 이름이 새겨진 양철 세숫대야를 세면장에 세워두

고 그 옆에 스펀지와 비누통, 빗과 칫솔을 꺼내 놓았고, 그 외에
도 각자 램프와 석유병과 한 벌의 식기를 챙겨 왔다. 소년들 대
부분이 극도로 열성적이고 흥분한 모습이었다. 아버지들은 미
소 띤 얼굴로 짐 정리를 도와주는 것 같다가도 자꾸만 시계를
확인하고 지루해하며 밖으로 빠져나갈 기회를 노렸다. 반면에
어머니들은 자식의 모든 것을 정성껏 챙겨주었다. 아들의 옷과
속옷을 꺼내 일일이 주름을 펴고 끈을 잘 접어두었고, 가능한
한 깔끔하고 꺼내 쓰기 편하도록 물건들을 장 속에 차곡차곡
정리해 넣었다. 그러면서 주의할 점과 충고의 말을 하고, 더불
어 애정 어린 말도 건넸다.

"새로 산 셔츠는 특히 조심히 다뤄라. 3마르크 50페니나 주
고 샀으니까."

"빨래는 한 달에 한 번씩 기차로 보내렴. 필요하면 우편으로
도 부치고. 검은 모자는 일요일에만 쓰도록 해라."

뚱뚱하고 푸근해 보이는 어느 어머니는 높은 상자에 앉아 아
들에게 바늘과 실로 단추 다는 법을 가르쳐주고 있었다.

"집이 그리우면 언제든 편지하렴."

다른 곳에서는 이런 말도 들려왔다.

"크리스마스가 금방 올 거다."

꽤 젊고 아름다운 한 어머니는 옷이 가득한 아들의 옷장을
훑어보면서 속옷과 상의, 바지 들을 애정 어린 손길로 매만지
고 있었다. 그녀는 옷장을 살펴본 후 떡 벌어진 어깨에 뺨이 포
동포동한 사내아이를 쓰다듬었다. 아들은 부끄럽고 당황한 듯
웃음을 지으며 손길을 뿌리치고는 아무렇지 않은 것처럼 보이

려고 양손을 바지 주머니에 찔러 넣었다. 이별은 아들보다 어머니에게 더 어려운 것 같았다.

대부분의 다른 소년들은 정반대 모습을 보였다. 그저 멀뚱히 서서 분주히 움직이는 어머니를 바라볼 뿐이었다. 어쩌면 다시 집으로 갈 수 있기를 바라는 것처럼 보였다. 모든 아이들이 이별을 두려워하면서도 속으로는 낯선 사람들에 대한 경계심과 남자다워 보이려는 체면 때문에 안타까움과 애착의 감정과 힘겹게 싸우고 있었다. 사실은 엉엉 울고 싶지만 그 마음을 감추고 아무렇지 않은 듯 표정을 짓고 행동하는 아이들이 대부분이었다. 어머니들은 그런 모습에도 미소를 지었다.

필수품 외에 몇 가지 사치스러운 것을 가져온 아이들도 많았다. 보통은 사과 몇 개, 훈제 소시지, 과자 같은 것이었고 스케이트를 가져온 아이도 있었다. 작고 약삭빨라 보이는 한 아이는 짐에서 커다란 햄 덩어리를 꺼내 전혀 감추려고도 하지 않아 사람들의 시선을 끌었다. 짐을 푸는 광경만 보아도 누가 처음 집을 떠나왔고 누가 이미 기숙학교나 하숙집을 경험했는지 알 수 있었다. 그러나 경험 있는 아이들 역시 흥분과 긴장감을 보이기는 마찬가지였다.

기벤라트도 아들이 짐 푸는 것을 도왔다. 능숙하고 민첩하게 일을 해치워 다른 사람들보다 일찍 끝낸 그는 얼마 동안 한스와 기숙사 주변을 돌며 어찌할 줄 모르고 지루해했다. 주변을 둘러보니 어디에나 충고하고 훈계하는 아버지, 위로하고 조언하는 어머니, 불안한 얼굴로 부모의 말에 귀 기울이는 아들이 있었다. 기벤라트도 아들에게 삶의 길에 대해 몇 마디 황금

같은 말을 해주어야겠다는 생각이 들었다. 한참 동안 고민하던 그는 잠잠히 서 있는 아들 곁에 쭈뼛쭈뼛 다가가더니 갑자기 미사여구를 곁들인 말을 엄숙하게 쏟아내기 시작했다. 한스는 깜짝 놀랐지만 말없이 듣고만 있었다. 그때 근처에 있던 목사가 아버지의 말에 웃음 짓자 한스는 부끄러워서 아버지를 한쪽으로 이끌었다.

"그래, 가족의 명예를 높여주겠다고 말해주겠니? 선생님들 말씀도 잘 들을 거지?"

"예, 그럼요." 한스가 대답했다.

아버지는 말을 마치고 안도의 한숨을 내쉬더니 곧 다시 지루해하기 시작했다. 한스 또한 어쩔 줄 몰라 하다가 불안하고 궁금한 심정으로 창문을 통해 고요한 회랑을 들여다보았다. 예스럽고 고독이 느껴지는 회랑은 소란을 떠는 젊은 인생들과 기묘한 대조를 이루었다. 한스는 분주하게 움직이는 낯선 동급생들을 수줍게 바라보았다. 슈투트가르트에서 만났던 라틴어를 잘하던 괴핑겐 친구는 시험에 떨어진 모양이었다. 아직 한스의 눈에는 그 친구가 보이지 않았다. 한스는 멍하니 미래의 학우들을 살펴보았다. 소년들의 소지품은 모양과 개수가 전부 비슷했지만 시골 출신과 도시 출신, 부잣집 자식과 가난한 집 자식을 쉽게 구분할 수 있었다. 물론 부유한 가정에서 아들을 신학교에 보내는 일은 흔하지 않았다. 하지만 부모의 자부심이나 깊은 통찰력으로, 또는 아이의 재능에 따라 보내는 경우도 있었다. 특히 교수나 고위 관직 사람들이 여전히 본인들의 수도원 생활을 추억하며 자식을 마울브론으로 보내곤 했다. 그래서 마흔 명의 소년이 입은 재킷의 옷감이나 재단 방식에서 많은 차이가 났고, 그들의 태도나 말투에서는 더 큰 차이가 났다. 깡마른 몸에 팔다리가 거친 슈바르츠발트 출신도 있었고, 거만한 알프스 출신, 선명한 금발과 커다란 입에 자유롭고 명랑하고 활발한 성격을 지닌 저지대 지역 출신, 뾰족한 장화를 신고 괴상한 억양으로 말하는, 혹은 과도하게 우아한 말투를 쓰는 세련된 슈투트가르트 출신도 있었다. 학생들 중 5분의 1 정도가 안경을 쓰고 있었다. 가냘프고 귀공자 같은 슈투트가르트 출신 마마보이는 단단하고 질 좋은 중절모를 쓰고 꽤나 고상하게 행동했다. 그런 눈에 띄는 옷차림 때문에 장난기 많은 동급생들이 이미 첫날부터 나중에 놀리고 팰 궁리를 하고 있다는 것도 모르고 말이다. 눈 밝은 사람이라면 이러한 겁먹은 소년들의 무리가 오히려 이 지역 수재들 중의 수재들이라는 걸 눈치챌 것이다. 암기 위주의 주입식 교육을 받은 듯한 평범한 아이들은 멀리서도 한눈에 알아볼 수 있었다. 매끈한 이마 뒤로 삶의 높은 이상이 아직 잠에서 절반도 깨어나지 않은 섬세하고 반항적이고 고집 센 아이들도 있었다. 똑똑하고 끈기 있는 이들 슈바벤 출신 수재들 중 몇 명은 아마도 세월이 흐르면 거대한 세상의 주류가 되어 그들 특유의 건조하지만 특별한 생각을 통해 새롭고 강력한 체제의 핵심을 이뤄낼 것이다. 슈바벤 지방은 철학적 사색 능력을 자랑스러운 전통으로 여기며 훌륭한 신학자를 키워냈을 뿐만 아니라 이미 여러 차례 명망 있는 예언자는 물론 거짓 선동꾼들도 배출한 적이 있었다. 이 비옥한 지방은 정치적으로는 대단한 전통이 없지만 최소한 신학과 철학 같은 정신적인 영역에서 여전히 확실한 영향력을 세상에 행사하고 있었다. 또 이곳 사람들은 예로부터 이어져온 아름다운 형식과 몽상적인 시를 즐기는 정서를 품고 있어서 가끔씩 큰 인기를 누리는 시인과 작가가 나오기도 했다.

마울브론 신학교의 건물이나 규율은 겉으로 볼 때 슈바벤적인 느낌을 주지 않았다. 오히려 수도원 시절부터 남아 있는 라틴어 명칭이나 새로 써 붙인 고전적인 이름표들을 어디서나 찾아볼 수 있었다. 학생들에게 배정된 방 이름은 '포럼', '헬라스', '아테네', '스파르타', '아크로폴리스'였다. 가장 작고 멀리 떨어져 있는 방은 '게르마니아'였는데, 이 이름에는 게르만족이 처한 현실을 가능하면 그리스와 로마 시대의 유토피아처럼 만들고자 하는 뜻이 담긴 것 같았다. 하지만 이 이름도 외형상 갖다 붙인 것일 뿐, 솔직히 히브리어 이름이었다면 더 잘 어울렸을 것이다. 재미있게도 우연처럼 아테네 방에는 관대한 달변가들 대신 지기 싫어하는 재미없는 학생들이, 스파르타 방에는 고행을 하는 전사들 대신 쾌활하고 자유분방한 학생들이 배정되었다. 한스 기벤라트는 아홉 명의 학생과 함께 헬라스 방에 배정되었다.

저녁이 되어 처음으로 한스는 아홉 명의 친구와 함께 차갑고 삭막한 숙소에 들어가 좁은 침대에 몸을 눕혔다. 마음이 묘했다. 학생들은 천장에 달린 커다란 석유 램프의 붉은빛 아래서 옷을 갈아입었다. 10시 15분이 되자 조교가 불을 껐다. 일렬로 된 잠자리에는 두 침대당 하나씩 침대 사이에 옷을 걸 수 있는 작은 의자가 있었고, 기둥에 매달린 밧줄에 아침 기상을 알리는 종이 걸려 있었다. 벌써 친해진 두세 명의 소년들이 서로 귓속말을 해댔지만 그 소리도 금방 멈췄다. 다들 아직 낯을 가려서 주눅이 든 채 아무 소리도 내지 않고 침대에 누워 있었다. 잠이 든 학생들에게서 깊은 숨소리가 들려왔다. 한 녀석이 자면서 팔을 뒤척이자 리넨 이불이 바스락거렸다. 아직 깨어 있는 학생들은 침묵한 채 누워 있었다. 한스도 잠을 이루지 못한 채 바로 옆 침대에 누운 학생들의 숨소리를 듣고 있었다. 조금 시간이 지나자 한 침대 건너 옆 침대에서 걱정스럽게도 이상한 소리가 들려왔다. 그 학생은 이불을 머리까지 뒤집어쓰고 울고 있었다. 나지막하고 아득히 들려오는 그 흐느낌은 묘하게도 한스의 마음을 흔들었다. 한스는 전혀 집이 그립지 않았지만 집에 있는 자신의 작고 조용한 방만큼은 아쉬웠다. 잘 알지 못하는 새로운 것들과 많은 새 친구들이 은근히 두려웠다. 아직 자정이 되지 않았는데 침실에는 아무도 깨어 있지 않았다. 나란히 누워 줄무늬 베개에 뺨을 깊이 묻은 소년들은 침울한 아이나 고집 센 아이, 쾌활한 아이나 겁 많은 아이 할 것 없이 모두 달콤하고 깊은 휴식과 망각에 빠져들었다.

오래된 뾰족 지붕과 탑, 돌출된 창문들, 작은 첨탑, 망루, 뾰족하게 휘어진 회랑 위로 창백한 반달이 떠올랐다. 달빛이 벽의 주름 장식과 문지방 위에 고여 있다가 고딕 양식 창문과 로마네스크 양식 문을 따라 흘러내리고, 회랑이 만나는 곳에 있는 분수 위의 커다랗고 우아한 물그릇에서 파리한 금빛으로 흐늘거렸다.

금색 빛줄기와 빛이 만든 그림자가 헬라스 방 침실에 달린 세 개의 창으로 들어와 그 옛날 선배 수도사들에게 그랬던 것처럼 잠들어 있는 소년들의 꿈 곁에 친근하게 머물렀다. 다음 날 작은 예배당에서 엄숙한 입학식이 열렸다. 교사들이 프록코트를 걸치고 서 있었고 교장이 인사말을 했다. 걱정이 가득한 학생들은 구부정히 의자에 앉아 틈틈이 뒤쪽 멀리 앉아 있는 부모들을 훔쳐보곤 했다. 어머니들은 사려 깊게 미소 지으며 아들들을 바라보았고, 당당한 자세로 교장의 인사말을 듣는 아버지들은 진지하고 단호해 보였다. 아들에 대한 기특함과 자랑스러움, 잘해내리라는 기대감이 부모들의 마음을 가득 채웠다. 이날만은 누구도 경제적 이익을 위해 자식을 팔고 있다는 생각은 하지 않았다. 마지막 순서로 학생들 이름이 호명되자 소년들은 차례로 나가 교장과 악수하며 본분을 다하겠다고 맹세했다. 이로써 주 정부는 학생들이 올바로 성장할 경우 평생 일자리와 생계를 책임져주게 되었다. 이러한 지원은 결코 대가 없이는 이루어질 수 없다는 사실을 학생들은 물론 아버지들도 알지 못했다. 학생들에게는 부모와 작별해야 하는 상황이 더 심각하고 현실적인 문제였다. 부모들은 걸어서, 혹은 역마차로, 또는 급히 다른 수단을 마련해 자식들을 남겨두고 떠나갔다. 온화한 9월 하늘 아래 이별의 손수건은 한참 동안 흩날렸다. 부모의 모습이 숲 속으로 사라지자 학생들은 말없이 생각에 잠겨 수도원으로 돌아왔다.

"자, 부모님들은 이제 떠나셨습니다." 조교가 말했다.

이제 소년들은 각자 배정된 방의 룸메이트부터 시작하여 서로를 눈여겨보고 알아가기 시작했다. 그들은 잉크병에 잉크를 채우고, 램프에 석유를 담고, 책과 노트를 가지런히 하면서 새로운 생활공간에 익숙해지려고 노력했다. 호기심 깃든 눈으로 친구들을 바라보다가 말을 걸어 고향이 어디인지, 어느 학교 출신인지 물어보았고, 함께 진땀 흘리며 통과한 주 정부 선발 고사를 주제 삼아 떠들기 시작했다. 몇몇 책상을 중심으로 소년들이 몰려들었고, 여기저기서 맑은 웃음소리가 터져 나왔다. 저녁이 되자 같은 방 학생들끼리는 긴 항해를 마친 여객선에 함께 탔던 승객들보다 훨씬 잘 알게 되었다. 한스와 함께 헬라스 방에서 살게 된 아홉 명의 룸메이트 중에는 평범한 축에 속하는 아이들도 있었고 개성이 독특한 아이도 네 명 있었다. 슈투트가르트 출신으로 교수의 아들인 오토 하르트너는 똑똑한 데다 여유롭고 자신감이 넘쳤으며 모든 태도에 흠잡을 데가 없었다. 그는 어깨가 넓고 건장한 체격에 옷차림도 세련됐으며 의연하고 당당한 모습으로 방 친구들의 감탄을 자아냈다.

알프스 출신으로 소도시 시장 아들인 카를 하멜은 친해지려면 꽤 시간이 필요할 것 같았다. 하멜은 자꾸 모순적인 모습을 보이고 괜히 무심한 척하는 태도를 유지했다. 그러다 갑자기 열띤 모습으로 제멋대로 굴고 난폭하게 행동하는가 하면, 그런 모습도 오래가지 않아 이내 자신만의 세계로 돌아가는 것이었다. 그런 그가 조용한 관찰자인지, 그저 소심한 아이인지는 알 수 없었다. 하멜만큼 복잡하진 않았지만 눈에 띄는 인물은 슈바르츠발트의 좋은 가문 출신인 헤르만 하일너였다. 입학 첫날부터 전교생은 그가 시인이며 문예가라는 사실을 알았다. 그가 선발 고사에서 작문을 6보격(유럽의 정형시 형식 중에서도 그리스 신화에 자주 나오던 매우 고전적인 형식. 6보격 시의 대표적인 시인은 호메로스다 - 옮긴이)으로 썼다는 소문도 돌았다. 그는 말이 많고 생기가 넘쳤으며 고급스러운 바이올린을 갖고 있었다. 항상 감상과 경솔함이 뒤섞인 미성숙한 젊은이의 본성을 드러내고 다니는 듯했지만 그 이면에는 꽤 진지한 면이 감춰져 있었다. 그의 몸과 영혼은 실제 나이보다 더 성숙했으며 벌써 자신만의 길을 걷고자 했다. 헬라스 방에서 가장 유별난 인물은 에밀 루치우스였다. 창백한 금발에 키가 작고 비밀이 많은 이 소년은 늙은 농부처럼 집요하고 부지런했으며 감정을 별로 나타내지 않았다. 체구와 생김새는 비교적 어렸지만 아이처럼 보이기는커녕 아무런 변화도 기대할 수 없는 어른의 분위기를 풍겼다. 다른 아이들이 지루해하고 떠들어대고 낯설어하던 입학 첫날에도 태연하게 자리에 앉아 문법책을 펴고는 손가락으로 귀를 막은 채 마치 잃어버린 시간을 되찾으려는 듯 공부에 열중했다.

이 조용한 괴짜의 속임수가 들통난 것은 한참이 지난 뒤였다. 루치우스가 교활한 구두쇠이자 이기주의자라는 걸 모두가 알게 되었다. 그런데 그 파렴치한 성격조차 너무 완벽하여 동급생들은 일종의 존경심을 보이거나 모른 척해주기도 했다. 그는 돈을 아끼고 버는 방법에서도 약삭빨랐는데 그 속임수가 하나씩 드러날 때마다 아이들은 경악했다. 루치우스의 교활함은 아침 일찍 기상할 때부터 시작되었다. 그는 항상 세면장에 가장 일찍 아니면 가장 늦게 나타났다. 다른 학생들의 수건과 비누를 사용해 자기 물건을 아끼려는 수작이었다. 덕분에 그의 수건은 거의 2주 이상 깨끗한 채로 남아 있었다. 하지만 규정상 일주일마다 수건을 바꾸어야 했고, 월요일마다 수석 조교가 이를 검사했다. 그래서 루치우스도 월요일이면 깨끗한 수건을 자신의 번호가 적힌 수건걸이에 걸어놓았다. 그런데 점심시간이 지나면 다시 접어서 사물함에 넣고는 아껴 쓰는 낡은 수건을 걸어놓는 것이었다. 녀석의 비누는 딱딱해서 잘 녹지도 않았는데 덕분에 거의 수개월간 쓸 수 있었다. 그렇다고 루치우스가 겉치장을 게을리하는 것은 결코 아니었다. 오히려 늘 깔끔하게 하고 다녔다. 가는 금발은 가르마를 타서 꼼꼼하게 빗어 넘겼으며 속옷과 겉옷 차림도 나무랄 데 없었다. 세면장에서 치장이 끝나면 아침을 먹으러 갔다. 아침으로는 커피 한 잔과 설탕 한 조각과 긴 빵이 나왔는데, 대부분은 그 식단에 만족하지 못했다. 젊은 사람들은 여덟 시간을 자고 나면 대개 엄청난 허기를 느끼기 때문이었다. 하지만 루치우스는 만족스러운 모양이었다. 그는 설탕 조각을 먹지 않고 모아두었다가 설탕을 원하는 친구에게 1페니를 받고 두 조각을 내주었고, 공책 한 권과 설탕 스물다섯 조각을 교환하기도 했다. 저녁이면 비싼 석유를 아끼려고 다른 학생의 램프에서 나오는 빛으로 공부했음은 말할 필요도 없다. 그런데 루치우스는 가난한 집안이 아니라 매우 부유한 집안 출신이었다. 사실 현실은 정말 가난한 집 아이들이 오히려 경제관념이 없고 절약을 이해하지 못해 가진 것보다 더 많이 쓰는 법이었다.

에밀 루치우스의 경제관념은 돈과 소유물에만 적용되는 게 아니었다. 정신적인 세계에서도 가능한 한 이득을 챙기려 했다. 여기서도 그는 현명하게도, 정신적 소유가 오로지 상대적인 가치로 발생한다는 것을 잊지 않았다. 미리 기초를 쌓아두어야 나중에 좋은 성적을 거둘 수 있는 과목들에 집중했고, 나머지 과목은 중간 성적에 만족하는 것이었다. 공부를 하든 과제를 하든 그는 항상 다른 학생들과 성적을 비교했고, 선택할 수 있다면 두 배 더 공부해서 이 등이 되기보다 절반의 지식으로 일 등이 되고 싶어 했다. 그래서 매일 저녁 다른 아이들이 모두 게임을 하거나 책을 읽으며 취미를 즐길 때에도 루치우스는 책상에서 공부를 했다. 게다가 아이들이 내는 소음을 신경 쓰지 않았고, 심지어 친구들이 노는 걸 부러워하기는커녕 이 상황에 만족한다는 눈길로 그들을 쳐다보는 것이었다. 다른 아이들도 공부를 한다면 자신이 노력한 보람이 없어지기 때문이었다. 이 부지런한 노력과 소년의 교활함과 속임수를 기분 나쁘게 받아들이는 아이는 아무도 없었다. 하지만 지나치게 열정적으로 이익을 추구하는 사람들이 흔히 그렇듯 루치우스도 어리석은 짓을 저지르고 말았다. 수도원에서 제공하는 수업은 모두 무료였기 때문에 바이올린을 배워야겠다는 결심을 한 것이다. 딱히 전에 배운 적이 있거나 음감이 있거나 재능이 있는 것도 아닌 데다 음악에서 아무런 즐거움도 느끼지 못하면서 말이다! 하지만 루치우스는 라틴어나 수학처럼 바이올린도 배우면 잘할 수 있을 거라고 생각했다. 언젠가 그는 누군가에게 음악은 나이가 들었을 때 쓸모가 있으며 음악가는 사랑받는 직업인데다 수요가 많다는 소리를 들은 적이 있었다. 게다가 신학교에서는 교습용 바이올린도 제공해주어서 비용이 전혀 들지 않앉던 것이다. 루치우스가 바이올린을 배우겠다며 찾아오자 음악 교사 하스는 기겁했다. 음악 시간을 통해 이미 루치우스를 잘 알고 있었던 것이다. 루치우스의 노래는 학생들에게 큰 재미를 주었지만 교사인 하스에게는 깊은 절망을 안겨주었다. 그래서 소년을 말리려고 노력해봤지만 쉬운 상대가 아니었다. 루치우스는 겸손하게 살짝 웃으면서 자신의 배울 권리를 주장했고, 음악을 향한 자신의 열정이 얼마나 큰지 설명했다. 결국 가장 안 좋은 연습용 바이올린을 손에 넣었다. 루치우스는 매주 두 번 바이올린 교습을 받고 매일 30분씩 연습했다. 루치우스가 연습을 시작하자마자 같은 방 친구들은 그에게 이번이 처음이자 마지막이며 무자비하게 긁어대는 그 소리를 다시는 듣고 싶지 않다고 말했다. 루치우스는 바이올린을 들고 수도원에서 혼자 조용히 연습할 수 있는 구석 자리를 찾아다녔다. 어느 한 구석에서 울부짖듯 날카롭게 긁는 소리가 터져 나오면 근처에 있던 사람들은 불안에 떨곤 했다. 시인 하일너가 말하길 이는 오랫동안 고통 받던 바이올린이 절망하여 벌레 먹은 구멍 밖으로 살려달라고 외치는 소리 같다고 했다. 그럼에도 바이올린 실력이 늘지 않자 지친 음악 교사는 심란한 얼굴로 루치우스에게 심한 말을 해버렸다. 그러자 루치우스는 더 애타게 연습에 매달렸다. 그동안은 자기만족에 빠진 장사꾼이었던 그의 얼굴에 걱정스러운 주름이 생겨났다. 참다못한 음악 교사가 그에게 음악 재능이 없다고 선포하고 더 이상의 가르침을 거부한 것은 더 처참한 비극을 맞았다. 배움의 열정에 사로잡힌 이 학생이 포기하지 않고 피아노를 선택해 또다시 긴 시간 동안 자신을 혹사시켰기 때문이다. 진전 없는 몇 달 후 결국 루치우스도 지칠 대로 지쳐서 조용히 음악을 포기하고 말았다. 그러나 세월이 흘러 음악을 주제로 대화할 때마다 루치우스는 자신도 한때 피아노와 바이올린을 배웠지만 상황 때문에 어쩔 수 없이 아름다운 악기들에서 멀어졌다고 애매하게 말하곤 했다.

그렇게 헬라스 방에는 재미있는 광경을 즐길 수 있는 기회가 자주 있었다. 문예가 하일너도 우스운 장면을 자주 연출해주었다. 카를 하멜은 빈정대며 농담 던지기를 좋아하는 관찰자 역할이었다. 하멜은 동급생들보다 한 살이 더 많아서 다소 우세한 측면이 있었지만 그렇다고 해서 특별히 존경받지도 않았다. 기분파인 그가 일주일에 한 번은 꼭 자신의 힘을 시험하기 위해 싸움을 벌였는데, 그럴 때마다 야만적이고 잔인하게 변했기 때문이다.

한스 기벤라트는 놀라움의 눈으로 하멜을 지켜보면서도 착하고 말 없는 룸메이트로서 자신의 역할을 묵묵히 수행했다. 한스는 성실했으며 루치우스만큼이나 열심히 공부했다. 다른 룸메이트들은 그런 모습에 감탄했지만 하일너는 예외였다. 독보적인 경박함을 자랑으로 삼았던 하일너는 한스를 출세주의자라고 놀려댔다. 저녁때 기숙사에서 심심찮게 주먹다짐이 벌어지기도 했지만 빠르게 성장하는 시기였던 동급생 소년들은 전반적으로 서로 친하게 지냈다. 왜냐하면 그들은 이제 자신들을 성인이라 여겼기 때문이었다. 그들은 자신들을 대하는 교사들의 존대가 어색하면서도 그런 대우에 걸맞도록 올바르게 행동하고 학문적으로 더 진지해지려고 노력했다. 또 대학생이 중

등학교 시절을 돌아보듯 우쭐대며 지나온 라틴어 학교 시절을 가련히 여기기도 했다. 그러나 때로는 그런 가식을 뚫고 진짜 모습인 어린아이 같은 기질이 튀어나와 존재감을 드러냈다. 그럴 때면 기숙사에 쿵쾅대는 발소리와 거친 욕설이 울려 퍼졌다. 몇 주간의 공동 생활 시간을 보내며 소년들이 무리를 이루는 모습을 관찰하는 일이 신학교의 교장과 교사들에게는 유익하고 근사한 순간일 것이다. 소년들은 침전을 일으키는 화학반응처럼 떠돌던 구름과 먼지들이 뭉쳤다가 분해되었다가 모양을 형성하듯 집단을 이루었다. 첫 만남의 수줍음을 떨쳐내고 서로 탐색하고 어울리면서 마음 맞는 아이들끼리 한데 뭉치는 것이었다. 그러다 보니 서로 친한 무리와 혐오하는 무리가 생겨났다. 고향이 같거나 출신 학교가 같다고 해서 뭉치는 경우는 드물었고, 대부분은 완전히 새로운 친구들과 가까워졌다. 새로운 것을 추구하고 자신에게 부족한 점을 채우려는 내면의 충동에 따라 도시 아이들은 시골 아이들과, 알프스 지역 아이들은 저지대 아이들과 친해졌다. 젊은이들은 그렇게 서로를 탐색하느라 우물쭈물했다. 자신과 비슷한 모습을 발견하고 싶은 한편 자기만큼은 다르고 싶다는 욕망도 있었다. 많은 소년들이 처음으로 어린 시절의 꿈에서 깨어나 각자의 개성에 눈을 떠갔다. 애정과 질투심으로 인해 어찌 설명할 수 없는 매우 사소한 사건들이 벌어졌고, 깊은 우정이 맺어지기도 했다. 모두가 아는 적대 관계가 생기는가 하면, 상황에 따라 친근한 관계가 되어 산책 친구가 되거나 주먹질하고 몸싸움하는 사이로 남기도 했다.

한스는 이러한 분위기에 겉으로는 아무런 관심도 보이지 않았다. 한번은 카를 하멜이 분명하고 열정적인 태도로 우정의 손길을 건넸는데 한스는 너무 놀란 나머지 그를 피하고 말았다. 그 후 하멜은 곧 스파르타 방의 친구와 친해졌기 때문에 한스는 혼자가 되었다. 하지만 강렬한 열망은 우정의 세계를 황홀하고 그리운 색상으로 바라보게 했고 어느새 그를 충동적으로 끌어당겼다. 하지만 수줍음 때문에 한스는 주저하고 있었다. 어머니 없이 엄격한 어린 시절을 보내면서 누군가에게 기대는 습성을 잃어버리기도 했지만, 그는 무엇보다 열정적인 모습을 보이는 것이 두려웠다. 게다가 소년 특유의 자존심은 물론 야망까지 더해졌던 것이다. 한스는 루치우스와는 달리 지식을 정말 중요하게 생각했고, 루치우스와 마찬가지로 공부에 방해되는 것은 뭐든 멀리하려 했다. 그래서 책상에 앉아 공부하기를 고수했지만 친구들이 우정을 쌓아가는 모습을 볼 때마다 질투와 그리움으로 괴로워했다. 카를 하멜은 적당한 친구가 아니었지만, 만일 다른 친구가 다가와 한스를 강하게 끌어당겼더라면 기꺼이 따라갔을 것이다. 한스는 그저 수줍은 소녀처럼 앉아서 자신보다 강하고 용기 있는 누군가가 자신을 데리러 와주길, 자신의 마음을 빼앗고 행복하게 해주기만을 기다렸다. 이런 문제들 외에도 학기 초에는 히브리어 같은 수업들 때문에 무척 바빴다. 젊은 학생들의 시간은 매우 빠르게 지나갔다. 마울브론을 둘러싼 수많은 작은 호수와 연못에는 늦가을 풍경이 비쳤다. 헐벗은 물푸레나무와 자작나무, 떡갈나무, 길게 늘어진 저녁 어스름과 창백한 하늘이 수면에 드리워졌다. 아름다운 숲이 온몸으로 신음과 환호 소리를 내며 겨울이 오기 전 마지막 축제를 난폭하게 즐기고 있었다. 땅에는 이미 수차례 가벼운 서리가 내렸다.

감수성이 남다른 헤르만 하일너도 마음 맞는 친구를 얻으려고 노력했으나 실패했다. 그는 날마다 외출 시간이면 혼자 숲을 돌아다녔다. 특히 숲 속에 있는 호수를 좋아했다. 음울한 갈빛 호수는 갈대로 둘러싸여 있었고 늙고 시들시들한 나무줄기가 수면 위에 떠 있었다. 이 슬프도록 아름다운 숲의 한구석에 소년 몽상가는 강하게 이끌렸다. 여기서 하일너는 꿈을 꾸듯 나뭇가지로 수면에 원을 그리면서 레나우(니콜라우스 레나우. 19세기 중엽 인간의 절망과 고뇌를 노래한 오스트리아 시인 – 옮긴이)의 〈갈대의 노래〉를 읽을 수 있었다. 또 낙엽 지는 소리와 뼈대만 남은 우듬지를 흔드는 바람 소리가 구슬픈 화음을 내는 동안 호숫가의 낮은 갈대 위에 누워 가을에 걸맞은 주제인 죽음과 사라짐에 대해 생각할 수 있었다. 그리고 주머니에서 작고 검은 노트를 꺼내 연필로 한두 구절의 시를 적기도 했다.

10월이 저물어가던 어느 흐린 날, 한스 기벤라트가 점심시간에 홀로 산책하다가 그 호숫가에 이르렀을 때도 하일너는 그러고 있었다. 한스는 작은 수문의 판자 다리에 앉아 무릎 위에 노트를 얹은 채 잘 깎은 연필을 입에 물고 생각에 잠겨 있는 어린 시인을 발견했다. 그의 옆에는 책 한 권이 펼쳐져 있었다. 한스는 천천히 그에게 다가갔다.

"안녕, 하일너? 뭐 하고 있어?"

"호메로스를 읽고 있어. 그러는 넌?"

"믿을 수 없어. 난 네가 뭘 하고 있었는지 알아."

"정말?"

"당연하지. 너 시 쓰고 있었지?"

"그랬을 것 같니?"

"그럼."

"여기 앉아봐!"

한스는 하일너 옆으로 다가가 판자 위에 앉고 두 다리를 수면 위로 흔들었다. 이곳저곳에서 갈잎들이 차갑고 고요한 공기를 타고 하나둘 내려와 거울 같은 갈빛 수면으로 소리 없이 내려앉고 있었다.

"이곳은 쓸쓸하구나." 한스가 말했다.

"응, 그렇지."

두 사람은 바닥에 등을 대고 누웠다. 그러자 그들의 눈에는 가을빛에 젖은 나무들은 비스듬한 우듬지만 얼핏 보일 뿐, 바다의 섬처럼 구름이 둥둥 떠가는 푸른 하늘이 한가득 들어왔다.

"구름이 정말 멋지다." 한스가 흠뻑 취한 목소리로 말했다.

"그래, 기벤라트." 하일너가 한숨을 내뱉었다. "내가 저런 구름이었다면!"

"그럼 어떡할 건데?"

"그러면 우리는 저 하늘에서 숲과 마을과 도시와 주 들 위로 아름다운 배처럼 항해를 할 텐데. 배를 본 적 있니?"

"아니, 없어. 하일너 너는?"

"나는 봤어. 하지만 나 원 참, 너는 그런 걸 이해하지 못할 거야. 그저 공부하고, 집중하고, 성실히 노력하는 것밖에 할 줄 모르잖아!"

"그러니까 넌 나를 아주 바보로 아는구나?"

"그렇게 말하진 않았어."

"네가 생각하는 것처럼 나는 아주 바보는 아니야. 어쨌든 배에 대해서 계속 얘기해봐."

하일너는 몸을 돌리다가 머리가 물 쪽으로 쏠려 빠질 뻔했다. 그는 이제 배를 깔고 엎드려 팔꿈치로 바닥을 짚고 양손으로 턱을 받쳤다.

"라인 강이었는데, 방학 때 그런 배를 봤어." 하일너가 말을 시작했다. "한번은 일요일에 배에서 밤새 음악이 흘렀어. 색색으로 빛나는 등불도 걸려 있었고 불빛이 강물에 비쳤어. 우리는 음악을 들으며 강을 거슬러 올라갔어. 라인 포도주도 마셨지. 여자애들은 하얀 드레스를 입고 있었어."

한스는 말없이 하일너에게 귀 기울였다. 눈을 감고 여름밤을 항해하는 배와 음악과 붉은빛과 하얀 드레스의 여자아이들을 떠올렸다. 하일너가 이어서 말했다.

"그래, 지금과는 달랐어. 여기서 누가 그런 걸 알겠어? 전부 지루한 녀석들, 위선자들뿐이야! 그저 지칠 때까지 공부하고 자신을 혹사시키지. 히브리어 알파벳보다 더 가치 있는 것이 있다는 것도 모르고 말이야. 너도 똑같아."

한스는 침묵했다. 하일너라는 친구는 정말 신기한 녀석이었다. 몽상가에다 시인이었다. 한스는 이미 하일너에게 감탄한 게 한두 번이 아니었다. 하일너는 모두가 알고 있듯 공부 안 하는 학생이었지만 아는 것이 많았고 훌륭한 대답을 할 줄 알았다. 그러면서도 그는 그런 지식을 경멸했다.

"우리가 호메로스를 읽고 있잖아." 하일너는 계속 비꼬는 투로 말했다. "그런데《오디세이아》가 무슨 요리책도 아닌데, 한시간 동안 두 구절만 붙들고 앉아서 단어마다 구역질 나도록 되새김질하고 탐구한단 말이야. 하지만 수업을 마칠 때면 선생님은 늘 같은 소리를 하지. '여러분, 잘 보셨지요? 시인이 얼마나 섬세한 은유법으로 표현했는지. 우리는 여기서 시인의 창작 비밀을 살짝 들여다볼 수 있었어요.' 혹시라도 학생들이 부사와 전치사와 부정과거형에 질식할까 봐 거기에다 이렇게 약간의 소스를 치는 거야. 그런 방식이라면 호메로스 전체를 갖다 버려도 좋아. 그딴 고대 그리스 것이 우리에게 다 무슨 의미가 있지? 우리 중 누군가가 조금이라도 그리스식으로 살아보려고 했다간 퇴학당할걸. 그러면서 또 우리 방 이름은 헬라스라니! 완전 모순이야! 어째서 '쓰레기통'이나 '노예 감옥'이나 '착취 공장'이라고 이름 짓지 않았지? 고전이란 것들은 전부 다 사기라고."

하일너는 허공에 침을 뱉었다.

"너 시를 쓰고 있지 않았니?" 한스가 대뜸 물었다.

"쓰고 있었어."

"뭐에 대해 썼는데?"

"이곳 호수에 대해, 그리고 가을에 대해."

"보여줘 봐!"

"안 돼, 아직 완성이 안 됐어."

"그럼 완성되면 봐도 될까?"

"그래, 마음대로 해."

두 사람은 자리에서 일어나 천천히 수도원 쪽으로 걸음을 내딛었다.

"이것 좀 봐. 이게 얼마나 아름다운지 눈여겨본 적 있어?" '천국'을 지나가며 하일너가 물었다. "고딕 양식과 로마네스크 양식으로 지어졌지. 홀과 아치형 창문과 십자형 회랑, 식당들 모두 화려하고 정교한 예술가들 작품이야. 다 누굴 위한 마법일까? 목사가 되어야 하는 서른여섯 명의 불쌍한 소년들을 위한 거야. 주 정부에 돈이 남아도나 봐."

한스는 오후 내내 하일너에 대한 생각을 내려놓을 수 없었다. 하일너는 대체 어떤 녀석일까? 한스가 아는 고민거리나 소원 같은 것은 하일너에게 찾아볼 수 없었다. 그에게는 자신만의 생각과 언어가 있었다. 더 뜨겁고 더 자유롭게 살았으며, 남들과 다른 고민으로 괴로워했고, 자신을 둘러싼 모든 상황을 경멸하는 것 같았다. 그는 오래된 기둥과 성벽의 아름다움을 알았다. 비밀스럽고 독특한 재능을 이용해 자신의 영혼을 시구로 표현했으며, 상상 속에서 가상의 인생을 만들어냈다. 또한 하일너는 구속받지 않고 활동적이었다. 한스가 일 년간 해도 못 할 만큼의 농담을 하루 동안 하기도 했다. 동시에 그는 우울했으며 자신의 슬픔을 마치 제삼자의 일인 양 비범하고 훌륭한 것으로 여기며 즐기곤 했다. 그날 저녁 하일너는 룸메이트들에게 자신의 숨길 수 없는 유별난 본성을 내보이고 말았다. 동급생 중에 목소리만 시끄럽고 소심한 오토 벵거라는 녀석이 있었다. 그 녀석이 하일너에게 싸움을 걸어온 것이었다. 하일너는 잠시 동안 가만히 서서 우습다는 듯이 무시하다가 갑자기 상대의 뺨을 때렸다. 곧 두 사람은 격렬하게 뒤엉켜 맞붙은 채 떨어지지 않았다. 방향키 없는 배처럼 충돌하고 반원을 그리며 돌면서 경련을 일으켰다. 헬라스 방을 누비며 벽에 붙었다가 의자 위로 넘어지고 바닥에서 뒹굴었다. 두 사람 모두 말도 없이 헐떡이며 침을 흘리고 입에 거품을 물었다. 다른 아이들은 그저 비판적인 표정으로 쳐다보며 뒤엉킨 싸움꾼들을 피할 뿐이었다. 피하면서 자신들의 발과 책상, 램프를 건드리지 못하도록 치웠고, 즐거운 흥분을 느끼며 싸움이 끝나기를 기다렸다. 몇 분이 지나 하일너가 힘겹게 몸을 일으키고 오토 벵거에게서 빠져나와 숨을 내쉬며 일어섰다. 눈은 붉게 충혈되고 셔츠 깃이 찢어지고 바지 무릎에 구멍이 뚫려 있는 그의 모습은 상처투성이처럼 보였다. 상대가 다시 그에게 덤비려고 했으나 하일너는 팔짱을 끼고 서서 거만하게 말했다.

"난 그만두겠어. 계속 싸우고 싶다면 어디 한번 때려봐."

오토 벵거는 욕을 내뱉으며 방에서 나가버렸다. 하일너는 책상에 앉아 세워져 있는 램프를 돌려놓고는 양손을 바지 주머니에 넣은 채 혼자만의 생각에 빠져드는 것 같았다. 그런데 갑자기 그의 눈에 눈물이 고이더니 한 방울씩 떨어지다가 이윽고 줄줄 흐르는 것이었다. 있을 수 없는 일이었다. 신학생에게 운다는 것은 가장 굴욕적인 행동이었다. 하지만 하일너는 눈물을 전혀 감추려 하지 않았다. 방에서 나가지도 않고 그저 잠잠히 앉아 창백해진 얼굴을 램프 쪽으로 향하고 있었다. 눈물을 닦으려고도 주머니에서 손을 빼려고도 하지 않았다. 다른 아이들은 호기심 어린 얼굴로 빈정거리면서 그의 주변을 둘러싸고 있었다. 마침내 하르트너가 하일너 앞에 서서 말했다.

"야, 하일너. 창피하지도 않냐?"

울던 녀석은 방금 막 깊은 잠에서 깨어난 듯 천천히 주변을 둘러보았다.

"창피하다고? 너희들 앞에서?" 그러고는 큰 소리로 경멸하듯이 말했다. "절대 아니야, 이 자식들아!"

하일너는 얼굴을 문지르고 짜증스럽다는 듯 미소를 지은 후 자신의 램프를 훅 불어 끄고 방에서 나가버렸다. 한스 기벤라트는 그 모든 일이 벌어지는 동안 자기 자리에 앉아 그저 당황하고 기겁한 채 하일너를 엿보고 있었다. 15분쯤 지나자 한스는 방에서 나간 친구를 찾아보기로 했다. 하일너는 어둡고 추운 기숙사 건물의 깊게 파인 창문 장식 위에 미동도 없이 앉아 회랑을 내려다보고 있었다. 뒤에서 보면 그의 어깨와 좁고 날카로운 머리가 특유의 진지하고 어른스러운 분위기를 풍겼다. 한스가 가까이 다가가 창문 곁에 섰는데도 하일너는 전혀 움직이지 않았다. 한참 시간이 지나서야 고개를 돌리지도 않고 잠긴 목소리로 내뱉었다.

"뭔데?"

"나야." 한스가 소심하게 대답했다.

"무슨 일인데?"

"아무 일도 아니야."

"그래? 그럼 돌아가면 되겠네."

한스는 그 말에 상처를 받아 정말로 가버리려고 했다. 그러자 하일너가 그를 멈춰 세웠다.

"잠깐만." 하일너는 일부러 장난스러운 투로 말했다. "진심이 아니었어."

두 소년은 얼굴을 마주 보았다. 어쩌면 그 순간 처음으로 서로의 얼굴을 진지하게 바라보았는지도 모른다. 그들은 상대의 소년다운 고운 얼굴 뒤에 자기만의 고유한 특성을 지닌 인생과 자기만의 방식으로 나타낼 수 있는 영혼이 숨어 있지는 않은지 상상해보았다.

헤르만 하일너가 천천히 팔을 뻗어 한스의 어깨를 잡았다. 그리고 두 사람의 얼굴이 거의 맞닿을 만큼 끌어당겼다. 한스는 갑자기 다른 입술이 자신의 입술에 닿는 것을 느끼고 소스라치게 놀랐다.

한스의 심장이 알 수 없는 중압감으로 마구 뛰었다. 어두운 기숙사에 단둘이 있는 것, 그리고 갑작스러운 입맞춤은 어딘가 모험적이고 새로웠으며 위험하기까지 했다. 만일 발각되면 얼마나 끔찍할까 하는 생각이 문득 들었다. 이런 입맞춤은 방금 전의 눈물보다 친구들에게 훨씬 큰 웃음거리가 되어 굴욕을 당할 것이 분명했다. 한스는 아무 말도 할 수 없었다. 머리로 피가 솟구치는 것 같았다. 가능하면 빨리 여기서 도망치고 싶었다.

만약 어른이 이 사소한 광경을 목격했더라면, 아마도 두 소년의 서투르고 수줍은 애정 어린 우정의 표시와 진지하고 갸름한 아이 같은 얼굴에서 잔잔한 기쁨을 느꼈을 것이다. 장래가 촉망되는 예쁘장한 두 소년의 얼굴에서 반 정도는 아직 어린애 같은 매력을 볼 수 있었고, 반 정도는 내성적이고 강한 젊은이의 고집을 확인할 수 있었다. 젊은 학생들은 점점 공동생활에 익숙해졌다. 그들은 서로 잘 알게 되었고, 각자에 대해 어느 정도 정보를 가지고 평가도 했으며, 많은 우정 관계가 생겨났다. 함께 히브리어 단어를 공부하는 무리가 있었으며, 그림을 그리는 무리, 산책을 하는 무리, 실러의 시를 읽는 무리도 있었다. 라틴어는 잘하지만 수학을 못하는 아이가 라틴어는 못하지만 수학을 잘하는 아이와 짝을 이루어 공부한 결과 좋은 결실을 얻기도 했다. 그런 한편, 소유물 공유와 계약을 토대로 이루어진 우정 관계도 있었다. 햄을 많이 갖고 있어서 부러움을 샀던 아이는 슈탐하임에서 온 농장 아들과 친구가 됨으로써 자신에게 부족한 것을 채웠다. 햄을 먹다가 목이 말랐던 그 아이는 사물함에 탐스러운 사과를 잔뜩 가지고 있던 친구에게 햄을 대가로 사과를 얻었던 것이다. 두 사람은 나란히 앉아서 신중히 대화를 나눴다. 그러다 보니 햄이 떨어지면 곧바로 새 햄을 받아 볼 수 있으며, 사과 또한 봄이 될 때까지 아버지 농장에 저장해 둔 사과를 받아서 먹을 수 있다는 사실을 알았다. 그렇게 맺어진 돈독한 우정은 이상과 열정으로 맺어진 다른 우정들보다 훨씬 오래 지속되었다.

홀로 다니는 학생은 몇 명뿐이었다. 그중에는 음악을 향한 탐욕스러운 열정에 한창 빠져 있던 루치우스도 있었다.

전혀 어울리지 않는 우정 관계도 있었다. 헤르만 하일너와 한스 기벤라트의 관계가 바로 경박한 학생과 성실한 학생, 시인과 공붓벌레라는 가장 부조화한 우정이었다. 비록 둘 모두 명석하고 재능 있다는 평가를 받았지만, 하일너를 두고 천재라고 하는 말은 반쯤 비꼬는 투였고, 한스는 그야말로 모범 학생이었다. 하지만 학생들은 모두 각자의 우정을 나누며 자기들끼리 지냈기 때문에 이 둘의 우정에 참견하는 사람은 없었다. 학생들은 이러한 개인적인 관심과 경험에 대해서는 물론 학업도 소홀히 하지 않았다. 사실 교향곡으로 치자면 학교가 가장 큰 악장과 리듬을 담당했고, 루치우스의 음악이나 하일너의 시적 감성, 학생들의 우정과 다툼, 가끔 일어나는 주먹다짐은 장난처럼 악장 사이에 끼어드는 잡음에 불과했다. 학교 공부의 중심에는 히브리어가 있었다. 이 이상하고 너무 오래된 여호와의 언어는 거칠고 메마른데도 신비하게 살아 있는 나무 같았다. 어린 학생들의 눈앞에 낯설고 울퉁불퉁하고 난해한 모습으로 불쑥 솟아난 히브리어가 변덕스럽게 가지를 내뻗어 학생들의 주의를 끌고, 기묘한 색깔로 변하거나 향기로운 꽃을 피워 깜짝 놀래는 것이었다. 그 나무의 가지와 구멍과 뿌리에는 수천 년 먹은 소름 끼치는 정령 혹은 친근한 정령 들이 살고 있었다. 그리하여 그 속에서 환상 속의 무시무시한 용이며, 순수하고 사랑스러운 동화의 주인공들, 말라빠지고 엄해 보이는 주름투성이 노인, 아름다운 소년들과 깊은 눈망울의 소녀들, 싸우기 좋아하는 여인들을 만날 수 있었다. 루터식 번역 성경에서는 멀고 모호하게만 느껴졌던 것들이 정제되지 않은 본래의 언어를 통해 피와 목소리를 얻었고 시대에 뒤떨어진 감이 있었지만 진하고 강렬한 생명을 되찾았다. 적어도 하일너에게는 그랬다. 하일너는 모세5경 전체를 매일 그리고 매 시간마다 저주했다.

그렇지만 그는 성경의 모든 단어를 알고 술술 읽어대는 다수의 성실한 학생들보다 그 속에서 더 많은 생명과 영혼을 발견하고 더 많이 흡수했다. 하일너에게는 모세5경보다 신약성경이 더 온화하고 밝고 마음에 와 닿았다. 신약성경은 언어가 오래되지 않아 깊고 풍부한 맛은 덜했지만, 젊고 열정적이며 이상을 꿈꾸는 정신으로 가득했다.

또한 《오디세이아》가 있었다. 그 시구들은 아름답고 격정적인 울림으로 강하고 균형 있게 흘렀다. 시구 속에서 물의 요정의 하얗고 둥글둥글한 팔이 지금은 사라진 견고하고 행복했던 인생들의 소식과 생각을 건져 올려주었다. 그것은 금방이라도 단단하게 손에 잡힐 듯 뚜렷한 윤곽을 보이기도 했고, 그저 꿈이나 아름다운 예감처럼 반짝거리기도 했다. 《오디세이아》 곁에서는 역사가 크세노폰이나 리비우스(티투스 리비우스. 고대 로마의 역사가이자 최초의 시인. 《오디세이아》를 라틴어로 번역했다 – 옮긴이)도 숨어버리거나 약한 불빛처럼 겸손하게 그저 비켜서 있을 뿐이었다. 한스는 자신의 친구가 모든 사물을 보는 눈이 자신과 얼마나 다른지 놀라워하며 바라볼 뿐이었다. 하일너에게는 상상할 수 없는 것, 공상의 물감으로 그려볼 수 없는 추상적인 것이 존재하지 않았다. 상상할 수 없는 것이라면 그는 그게 무엇이든 흥미를 갖지 않았다. 특히 수학은 하일너에게, 음흉한 수수께끼를 내서 악의에 찬 차가운 시선으로 희생양을 꼼짝 못하게 하는 스핑크스와 같았다. 그래서 하일너는 그 괴물을 피해 멀리 돌아가려고 했다. 두 사람의 우정 관계는 독특했다. 하일너에게는 즐거움이자 사치였으며, 편안하거나 때로는 변덕스럽게 느껴지는 관계였다. 한스에게는 자부심으로 포장한 보물이었다가도 무겁게 짊어져야 할 커다란 짐이기도 했다. 원래 한스에게 저녁은 공부에 매진하는 시간이었다. 그런데 이제는 저녁이면 곧잘 공부에 질린 하일너가 찾아와 책을 빼앗고 함께하기를 원했다. 한스는 친구를 좋아했지만 나중에는 하일너가 저녁마다 찾아오는 것이 부담스러웠다. 그래서 어느 것도 놓치지 않기 위해 의무적인 학습 시간에 두 배 더 집중하고 더 많이 공부했다. 그러나 하일너가 한스의 노력에 대해 이론적으로 비판하기 시작하자 괴로움을 느꼈다.

"이건 돈벌이나 다름없어." 하일너가 말했다 "이 모든 공부를 너는 즐거워하지도, 하고 싶어 하지도 않아. 단지 선생님들과 네 아버지 때문에 겁나서 하는 거라고. 일 등이나 이 등이 되면 뭘 얻게 되지? 난 이십 등이지만 너희 공붓벌레들보다 멍청하지 않아."

하일너가 교과서를 어떻게 다루는지 처음으로 본 날, 한스는 질겁했다. 한번은 지리 수업을 예습해야 하는데 지도책을 강의실에 두고 오는 바람에 하일너에게 빌려야 했는데, 모든 페이지가 연필 낙서로 뒤범벅돼 있는 것을 보고 소름이 끼쳤다. 이베리아 반도의 서쪽 해안에 괴기스러운 옆얼굴이 선으로 그려져 있었는데, 포르토에서 리스본까지는 코를 그려 넣었고, 피니스테레 곶 주변은 곱슬곱슬한 앞머리로 장식해놓았고, 세인트 빈센트 곶에는 덥수룩한 수염을 잘 비틀어 뾰족한 모양을 만들어놓았다. 책 전체가 그런 식이었다. 지도의 하얀 뒷면에는 캐리커처가 그려져 있거나 능청스러운 조롱시가 쓰여 있었다. 잉크가 여기저기 얼룩져 있는 것은 물론이었다. 책을 신성하고 귀한 보물처럼 다루는 것을 당연하게 여겼던 한스는 이런 몰상식한 짓이 신전을 훼손한 행동처럼 여겨지면서도, 한편으로는 영웅적인 범법 행위처럼 여겨졌다.

친구에게는 간혹 착한 한스가 단지 편안한 장난감, 이를테면 애완 고양이처럼 여겨졌다. 한스 자신도 그렇게 느낄 때가 있었다. 하지만 하일너는 한스를 진심으로 필요로 했고 그래서 한스에게 매달렸다. 하일너에게는 자신의 말에 귀 기울여주며 자신을 칭찬해주는 사람, 믿음직한 친구가 필요했던 것이다. 그는 학교와 인생에 대한 혁명적인 이야기를 하더라도 자신의 말을 성실하고 묵묵하게 들어주는 사람이 필요했다. 또 우울할 때면 위로를 해주고 머리를 기댈 수 있게 무릎을 내주는 친구가 필요했다. 이런 유형의 사람들이 흔히 그렇듯 이 젊은 시인도 약간은 어리광 섞인 우울증에 빠져 괴로워할 때가 있었다. 그 원인은 어린아이의 영혼이 서서히 작별 인사를 하고 있었기 때문이기도 했고, 아직 목표점을 찾지 못한 채 열정과 감정과 욕망만 넘쳐흘렀기 때문이기도 했다. 또 성인이 되면서 이해할 수 없는 음울한 충동이 생겨난 까닭도 있었다. 그럴 때면 하일너는 보살핌을 받으며 어리광을 부리고 싶은 병적인 욕구를 느꼈다. 어릴 적에는 어머니의 사랑을 듬뿍 받았지만, 지금은 아직 여인과 사랑을 나눌 만큼 성숙하지 못한 처지라 온순한 친구만이 그에게 위로가 되었다. 하일너는 가끔 저녁때 지독하게 우울해하면서 공부하는 한스를 꾀어내 함께 기숙사로 가자고 졸랐다. 그들은 차가운 홀이나 높은 곳에 있는 어두운 기도실을 오갔으며, 덜덜 떨면서 창가에 앉아 있기도 했다. 그럴 때면 하일너는 서정시와 하이네(하인리히 하이네. 낭만주의와 고전주의의 전통을 이은 19세기 독일의 대표적인 서정시인이자 혁명적 저널리스트 – 옮긴이)의 작품을 읽는 소년답게 온갖 불만을 처절히 토로했으며 어딘가 어린애 같은 슬픔의 구름 속에 잠겼다. 한스는 하일너를 완전히 이해할 수 없었다. 하지만 그에게 강한 인상을 받았고 가끔 그의 슬픔에 전염되기도 했다. 예민한 문예가 소년은 특히 날씨가 흐릴 때 발작을 일으켰다. 늦가을 하늘이 비구름으로 어두워지고 흐린 구름의 면사포 틈새로 달이 지나가는 밤이면 하일너의 불만과 신음 소리가 최고조에 달했다. 그리하여 오시안(고대 켈트족의 전설적인 시인. 우울한 낭만적 정서가 깃든 그의 시는 괴테, 실러 같은 낭만파 시인들에게 큰 영향을 끼쳤다 – 옮긴이)의 분위기에 도취되어 몽롱한 애수에 빠져들었고, 한숨과 이야기와 시에 우울함을 담아 죄 없는 한스에게 쏟아내는 것이었다. 한스는 이런 친구의 우울한 순간들에 짓눌리고 괴로워했다. 남는 시간에는 다급한 심정으로 공부에 매진했지만 집중하기가 점점 더 힘들어졌다. 예전의 두통이 다시 찾아온 것은 별로 놀랍지 않았지만, 무기력하고 졸린 시간이 점점 늘어나자 단지 필수적인 공부를 하기 위해 팔을 꼬집어야 한다는 사실이 무척 근심스러웠다. 물론 이 유별난 친구와의 우정 때문에 자신이 지쳤고 이제껏 순수했던 본성까지 병들었다는 것을 한스는 어렴풋이 느끼고 있었다. 하지만 하일너가 우울하고 슬퍼하는 모습을 보일수록 한스의 마음은 더 아팠고, 친구에게 자신이 필요하다는 생각에 애정이 더 깊어졌으며 자랑스러움마저 느꼈다.

한스는 하일너의 이런 병적인 우울함은 단지 과도하고 비이성적인 충동에서 비롯된 것이지, 자신이 신뢰하고 진정 감탄하는 친구의 실제 본성은 아니라는 것을 알고 있었다. 하일너가 자작시를 낭송하거나 시의 이상에 대해 말하거나 실러와 셰익스피어의 독백을 과장된 몸짓과 함께 열정적으로 재현할 때면, 한스는 마치 친구가 자신에게는 없는 마법의 능력으로 허공에 떠오르는 것만 같았다. 허공에서 신과 같은 자유와 불같은 열정으로 움직이며 호메로스의 이야기에 나오는 하늘의 전령처럼 날개 달린 샌들을 신고 자신에게서 멀어져 버릴 것 같았다. 그동안 한스에게 시인들의 세계는 낯설었고 중요하지 않았다. 이제 그는 처음으로 매끄러운 언어의 매혹적인 힘, 사람을 홀리는 이미지들과 아름다운 운율에 저항할 수 없음을 느꼈다. 새롭게 열린 세계를 숭배하는 마음은 친구를 향한 감탄과 함께 독특한 감정으로 자라났다.

그러는 사이 폭풍이 치고 어둠이 깊어지는 11월이 되었다. 램프를 켜지 않으면 공부할 수 있는 시간이 길지 않았다. 칠흑 같은 밤에는 폭풍이 높은 산 위로 거대한 먹구름을 몰고 와서 신음하듯 또는 심한 욕설을 퍼붓듯 견고하고 오래된 수도원 건물을 두드려댔다. 나무들은 잎을 모두 빼앗겼지만, 숲이 우거진 시골의 제왕인 힘센 떡갈나무만이 마디마다 가지를 내고 생기 없는 머리를 흔들며 그 어떤 나무보다 크게 분노의 소리를 내고 있었다. 하일너는 깊은 우울증에 시달렸다. 이제 그는 한스 곁에 앉는 대신 혼자 멀리 떨어진 연습실에 가서 바이올린에 빠져들거나 동급생들에게 시비를 거는 새로운 취미를 즐겼다.

어느 날 저녁, 하일너가 음악실을 찾아가니 열심쟁이 루치우스가 악보 앞에 앉아 연습에 빠져 있었다. 하일너는 짜증을 내며 음악실 밖에서 30분 정도 기다렸다가 다시 들어왔다. 루치우스는 아직도 연습을 하고 있었다.

"이제 그만해도 되지 않냐?" 하일너는 불평했다. "다른 사람도 연습하고 싶어 하잖아. 네가 내는 긁는 소리 때문에 괴로워 죽겠단 말이야."

루치우스가 자리에서 물러나지 않자, 하일너는 약이 올랐다. 그러든 말든 루치우스가 다시 긁는 소리를 내기 시작하자 하일너는 보면대를 발로 걷어찼다. 악보가 사방으로 흩어지고 보면대가 기울어지면서 바이올린이 루치우스의 얼굴을 쳤다. 루치우스가 악보를 줍기 위해 몸을 굽혔다.

"교장 선생님한테 다 말할 거야." 루치우스가 단호하게 말했다.

"그래라!" 하일너가 성난 목소리로 소리쳤다. "그리고 내가 이유 없이 너를 발로 걷어찼다고도 꼭 전해."

그러고는 곧바로 행동으로 옮기려 했다.

루치우스는 잽싸게 옆으로 피한 후 문으로 향했다. 하일너는 루치우스를 쫓아 나갔다. 급기야 복도와 강의실을 따라 격렬하고 시끄러운 추격전이 벌어졌다. 추격전은 계단과 현관을 넘어 교장의 고요하고 우아한 사택이 있는 수도원의 가장 먼 측면까지 계속되었다. 하일너는 교장의 서재 문 앞까지 와서야 간신

히 루치우스를 따라잡았다. 루치우스는 이미 노크를 하고 문을
열던 마지막 순간에 예고받은 대로 한 방 걷어채었다. 그리고
미처 문을 닫을 새도 없이 권력자의 가장 신성한 공간으로 폭
탄처럼 튕겨 들어갔다. 전례 없는 사건이었다. 다음 날 아침 교
장은 젊은이의 탈선에 관한 설교를 장황하게 늘어놓았다. 루치
우스는 교장의 말뜻을 음미하며 박수갈채를 보냈고, 하일너는
독방에 갇히는 무거운 벌을 받게 되었다.

"수년간 이런 일은 한 번도 본 적이 없습니다." 교장이 하일
너를 꾸짖으며 말했다. "앞으로 십 년 내내 하일너 학생이 이번
일을 기억하게 해주겠습니다. 다른 학생들에게는 하일너 학생
의 사례가 두려운 본보기가 되길 바랍니다."

온 청중이 고개를 돌려 하일너를 쳐다보았다. 하일너는 창백
한 얼굴로 서서 반항의 눈빛으로 교장을 똑바로 쏘아보고 있었
다. 많은 학생들이 속으로 그를 대단하다고 여겼다. 그러나 연
설이 끝나고 복도로 우르르 나갈 때는 무슨 나병 환자라도 되
는 양 하일너를 피하고 홀로 내버려 두었다. 지금 상황에서 하
일너의 편에 서려면 용기가 필요했다.

한스 기벤라트 역시 용기가 없었다. 당연히 하일너의 편에
서야 한다고 생각하면서도 결국 비겁하게 행동했고, 그래서 괴
로웠다. 슬픔과 수치심을 느끼면서 한스는 창문 쪽으로 피한
채 감히 시선을 돌리지도 못했다. 친구를 찾아가고 싶은 마음
은 있었지만 남들 눈에 띄지 않으려면 많은 위험을 감수해야
했다. 게다가 무거운 감금형을 받은 학생은 수도원에서도 꽤
오랫동안 낙인찍힌 채 생활하게 마련이었다. 하일너는 앞으로

특별 감시 대상이 될 것이기에 그와 어울리는 것은 위험한 짓이었다. 한스의 평판도 나빠질 것이 분명했다. 주 정부가 학생들에게 베푸는 자선은 그에 걸맞은 매섭고 엄격한 훈육을 동반했으며 이런 내용은 입학식 연설에서도 이미 강조되었다. 한스도 이를 잘 알고 있었고 결국 친구로서의 의무와 학생으로서의 의무가 벌이는 싸움에서 패배하고 말았다. 한스의 목표는 성공하는 것, 높은 시험 점수를 받는 것, 뛰어난 성과를 올리는 것이지, 낭만적이거나 위험한 행동을 하는 것이 아니었던 것이다. 그렇게 한스는 근심하며 소극적인 태도로 있을 수밖에 없었다. 과감히 용기를 낼 수도 있었지만 시간이 갈수록 그러기가 어려워졌고, 어쩔 줄 모르는 사이에 자신은 이미 배신자가 되어 있었다.

하일너도 눈치채고 있었다. 이 열정적인 소년은 다른 아이들이 자신을 피하는 것은 이해하고 받아들였다. 그러나 한스만큼은 믿었던 것이다. 그가 지금 느끼는 아픔과 분노에 비하면 그동안 뚜렷한 이유도 없이 느꼈던 서러움은 공허하고 우스울 뿐이었다. 잠시 동안 하일너는 한스 옆에 서서 해쓱하지만 오만한 얼굴로 나직이 말했다.

"넌 비겁한 겁쟁이야, 기벤라트. 퉤, 나쁜 놈!"

그러고는 양손을 주머니에 넣고 낮게 휘파람을 불며 가버렸다.

젊은이들이 생각하고 할 일이 많다는 것은 다행이었다. 그 사건이 일어나고 며칠 뒤 갑자기 눈이 내리며 맑고 추운 겨울 날씨가 찾아왔다. 학생들은 눈덩이를 굴리고 스키를 탔다. 문

득 크리스마스와 겨울방학이 머지않았다는 걸 느끼고 모두 이
에 대해 떠들어댔다. 하일너를 신경 쓰는 아이는 거의 없었다.
하일너는 조용하지만 반항적으로 고개를 높이 쳐들고 거만한
표정을 짓고 다녔다. 누구와도 이야기하지 않았고 공책을 펴고
시를 적는 일이 많아졌다. 공책 표지를 감싼 검은색 방수포 위
에는 '어느 수도사의 노래'라는 제목이 쓰여 있었다.

떡갈나무와 오리나무, 너도밤나무와 버드나무 가지에 걸린
서리와 얼어붙은 눈이 고요하고 환상적인 그림을 연출하고 있
었다. 호수의 수면은 매서운 추위로 인해 맑은 얼음이 서걱거
리는 소리를 냈다. 회랑 앞뜰은 마치 고요한 대리석 정원처럼
보였다. 즐겁고 두근거리는 축제 분위기가 기숙사 방에 감돌았
고, 크리스마스를 앞둔 설렘으로 엄하고 깐깐한 두 교수마저
부드럽고 흐뭇한 모습을 내비쳤다. 학생이나 교사나 크리스마
스에 무관심한 사람은 아무도 없었다. 하일너는 얼굴을 덜 찌
푸렸고 덜 불행해 보였다. 루치우스마저 방학 때 어떤 책과 어
떤 신발을 가져가야 할지 고민했다. 집에서 온 편지들은 무엇
을 갖고 싶은지, 언제 집에 오는지 등을 물었고, 가족을 만나면
맞닥뜨릴 놀라움과 기쁨의 사연을 암시하며 따스함과 설렘을
안겨주었다.

크리스마스 연휴가 시작되기 전에 전체 학생들, 특히 헬라
스 방 학생들은 작고 즐거운 사건을 겪었다. 크리스마스를 앞
두고 교사들을 모두 초대해 가장 큰 방인 헬라스 방에서 저녁
파티를 열기로 했다. 파티 진행 순서로는 축사, 두 차례의 시 암
송, 플루트 독주와 바이올린 이중주가 예정되었다. 그런데 여

기에 익살맞은 프로그램을 하나 더 넣었으면 해서, 각자 제안하고 추천하며 토론을 거듭했지만 의견 일치를 보지 못했다. 그때 카를 하멜이 지나가면서 농담처럼 에밀 루치우스의 바이올린 독주가 가장 재미있겠다는 말을 던졌고, 바로 이 안이 선택되어 결국 불행한 음악가는 애원과 약속과 협박 끝에 무대에 서기로 동의하고 말았다. 교사들에게 보낸 공손한 초대글에는 식순의 특별 순서로 〈고요한 밤〉, 바이올린을 위한 노래, 실내악의 거장 에밀 루치우스 연주'라고 쓰여 있었다. '실내악의 거장'은 루치우스가 평소 구석진 음악실에서 열심히 연주한 결과로 얻은 칭호였다. 교장과 교수들, 지도교사들과 음악 교사, 수석 조교가 초대를 받아 파티에 참석했다. 루치우스는 하르트너에게 빌린 검은색 연미복을 차려입고 산뜻하고 단정한 모습으로 나타났다. 그가 특유의 겸손한 미소를 지으며 무대에 오르자 음악 교사는 이마에 땀이 맺혔다. 루치우스가 몸을 굽혀 인사하는 것만으로도 청중은 웃음을 참을 수 없었다. 연주곡 〈고요한 밤〉은 루치우스의 손가락을 거쳐 괴로운 탄식 소리로 들렸고, 신음과 고통이 가득한 수난의 노래가 되었다. 루치우스는 두 번이나 다시 시작했다. 멜로디를 사정없이 찢고 쪼개면서 발로 박자를 맞추는 모습이 마치 혹한의 날씨에 일하는 나무꾼 같았다.

교장은 분노로 창백해진 음악 교사를 향해 흐뭇하게 고개를 끄덕여 보였다.

루치우스는 세 번째로 연주를 시도했다. 그러나 결국 또 멈추고는 바이올린을 내려놓고 청중을 바라보며 말했다.

"잘 되지 않네요. 저는 겨우 지난가을부터 바이올린을 배우기 시작했거든요."

"괜찮아요, 루치우스 군." 교장이 입을 열었다. "노력하는 모습에 우리 모두 고맙게 생각합니다. 앞으로 계속 노력해주세요. Per aspera ad astra(시련을 거쳐야 성공하리라)!"

12월 24일에는 기숙사 전체가 새벽 3시부터 시끌시끌하며 생기가 넘쳤다. 창에는 아름다운 얼음꽃이 두터운 층을 이루어 만개해 있었다. 세면장 물은 얼어붙고 수도원 마당 위로 칼날 같은 찬바람이 불어댔지만 아무도 신경 쓰지 않았다. 식당의 커다란 커피 주전자에서는 김이 피어오르고 있었다. 이내 외투와 목도리를 걸친 학생들이 시커멓게 무리 지어 밖으로 나왔다. 그들은 하얗고 은은하게 반짝이는 들판과 고요한 숲을 가로질러 멀리 떨어진 역으로 걸어갔다. 학생들은 모두 재잘거리며 농담을 던지고 웃어대면서도, 같이 걸어가는 친구에게는 말하지 않은 자기만의 소원과 기대와 기쁨을 가득 품고 있었다. 이들의 부모와 형제자매들은 도시나 시골이나 한적한 농장이나 모두 똑같이 크리스마스 장식을 한 따뜻한 방에서 아들이 오기를 기다리고 있었다. 학생들 대부분은 이번이 먼 곳에서 집으로 돌아가는 첫 번째 크리스마스였다. 모든 소년들은 가족이 사랑과 자부심을 품고 자신을 기다리고 있다는 것을 알고 있었다.

눈 쌓인 숲 속 한복판, 작은 기차역에서 학생들은 매서운 추위 속에 기차를 기다렸다. 모두가 이토록 하나가 되어 가깝고 즐거웠던 적은 없었던 것 같다. 하일너만이 혼자 서서 침묵을 지키고 있었다. 마침내 기차가 오자 하일너는 학우들이 다 탈 때까지 기다렸다가 홀로 아무도 없는 칸에 올라탔다. 다음 역에서 기차를 갈아타면서 한스는 하일너를 다시 한번 쳐다보았다. 하지만 후회와 수치심으로 도망치고 싶은 마음은 곧 집으로 간다는 설렘과 흥분에 묻혀버렸다.

집에 도착하니 아버지가 만족스러운 표정으로 싱글거리고 있었다. 책상에는 풍성하게 쌓인 선물이 한스를 기다리고 있었다. 한스는 집에서 크리스마스를 제대로 즐겨본 적이 없었다. 이번에도 마찬가지였다. 노래와 파티의 흥겨움이 없었고, 어머니가 없었으며, 크리스마스 트리도 없었다. 아버지 또한 파티를 즐길 줄 몰랐다. 그러나 아들이 자랑스러웠던 나머지 이번만은 선물을 사는 데 인색하지 않았다. 한스는 명절을 제대로 경험한 적이 없었던 터라 이런 크리스마스도 나쁘지 않았다.

사람들은 한스가 너무 마르고 창백하고 아파 보인다며 그에게 수도원 재정이 좋지 않냐고 묻기도 했다. 한스는 단호하게 고개를 젓고는 자신은 아주 잘 지내고 있으며 다만 때때로 두통이 있을 뿐이라고 말했다. 그러자 마을 목사가 자신도 어린 시절에 두통에 시달렸다며 한스를 위로했고, 그렇게 다들 마음을 놓게 되었다. 강은 꽁꽁 얼어붙어서 크리스마스 연휴 동안 스케이트 타는 사람들로 가득했다. 한스는 거의 하루 종일 밖에서 시간을 보냈다. 새 양복에 초록색 신학생 모자를 쓴 그는 고향 동창들에게 부러움을 받는 더 높은 세계에 서 있었다.

4장

  사 년 동안의 수도원 생활에서 매 학년마다 한 명 이상의 학생이 중퇴를 했다. 때로 누군가 죽음을 맞아 애도의 노래 속에 땅에 묻히거나 친구들 손에 들려 고향으로 옮겨지기도 했다. 가끔은 누군가 제멋대로 수도원을 뛰쳐나가거나 큰 잘못을 저질러 퇴출되기도 했다. 또 드문 일이지만 한 번씩 고학년에서 청춘의 고민으로 혼란에 빠진 젊은이가 자신에게 방아쇠를 당기거나 물에 뛰어들어 어둡고 신속한 생의 탈출구를 선택하기도 했다.

  한스 기벤라트의 학년 역시 몇 명의 학생을 잃었다. 묘하게도 그들은 모두 헬라스 방 학생들이었다. 룸메이트 중에 금발에 키가 작고 겸손한 힌딩거라는 아이가 있었다. 알고이 지방의 이주민 마을에서 온 재단사의 아들로 다들 그 아이를 힌두라고 불렀다. 워낙 조용한 친구여서 세상을 떠나고 나서야 그의 존재가 드러났는데 그마저도 대단하지 않았다. 힌딩거의 자리는 검소한 실내악의 거장 루치우스의 옆자리였다. 하지만 다른 아이들보다는 약간 더 친근하고 거만하지 않게 루치우스를 대했을 뿐 둘 사이에 친분은 거의 없었다. 헬라스 방 아이들은 힌딩거가 떠나고 나서야 부담 없고 착한 룸메이트였던 그가 시끄러운 방 생활에서 휴식 같은 친구였으며 다들 그를 좋아했었다는 사실을 깨달았다. 힌딩거는 1월의 어느 날 로스 호수로 스케이트를 타러 가는 아이들과 함께 길을 나섰다. 스케이트는 없었지만 그저 한번 구경하고 싶어서 따라간 것이었다. 힌딩거는 금세 추위를 느껴서 몸을 덥히려고 발을 동동 구르며 호수 주변을 뛰어다녔다. 그러다 꽤 멀리 가게 되어 숲을 헤매다 길을 잃고 어느 작은 연못에 이르렀다. 그 연못은 따뜻한 물이 세차게 솟아오르고 있어서 표면만 살짝 얼어 있었다. 힌딩거는 갈대를 헤치고 연못에 발을 내디뎠다. 몸집이 작고 가벼웠는데도 그 순간 얼음이 깨지고 말았다. 연못 기슭에서 잠시 동안 발 버둥치며 소리 지르다가 결국 누구의 눈에도 띄지 못한 채 검고 차가운 물 밑으로 가라앉았다. 오후 첫 수업이 시작되는 2시가 되어서야 힌딩거가 없다는 사실을 알게 되었다.

"힌딩거는 어디 갔지요?" 지도교사가 물었다.

아무도 아는 사람이 없었다.

"누가 헬라스 방에 좀 가보세요."

하지만 그곳에도 힌딩거의 흔적은 없었다.

"수업에 좀 늦나 보군요. 그냥 수업을 시작하도록 합시다. 오늘은 74쪽, 일곱 번째 절을 볼 차례예요. 여러분, 앞으로는 이런 일이 생기지 않도록 당부할게요. 시간을 엄수하세요!"

3시를 알리는 종이 울렸지만 여전히 힌딩거는 나타나지 않았다. 지도교사는 걱정이 되어 교장에게 이 사실을 알렸다. 교장은 즉시 교실을 찾아와 이런저런 질문을 하고는 조교와 지도교사를 동반해 열 명의 학생에게 수색에 나서도록 했다. 교실에 남은 학생들은 받아쓰기 연습을 했다. 4시에 지도교사가 노크도 없이 교실에 들어와서는 교장에게 귓속말을 했다.

"주목해주세요!"

교장의 한마디에 학생들은 가만히 앉아 다음 말을 기다렸다.

"여러분의 친구 힌딩거 군은, 연못에 빠진 것으로 보입니다." 교장은 나지막이 말을 이었다. "힌딩거 군을 찾는 일에 함께 나서주기 바랍니다. 마이어 교수님이 여러분을 인솔하실 건데 교수님 말씀을 분명히 따르고 절대 제멋대로 행동하는 일이 없도록 해주세요."

학생들은 겁먹은 얼굴로 수군대면서 앞장선 교수를 따라나섰다. 마을 어른 몇 명이 밧줄과 판자, 막대기를 챙겨 들고 학생들 무리에 합류했다. 날은 끔찍하게 추웠으며 해가 이미 숲의 가장자리에 걸려 있었다. 마침내 죽은 소년의 뻣뻣한 주검을 발견하고 눈 덮인 갈대밭에서 들것에 실었을 때는 땅거미가 짙게 깔려 있었다. 신학생들은 겁먹은 새들처럼 모여들어 불안한 눈으로 시체를 내려다보고 파랗게 얼어 뻣뻣해진 손을 마주비볐다. 물에 빠져 죽은 친구가 앞서 실려가고 학생들은 그 뒤를 따라 눈 덮인 숲길을 묵묵히 걸어갔다. 문득 그들의 불안한 영혼에 공포가 엄습했고 사슴이 포식자의 기척을 느낀 것처럼 잔인한 죽음의 냄새를 맡았다. 슬픔과 추위에 떠는 무리 속에서 한스 기벤라트는 우연히 옛 친구 하일너와 나란히 걷게 되었다. 두 사람은 평평하지 않은 땅에 동시에 발을 딛다가 넘어질 뻔하면서 자신들이 함께 걷고 있었다는 걸 알아챘다. 어쩌면 죽음의 광경에 압도당해 그 순간의 허무함이 모든 이기심을 녹여버렸는지도 몰랐다. 어찌 되었든 예기치 않게 친구의 창백한 얼굴을 가까이 보자 한스는 왠지 모를 깊은 아픔을 느끼고 충동적으로 그의 손을 잡았다. 하일너는 언짢아하며 손을 뿌리치고 감정이 상한 듯 고개를 돌려버렸다. 그리고 곧 다른 자리를 찾아 행렬의 맨 뒤로 사라져버렸다.

모범생 한스의 가슴은 괴로움과 수치심으로 마구 뛰었다. 얼어붙은 숲길을 비틀거리며 걸어가는 동안 추위로 푸르스름해진 볼 위로 자꾸만 눈물이 흐르는 것을 참을 수 없었다. 한스는 좀처럼 잊을 수도 없고 뉘우치더라도 되돌릴 수 없는 죄와 실수가 존재한다는 것을 깨달았다. 문득 눈앞에 높이 들린 들것에 누운 시신이 재단사의 키 작은 아들이 아니라 친구 하일너인 것만 같았다. 자신에게 배신당해 괴로움과 노여움을 품은 하일너가 졸업장이나 시험이나 성공이 아니라 진실과 양심에 대해서만 중요히 여기는 새로운 세계로 떠나버릴 것 같았다.

그사이 행렬은 큰 도로에 이르러 빠르게 수도원 안쪽까지 들어갔다. 교장을 선두로 모든 교사들이 나와서 죽은 힌딩거를 맞이했다. 살아 있었다면 그런 예우를 생각하는 것만으로도 도망쳤을 힌딩거였다. 언제나 교사들은 살아 있는 학생을 볼 때와는 완전히 다른 눈으로 죽은 학생을 바라본다. 평소에는 그토록 무심하게 학생들에게 악을 행하면서도 이런 순간만큼은 모든 생명과 젊음이 절대 돌이킬 수 없는 소중한 것이라는 사실을 깨닫는 것이다.

그날 저녁 그리고 다음 날도 하루 종일, 눈에 보이진 않지만 시체가 있다는 사실이 마법처럼 작용하여 학생들의 말과 행동을 부드럽고 조용하게 감싸 안았다. 그리하여 그 짧은 시간 동안 모든 다툼과 분노, 소란과 웃음소리가 자취를 감추었다. 마치 물의 요정이 모습을 감추고 죽은 듯 꼼짝 않고 있는 수면처럼 말이다. 둘 이상의 학생이 물에 빠져 죽은 친구에 대해 이야기할 때는 꼭 그 친구의 본디 이름으로 말했다. 별명인 힌두라고 부르는 것은 죽은 이에 대한 예의가 아니라고 느꼈던 것이다. 살아 있을 때는 눈에 띄지 않고 찾는 친구도 없이 큰 무리에 파묻혀 조용했던 아이 힌두는 이제 자신의 이름과 죽음으로 거대한 수도원 전체를 가득 채우고 있었다. 이튿날 힌딩거의 아버지가 왔다. 그는 아들이 누운 작은 방에서 몇 시간 동안 홀로 앉아 있다가 교장과 차를 마신 뒤 그날 밤은 근처의 히르셴 여관에 묵었다.

드디어 장례식이 치러졌다. 관이 기숙사 건물에 놓였고 알고이 지방에서 온 재단사가 곁에 서서 모든 과정을 바라보았다. 그는 재단사답게 비쩍 마르고 홀쭉한 체구에 초록빛을 머금은 검은색 프록코트와 몸에 붙는 얇은 바지 차림이었고, 손에는 낡고 허름한 모자를 들고 있었다. 작고 마른 얼굴에는 슬픔이 가득했다. 마치 바람에 흔들리는 작은 촛불처럼 음울하고 쇠약해 보였다. 교장과 교수들 앞에서 그는 연신 당황하면서도 공손하게 행동했다. 관을 메는 사람들이 관을 들기 전 마지막 순간, 슬픔에 빠진 자그마한 아버지는 한 번 더 관에 다가가 당혹스럽고 두려우면서도 애정이 깃든 얼굴로 관 뚜껑을 어루만졌다. 그리고 울음을 참으며 어쩔 줄 몰라 하는 얼굴로 커다랗고 고요한 공간의 한가운데에서 한겨울의 마른 나뭇가지처럼 서 있었다. 희망도 없이 다 잃고 다 내어줘 버린 듯한 그 모습에서 불행을 느낄 수 있었다. 목사는 재단사의 손을 잡고 곁을 지키다가 관이 이동하자 멋지게 구부러진 신사 모자를 쓰고 제일 앞에 서서 관을 따라 걸었다. 행렬은 계단을 내려가 수도원 마당을 거쳐 오래된 문을 통과했다. 눈 덮인 하얀 들을 지나 교회 묘지의 낮은 돌담에 이르렀다. 무덤 옆에서 찬송가를 부르는 동안 지휘를 맡은 음악 교사는 학생들 때문에 불쾌했을 것이다. 학생들 대부분이 그의 손을 보며 박자를 맞추는 대신 외롭게 바람을 맞고 있는 키 작은 재단사를 바라보았기 때문이다. 눈 속에서 슬픔에 잠긴 재단사는 얼어붙은 모습으로 고개를 숙인 채 목사와 교장과 수석 조교의 이야기를 들었다. 노래하는 학생들을 무심히 쳐다보기도 했고, 때때로 왼손으로 프록코트 주머니에서 손수건을 꺼내려 하다가 그만두곤 했다.

"나는 만약에 그 자리에 우리 아빠가 서 계셨다면 어땠을까 자꾸만 상상이 됐어."

나중에 오토 하르트너가 한 말이었다. 모두 하르트너의 말에 공감했다.

"그래, 나도 똑같은 생각을 했어."

장례식이 끝나고 교장이 힌딩거의 아버지와 함께 헬라스 방을 찾아왔다.

"여러분 중 누가 힌딩거 군과 가장 친했습니까?"

교장이 방에 있는 학생들에게 물었다. 처음에는 아무도 대답하지 않았다. 힌딩거의 아버지는 근심스럽고 비참한 표정으로 젊은 얼굴들을 쳐다보았다. 그때 루치우스가 앞으로 나섰다. 힌딩거의 아버지는 루치우스의 손을 잡고 한참 동안 꼭 붙들고 서 있었다. 하지만 할 말을 찾지 못하고 이내 힘없이 고개를 끄덕이며 밖으로 나갔다. 그리고 그길로 수도원을 떠나갔다. 하루 종일 기차를 타고 하얀 겨울 왕국을 달려 집에 도착하면 그는 부인에게 그녀의 사랑하는 아들이 어디에 묻혔는지 설명해야 할 것이다.

수도원을 꽉 채웠던 마법은 금세 풀렸다. 교사들은 다시 잔소리를 시작했고, 문들이 쾅쾅 닫히기 시작했다. 헬라스 방에서 사라진 소년은 학생들의 기억에서 잊혀졌다. 몇몇 학생은 문제의 슬픈 연못가에 오랫동안 서 있었던 탓에 감기에 걸렸다. 그들은 의무실에 누워 있거나 털 실내화를 신고 목도리를 둘둘 감고 뛰어다녔다. 한스 기벤라트는 목이나 발에 아무 이상이 없었지만 불운했던 그날 이후 더 진지해지고 더 나이 든 것 같았다. 그는 어딘가 달라졌다. 소년은 청년이 되었고, 그의 영혼은 근심과 두려움에 떨게 되었으나 아직 쉴 곳을 알지 못하는 다른 세계에 떨어진 것 같았다. 그것은 죽음에 대한 두려움이나 선한 힌딩거를 향한 슬픔 때문이 아니라 오로지 하일너에게 저지른 배신에 대한 생각이 불현듯 깨어났기 때문이었다. 하일너는 다른 두 학생과 함께 의무실에 누워 뜨거운 차를 마셔야 했다. 그는 힌딩거의 죽음에 대한 느낌을 훗날 시를 쓰면서 떠올릴 수 있도록 정리해두었다. 하지만 그 일도 큰 의미가 없어 보였다. 하일너는 훨씬 더 비참하고 수척해 보였으며 함께 누워 있던 학생들과도 거의 한마디도 하지 않았다. 독방에 갇히는 벌을 받은 후로 끊임없이 계속된 외로움이 잦은 소통을 원하는 예민한 그의 감정에 상처를 내고 괴롭혔던 것이다. 교사들은 하일너를 질서를 깨는 불만투성이 학생으로 규정하고 엄하게 감시했다. 학생들은 하일너를 피해 다녔으며, 조교는 그에게 조롱 섞인 친절을 베풀었다. 진정한 친구였던 셰익스피어, 실러, 레나우만이 그를 둘러싼 굴욕적이고 강압적인 환경과는 다른 위대한 세계를 보여주었다. 처음에는 은둔자의 구슬픈 목소리로 채워졌던 '수도사의 노래'는 점점 수도원과 교사들, 동급생들을 향한 씁쓸하고 증오 섞인 시 모음집으로 변했다. 하일너는 자신의 외로움에서 고난당하는 순교자의 기쁨을 발견했고, 오해받는 데서 오히려 만족감을 느꼈으며, 한없이 모멸스러운 '수도사'의 시에서는 자신을 젊은 유베날리스(데키무스 유니우스 유베날리스. 고대 로마의 풍자 시인. 황제들의 노여움을 사서 불행한 말년을 보냈다고 한다. 그의 작품집《풍자 시집》에는 당시 부패한 사회상에 대한 분노가 엿보인다 - 옮긴이)라고 생각했다. 장례식이 끝나고 일주일이 지나자 두 학생은 회복하여 의무실을 떠났다. 하일너 혼자 의무실에 남아 있는데 한스가 찾아왔다. 한스는 어색하게 인사하고 의자를 침대 쪽으로 끌어다 앉았다. 그리고 아픈 친구의 손을 잡았지만 하일너는 화를 내며 벽 쪽으로 몸을 돌려버렸다. 그러나 한스는 물러나지 않고 잡은 손에 힘을 꽉 주며 옛 친구가 자신을 쳐다보도록 만들었다. 하일너가 짜증을 내며 입을 열었다.

"원하는 게 뭔데?"

한스는 잡은 손을 놓지 않았다.

"내 얘기를 좀 들어줘." 한스가 말했다. "난 그때 비겁하게도 너를 모른 척했어. 하지만 너도 내가 어떤지 알잖아. 학교에서 내 최우선 목표는 상위권을 유지하는 것이고 가능하면 일 등을 하는 거라는 걸. 너는 그런 나를 출세에 눈이 멀었다고 비난했지. 어쩌면 네 말이 맞는지도 몰라. 하지만 내가 생각하는 이상은 상위권이 되는 거였고, 그보다 중요한 것은 없었어."

하일너는 눈을 감았다. 한스는 나지막이 말을 이었다.

"저기 말이야, 내가 잘못했어. 네가 다시 내 친구가 되고 싶을지는 모르겠지만 날 용서해줘야 해."

하일너는 아무 말 없이 계속 눈을 감고 있었다. 속으로는 한없이 기쁜 얼굴로 친구를 향해 미소 짓고 있었으나, 지금은 외롭고 씁쓸한 역할에 너무 익숙해져서 적어도 한동안은 그런 가면을 그대로 쓰고 있어야 했다. 한스는 집요하게 매달렸다.

"날 용서해줘, 하일너. 앞으로도 계속 네 주변을 맴돌아야 한다면 차라리 꼴찌를 하는 게 나아. 너도 좋다면 우리 다시 친구가 돼서 다른 애들은 신경도 안 쓴다는 걸 보여주자."

마침내 하일너가 한스의 손을 꼭 쥐며 눈을 떴다.

며칠 후 하일너도 침대에서 일어나 의무실을 벗어났다. 새롭게 다져진 우정은 수도원 안에서 대단한 관심거리가 되었다. 두 사람은 서로에게 속해 있다는 묘한 행복감과 말없이 비밀스럽게 통하는 일체감으로 경이로운 몇 주를 보냈다. 그것은 딱히 새로운 경험은 아니었지만 전과는 뭔가 달랐다. 몇 주간 떨어져 지내는 동안 둘 모두 달라져 있었던 것이다. 한스는 더 다정하고 따뜻하고 열정적인 청년이 되었고, 하일너는 좀 더 강하고 남자다워졌다. 게다가 둘 모두 지난 시간 동안 서로 몹시 그리워했던 터라 이들의 재결합은 대단한 경험이자 특별한 선물처럼 여겨졌다. 조숙한 두 소년은 설렘 가득한 수줍음과 함께 우정을 나누었고, 그 속에서 자신들도 모르는 사이에 첫사랑의 달콤한 비밀을 미리 맛보았다. 게다가 이들의 우정에는 성숙해가는 사내들 특유의 날카로운 흥분이 있었음은 물론, 다른 아이들에 대한 저항감이 알싸한 양념처럼 더해졌다. 다른 많은 아이들은 하일너를 싫어하고 한스를 이해하지 못했고, 아직 어린애들 소꿉장난 같은 우정을 나누고 있었던 것이다.

한스는 우정이 깊어지고 행복해질수록 학교와는 점점 더 멀어졌다. 새로운 행복감이 마치 어린 포도주처럼 한스의 피와 생각을 타고 출렁였다. 그러는 동안 리비우스는 물론 호메로스마저도 중요성과 광채를 잃어버렸다. 교사들은 이제까지 흠 잡을 데 없는 학생이었던 기벤라트가 수상쩍은 하일너의 강한 영향 아래 문제아로 변해가는 것을 보고 경악을 금치 못했다. 교사들에게는 어쨌든 위험한 청소년기 초기에 조숙한 소년에게 나타나는 특이한 현상만큼 공포스러운 것이 없었다. 더욱이 교사들은 전부터 하일너의 다소 천재적인 성향을 두려워하고 있었다. 예로부터 천재와 교사들 사이에는 깊은 골이 존재해왔다. 교사들이 목격한 천재들의 학교생활은 처음부터 끔찍한 행동뿐이었던 것이다. 교사들에게 천재란 존재는 교사들을 존중하지도 않고, 열네 살에 담배에 손을 대고, 열다섯에 사랑에 빠지고, 열여섯부터 술집에 드나드는 불량한 아이들이었다. 뿐만 아니라 금지된 책을 읽거나 파렴치한 글을 써대고, 교사들에게 종종 모욕적인 눈빛을 보내고, 교무 일지에 '선동꾼'이나 '독방 처벌 대상'으로 기록되는 아이들이었다. 교사라면 자신의 교실에 한 명의 천재보다 여러 명의 둔재가 있는 것을 더 좋아한다. 그도 그럴 것이 사실 교사의 의무는 특출한 인물을 키워내는 것이 아니라 라틴어와 수학을 잘하는 성실한 인간을 길러내는 것이었다. 그러나 어느 쪽이 더 심하게 고통 받는가? 교사인가, 천재인가? 어느 쪽이 더 상대에게 폭군 행세를 하며 더 성가시게 구는가? 어느 쪽이 더 상대의 영혼과 삶을 더럽히고 파괴하는가? 이런 질문에는 누구나 분노와 수치심을 느끼면서 자신의 어린 시절을 돌아보아야만 대답할 수 있을 것이다. 하지만 이것은 우리가 상관할 바 아니다. 다만 위안이 되는 사실은 진정한 천재들은 대개 상처를 회복한 다음 학교의 판단과 달리 위대한 걸작을 탄생시켰다는 것이다. 또 사후에 남은 그들의 작품들이 오랜 세월을 통해 편안한 후광에 둘러싸이게 되면 새로운 시대의 교사들이 그것을 위대한 걸작 내지 훌륭한 본보기로 삼는다는 것이다. 이러한 규율과 정신 간의 다툼은 학교에서 학교로 반복하여 계승돼왔다. 우리는 주 정부와 학교가 매년 나타나는 몇 안 되는 더 깊고 가치 있는 정신들을 뿌리부터 뽑아내려고 숨 가쁘게 노력하는 모습을 보게 된다. 그런데 유독 교사들이 혐오하던, 그래서 툭하면 처벌받고 도망치고 내쫓겼던 인물들이 나중에는 꼭 민족의 재산을 풍요롭게 만들었다. 반면 얼마나 많을지 모르지만 조용히 반항하다가 병들어 사라져간 천재들도 많았다.

눈에 띄는 두 젊은이에게서 위험을 감지하자마자 교사들은 전통 깊은 학교의 원칙에 따라 애정 대신 곱절의 엄격함으로 단속하려 했다. 가장 성실하게 히브리어를 공부했던 한스를 자랑으로 여겼던 교장만이 어설픈 시도로 녀석을 구원하려 했다. 교장은 한스를 그림같이 아름다운 돌출창이 있는 오래된 사택의 집무실로 불렀다. 이 방에는 근처의 크니틀링엔에 살았던 파우스트 박사(15~16세기에 실존했던 파우스트 박사는 크니틀링엔에서 살았다고 전해지며, 마울브론 수도원에는 파우스트 기념탑도 있다 – 옮긴이)가 와서 엘핑거산 포도주를 마셨다는 전설이 있었다. 교장은 편협한 사람이 아니었다. 예리한 통찰력과 실무 능력도 두루 갖추고 있었다. 자신이 아끼는 학생들은 일종의 인간적인 호의로써 성이 아닌 이름으로 편하게 부르기도 했다. 교장의 가장 큰 단점은 허영심이 강하다는 것이었다. 그는 강단에 서면 지나치게 거만한 예술적 기교를 부리는 데 치중할 때가 많았다. 만약 자신의 권위와 권력에 약간이라도 의심을 사게 되면 참을 수 없어 했다. 일체의 이의를 용납하지 않았으며 자신의 실수도 결코 인정하지 않았다. 그래서 주관과 소신이 없는 학생들은 교장과 잘 지냈던 반면, 자신의 생각을 강하게 내세우는 진지한 학생들은 어려움을 겪었다. 교장 앞에서 약간의 반론을 비추려고만 해도 그가 펄펄 뛰었던 것이다. 교장은 격려하는 눈빛과 위로하는 말투로 자상한 아버지 역할에는 독보적인 능력을 드러냈다. 지금도 그런 모습으로 한스를 대했다.

"어서 와요, 기벤라트 군."

교장은 수줍어하며 들어오는 소년의 손을 힘주어 잡으며 친근하게 말했다.

"하고 싶은 이야기가 있어서 보자고 했어요. 괜찮다면 편하게 자네라고 불러도 될까?"

"물론입니다, 교장 선생님."

"최근에 자네 성적이 약간 떨어졌다는 걸 자네도 잘 알고 있을 걸세, 기벤라트 군. 적어도 히브리어에서 말일세. 현재까지 우리 학교에서는 어쩌면 자네가 히브리어를 가장 잘하는 학생일 걸세. 그런데 성적이 갑자기 떨어져 버리니 내 마음이 안 좋다네. 혹시 히브리어 공부에 흥미가 떨어진 건가?"

"그렇지 않습니다, 교장 선생님."

"한번 생각해보게! 그럴 수도 있지. 혹시 다른 과목을 특별히 더 공부하고 있나?"

"아닙니다, 교장 선생님."

"정말인가? 그래, 그렇다면 원인을 다른 데서 찾아야겠군. 뭔가 짚이는 것이 있으면 말해줄 수 있겠나?"

"전 잘 모르겠습니다. 과제는 항상 하고 있습니다만…."

"당연히 그렇겠지. 하지만 differendum est inter et inter(같아 보여도 속은 다른 법이다)라고 하지. 자네는 항상 과제를 해왔겠지. 그건 의무니까. 하지만 전에는 더 많이 공부했네. 지금보다 더 성실했고, 어쨌든 열정적으로 공부에 임했단 말이야. 그런데 왜 갑자기 공부에 흥미를 잃었는지 난 그것이 궁금할 뿐이네. 어디 아픈 데라도 있나?"

"없습니다."

"아니면 두통이 있나? 물론 자네가 딱히 건강해 보이진 않네."

"예, 두통은 가끔 느낍니다."

"혹시 하루 공부 분량이 너무 많은가?"

"아닙니다. 전혀요."

"아니면 혹시 개인적으로 독서를 많이 하고 있나? 솔직히 말해보게!"

"아닙니다. 독서는 거의 하지 않습니다, 교장 선생님."

"대체 이해를 할 수 없군, 이 젊은 친구야. 어딘가에 원인이 있을 텐데 말이지. 앞으로는 성실히 노력하겠다고 약속해주겠나?"

한스는 권력자가 내민 오른손에 자신의 손을 얹었다. 교장이 부드럽고 진지한 표정으로 그를 쳐다보았다.

"그래야지. 이제 마음에 드는군. 다만 너무 지치지 않도록 하게나. 안 그러면 수레바퀴에 깔리고 말 테니."

교장은 한스의 손을 꼭 잡았다. 한스는 안도의 한숨을 내쉬며 문 쪽으로 향했다. 그때 교장이 다시 그를 불렀다.

"하나만 더 묻겠네, 기벤라트 군. 하일너 군과 자주 만나는 것 같던데, 그런가?"

"예, 꽤 친하게 지내고 있습니다."

"내가 보기엔 다른 친구들보다 더 자주 만나는 모양이던데. 그런가?"

"물론입니다. 하일너는 제 친구니까요."

"어떻게 그렇게 되었지? 자네와 하일너 군은 성격이 전혀 다르지 않은가."

"저도 잘 모르겠습니다만 어쨌든 하일너는 제 친구입니다."

"내가 자네 친구를 탐탁지 않아 한다는 걸 자네도 알고 있겠지. 하일너 군은 불만투성이에 정서가 불안정한 학생이야. 천재일지도 모르지만 전혀 재능을 발휘하지 못하고 자네에게 좋지 않은 영향만 주고 있어. 나는 자네가 그 친구와 약간 거리를 두고 지낸다면 기쁠 것 같네만, 어떤가?"

"전 그럴 수 없습니다, 교장 선생님."

"그럴 수가 없어? 대체 왜 안 된다는 건가?"

"왜냐하면 하일너는 제 친구이기 때문입니다. 저는 친구를 외톨이로 만들 수 없습니다."

"음, 자네는 얼마든지 다른 친구들과 어울릴 수 있잖은가? 하일너의 나쁜 영향을 자진해서 받는 사람은 자네밖에 없어. 그 결과는 뻔할 텐데 말이야. 대체 하일너 군의 어떤 점을 좋아하는 건가?"

"저도 잘 모르겠습니다. 다만 저희는 서로를 아끼고 있고, 제가 그 친구를 버리는 건 비겁한 행동 같습니다."

"알겠네. 자네에게 강요하는 것은 아니라네. 하지만 하일너 군한테서 차츰 거리를 두었으면 좋겠군. 그렇게 해준다면 기쁘겠네. 정말 기쁠 것 같네."

교장의 마지막 말에는 좀 전의 부드러움이 전혀 없었다. 한스는 나가도 좋다는 허락을 받았다.

그 후로 한스는 다시 공부에 열을 올리기 시작했다. 그렇지만 전같이 멋지게 상위권을 차지하는 게 아니라 너무 뒤처지지 않도록 간신히 따라가는 정도였다. 한스 역시 이런 부진한 성적이 어느 정도는 친구와의 우정 때문이라는 것을 알고 있었다. 그렇지만 그 때문에 손해 본다거나 방해받는다는 생각은 들지 않았다. 오히려 학교에서 자신이 놓쳤던 모든 것을 채워 주는 보물, 이전의 평범하고 의무적인 삶과는 비교할 수 없이 고귀하고 따스한 인생을 얻었다고 생각했다. 한스는 마치 사랑에 빠진 청년처럼, 위대한 영웅처럼 행동하고 싶었다. 일상적인 것, 지루하고 사소한 공부 따위나 하고 싶지는 않았다. 그래서 매번 절망적인 한숨을 내쉬며 자신을 공부의 멍에에 묶어야 했다. 하일너처럼 대충 공부하고 필요한 것만 빠르게 거의 강제로 머릿속에 집어넣는 일을 한스는 이해할 수 없었다. 친구가 거의 매일 저녁 시간만 나면 자신을 불러냈기 때문에 한스는 아침에 한 시간씩 일찍 일어났고, 특히 히브리어 문법을 붙들고 마치 적이나 되는 듯 씨름했다. 그가 여전히 즐거워하는 시간은 호메로스를 배우는 시간과 역사 시간이었다. 한스는 호메로스를 이해하기 위해 어둠을 더듬는 기분으로 그의 세계를 파고들었다. 역사 속의 영웅들은 더 이상 이름이나 숫자로 남길 거부하고 이글거리는 눈과 살아 있는 붉은 입술, 저마다의 얼굴과 손을 가지고 한스의 눈앞에 나타났다. 어떤 영웅은 붉고 두툼하고 거친 손을, 어떤 영웅은 고요하고 차가운 돌 같은 손을, 혹은 혈관이 비치는 마르고 뜨거운 손을 지니고 있었다. 그리스어로 된 신약성경을 읽을 때도 한스는 때때로 인물들의 생생한 현실감에 놀라고 거의 압도당할 지경이었다. 특히 마가복음 6장에는 예수가 제자들과 함께 배에서 내리는 장면에 다음과 같은 구절이 있었다. "εὐθὺς ἐπιγνόντες αὐτὸν περιέδραμον(배에서 내리자 사람들이 곧 예수를 알아보고 그리로 달려오니)." 이 구절에서 한스도 인간 예수가 배에서 내리는 것을 보았고 그가 예수라는 걸 금방 알 수 있었다. 체구나 얼굴로 알아본 것이 아니라 크고 깊고 빛나는 애정 어린 눈과 조용히 흔드는 손에서 예수를 알아보았다. 그 아름다운 갈색 손의 움직임은 어쩌면 환영한다는 초대의 손짓일지도 모른다. 그 손짓과 눈빛을 빚어낸 섬세하고 강한 영혼을 한스는 예수의 모습에서 보았던 것이다. 물결이 일렁이는 해안과 무거운 배의 머리가 한순간 눈앞에 떠올랐다가 한겨울의 입김처럼 모두 금세 사라졌다. 그런 경험은 종종 다시 찾아왔다. 마치 책의 주인공과 이야기가 부활하여 살아 있는 사람에게 나타나고 싶어서 탐욕스럽게 튀어나오는 것 같았다. 한스는 놀라워하면서도 이를 받아들였다. 어느 순간 나타났다가 언제나 금세 또 사라져버리는 환상 때문에 한스는 자신에게 묘한 변화가 일어난 것 같았다. 어떤 때는 검은 땅이 유리처럼 들여다보이는 것 같았고 어떤 때는 신이 자신을 바라보는 것 같았다. 이런 근사한 순간들은 예기치 않게 찾아왔다가 슬퍼할 새도 없이 사라졌다. 마치 어딘가 낯설고 신성한 데가 있어서 감히 말을 붙이거나 머물러달라고 부탁할 수도 없는 순례자 혹은 친절한 손님처럼 말이다. 한스는 이런 경험을 혼자 간직한 채 하일너에게는 말하지 않았다. 하일너의 오래된 우울증은 이제 신경질적이고 날카로운 성질로 변해 수도원에 대해, 교사와 학우 들에 대해, 날씨에 대해, 인생에 대해, 신의 존재에 대해 비판을 쏟아냈다. 때로 싸우려 들거나 갑자기 어리석은 짓을 저지르기도 했다. 한번 문제 학

생으로 찍힌 뒤로는 다른 학생들과 계속 대립하고 있었다. 게다가 치졸한 자만심을 동원해 이런 대립이 완전히 고집스럽고 적대적인 관계까지 가도록 날을 세웠다. 한스는 이런 하일너를 달래기보다는 오히려 그에게 동참했다. 그리하여 두 사람은 다른 학생들이 꺼리는 기괴한 섬처럼 고립되었다. 한스는 시간이 흐르자 이 상황도 그리 나쁘지 않은 느낌이었다. 그에게 은근한 두려움을 불러일으키는 교장만 없었다면 더 좋았을 것이다. 한때 교장의 총애를 받았던 학생은 이제 냉랭한 대접을 받았고 누구나 알 정도로 무시당했다. 결국 교장의 전문 분야인 히브리어에서 한스는 점차 모든 흥미를 잃어버렸다. 수개월 동안 별 변화가 없는 몇 명을 제외하고는 사십 명의 학생이 신체적 정신적으로 변해가는 모습을 지켜보는 것은 유쾌한 일이었다. 많은 학생들이 불어나지 못한 몸집에 비해 키가 훌쩍 컸으며, 희망적으로 뻗어 나온 팔다리는 함께 늘어나지 못한 옷의 기장 때문에 손목과 발목을 드러내고 있었다. 얼굴에는 이제 사라져가는 소년과 살짝 가슴을 펴기 시작한 성인 사이 중간쯤의 모습이 보였다. 신체는 아직 성장기에 볼 수 있는 우락부락한 골격을 갖추지 못했지만, 모세의 책을 공부할 때는 적어도 일시적이나마 매끈한 이마에 어른다운 진지함이 나타났다. 뺨이 통통한 아이는 이제 거의 찾아볼 수 없었다. 한스 또한 많이 변했다. 키나 마른 체격은 하일너와 비슷했지만 이제 하일너보다 더 나이 들어 보였다. 예전에 부드러운 빛으로 가득했던 이마 가장자리는 분명한 선을 드러냈다. 눈은 더 움푹 파였고 건강하지 못한 얼굴빛에 팔다리와 어깨는 말라서 뼈가 앙상했다.

한스는 학교 성적에 대한 불만이 늘어날수록 하일너의 영향 아래 더 날카로워지고 학우들과 더 멀어졌다. 더 이상 모범생이나 미래의 수석 학생으로서 다른 학생들을 내려다볼 수 없었기 때문에 우쭐거림은 그에게 전혀 어울리지 않았다. 하지만 누군가 그런 사실을 언급한다거나 스스로 그런 자신을 떠올리고 괴로움에 빠져들 때면 그 누구든 자신이든 결코 용서하지 않았다. 특히 뛰어난 학생인 하르트너와 건방진 오토 벵거와는 여러 번 다툼이 있었다. 어느 날 벵거가 또다시 약을 올리며 비웃자 한스는 이성을 잃고 주먹질로 대응하고 말았는데 그 결과는 지독한 몰매로 이어졌다. 벵거가 비록 겁쟁이이긴 해도 한스 같은 약한 상대는 쉽게 이길 수 있었기에 작정하고 달려들었던 것이다. 하일너는 그 현장에 없었고, 다른 아이들은 손 놓고 구경하며 한스가 얻어터지는 광경을 즐겼다. 한스는 온통 시퍼렇게 멍이 든 채 코피를 쏟았고 갈비뼈 하나하나가 욱신거렸다. 그날 밤은 수치와 고통과 분노로 잠을 이룰 수 없었다. 친구 하일너에게는 이 사건을 알리지 않았다. 그리고 그때부터 한스는 자신을 완전히 닫고 룸메이트들과도 거의 말을 나누지 않았다. 봄이 다가오자 오후에 자주 비가 내리고 일요일에도 항상 비가 왔다. 해가 길어지면서 수도원 생활에도 새로운 조직과 움직임이 생겨났다. 피아노를 잘 치는 학생과 두 명의 플루트 연주자가 있는 아크로폴리스 방에서는 두 번의 저녁 정기 연주회가 열렸다. 게르마니아 방에서는 희곡 독서 동아리를 만들었으며, 젊은 경건주의자 몇 명은 성경 읽기 모임을 만들어 저녁마다 주석이 달린 칼프판(성경의 여러 번역판 중 하나. 유명 신학자가 많았던 독일 소도시 칼프의 한 출판사에서 발간되었다 - 옮긴이) 성경을 한 장씩 읽었다.

하일너는 게르마니아 방의 희곡 동아리에 가입 신청을 했다가 거절당하자 분해서 죽을 지경이었다. 분풀이로 성경 읽기 모임에 지원했지만 거기서도 받아주려 하지 않았다. 그러자 하일너는 막무가내로 그 모임에 들어가서는 점잖은 작은 형제회의 경건한 대화에 특유의 주제 넘는 독설과 신성모독적인 풍자로 불화와 시비를 일으켰다. 하일너는 그런 장난에 곧 흥미를 잃었지만 비꼬며 성경적으로 말하는 방식은 꽤 오랫동안 유지했다. 그런데도 아무도 그에게 관심을 보이지 않았다. 학교 전체가 여러 가지 새로운 시도와 모임 분위기에 푹 빠져 있었기 때문이었다.

스파르타 방의 영리하고 재치 있는 한 학생이 가장 많은 화제를 불러일으켰다. 그는 개인적인 명성을 얻는 것도 좋았지만, 그보다는 자신이 속한 방에 약간의 활기를 불어넣고 이런저런 재미있는 일로 단조로운 학교생활에 기분 전환할 기회를 만들어주고 싶었다. 그래서 별명이 둔스탄인 그는 주변의 관심을 끌고 얼마간의 명성을 얻을 만한 획기적인 방법을 생각해냈다. 어느 날 아침 학생들은 기숙사에서 나오면서 세면장 문에 붙어 있는 쪽지를 발견했다. 쪽지에는 '스파르타에서 보낸 여섯 편의 에피그램(기지와 풍자가 넘치는 짧은 시, 경구 - 옮긴이)'이라는 제목 아래 몇몇 유별난 동급생들의 어리석은 행동이며 우정에 관한 내용이 풍자적인 이행시로 적혀 있었다. 물론 기벤라트와 하일너 커플도 공격을 받았다. 이 작은 사회에 엄청난 흥분이 넘쳐흘렀다. 학생들은 세면장 문이 극장 입구라도 되는 듯 서로 밀치며 몰려들었다. 이들이 웅성이고 속삭이는 광경은 마치 여왕벌의 비행을 앞둔 꿀벌 무리 같았다.

다음 날 아침에는 학생들의 방문마다 반박하거나 동의를 나타내거나 새롭게 공격하는 풍자시와 경구가 잔뜩 붙었다. 정작 스캔들을 일으킨 장본인은 영리하게 여기에 동참하지 않았지만 헛간에 불씨를 던지겠다는 그의 목적은 성취된 것이었다. 이제 그는 손 털고 구경만 하고 있으면 되었다. 며칠 동안 거의 모든 학생이 풍자시 전쟁에 뛰어들어 이행시 내용을 고민하며 돌아다녔다. 이 일로 고민하지 않은 사람은 아마 평소대로 자기 공부에만 신경 쓴 루치우스밖에 없었을 것이다. 결국 한 교사가 이 상황을 눈치채고 선동적인 장난을 금지했다.

약삭빠른 둔스탄은 앞서의 승리에 만족하지 않고 그사이 자신의 진짜 무기를 준비하고 있었다. 그는 곧 창간호 신문을 발행했다. 이 신문은 작은 판형의 연습 용지에 등사판으로 찍은 것으로 둔스탄은 이를 위해 몇 주 전부터 자료를 모았다. 신문 제목은 〈산미치광이(꼬리 쪽 몸이 가시털로 뒤덮인 쥐처럼 생긴 야행성 동물 - 옮긴이)〉로 주로 익살맞은 기사가 실렸다. 창간호 기사 중 역작은 여호수아서(구약성경 중 이스라엘의 역사를 기록한 책 - 옮긴이)의 저자가 마울브론의 신학생과 나눈 재미있는 대담이었다.

신문은 큰 성공을 거두었다. 둔스탄은 매우 바쁜 편집자이자 발행인으로 명성을 누렸다. 베네치아 공화국의 유명한 풍자 시인 아레티노(피에트로 아레티노. 16세기 초중반, 권세가들의 위선을 공격한 풍자 시인이자 괴짜 독설가로 유명세를 탔다 – 옮긴이)가 당시에 누렸던 찬사와 비난에 버금가는 명성이었다.

헤르만 하일너도 열정적으로 신문 편집에 참여했다. 뛰어난 재치와 능력을 발휘해 둔스탄과 함께 날카로운 풍자가 담긴 비판적인 기사를 쓰기 시작하자 학교 전체가 놀라움에 휩싸였다. 이 작은 신문은 거의 4주간이나 수도원 전체를 뒤흔들었다. 한스는 그런 친구의 행동을 내버려 두었다. 한스 자신은 그 일에 동참할 마음도, 그럴 만한 재능도 없었다. 게다가 얼마 전부터 다른 일에 몰두하고 있었기 때문에 하일너가 최근 스파르타 방에서 자주 저녁 시간을 보낸다는 사실도 뒤늦게야 알았다. 한스는 하루 종일 활기 없고 멍한 상태로 돌아다녔다. 공부도 느릿느릿했고 재미도 없었다. 그러다 한번은 리비우스 시간에 이상한 일이 벌어졌다.

교수가 한스를 지목하며 번역을 해보라고 했다. 그런데 한스가 멍하니 앉아 있는 것이었다.

"뭐 하는 겁니까? 왜 일어서지 않습니까?" 교수가 화난 목소리로 말했다.

한스는 미동도 하지 않았다. 의자에 똑바로 앉은 채 고개를 약간 숙이고 눈을 반쯤 감고 있었다. 자신을 부르는 소리에 꿈에서 약간 깨어나긴 했지만 교수의 목소리는 먼 곳에서 들려오는 듯 아득했다. 게다가 한스는 옆자리 학생이 자신을 세게 찌르는 것도 느꼈다. 그러나 그 무엇도 그에게 중요하지 않았다. 한스는 다른 사람들에게 둘러싸여 있었다. 다른 손들이 그를 만지고 있었으며 다른 목소리들이 그에게 말을 걸고 있었다.

그 가깝고 나지막하고 깊은 목소리들은 사람의 말이 아니라 깊고 부드러운 샘물 같은 소리를 들려주었다. 그리고 수많은 눈들이 그를 쳐다보았다. 낯설고 불안하고 거대하고 번뜩이는 눈이었다. 어쩌면 그 눈들은 한스가 방금 리비우스에서 읽은 로마 민중들의 눈일 수도 있었고, 그가 꿈꾸던 사람들이거나 언젠가 그림에서 본 모르는 사람들의 눈일 수도 있었다.

"기벤라트 군!" 교수가 소리를 질렀다. "지금 자고 있었던 겁니까?"

한스는 천천히 눈을 뜨더니 놀란 얼굴로 교수를 바라보고는 머리를 저었다.

"자고 있었군요! 그렇지 않다면 우리가 지금 어느 부분을 공부하고 있는지 말할 수 있겠지요? 자, 어느 부분입니까?"

한스는 손가락으로 책의 한 부분을 가리켰다. 그는 어디를 배우고 있었는지 정확히 알고 있었다.

"그러면 이제 자리에서 일어나 주시겠습니까?" 교수가 비꼬듯이 말했다.

한스는 자리에서 일어났다.

"대체 뭘 하는 겁니까? 날 보세요!"

한스가 교수를 쳐다보았다. 교수는 그 시선이 마음에 들지 않는지 어이없다는 듯 머리를 흔들었다.

"어디가 아픈가요, 기벤라트 군?"

"아닙니다, 교수님."

"그만 자리에 앉으세요. 수업이 끝나면 내 방으로 오도록 하세요."

한스는 자리에 앉아 허리를 굽혀 리비우스로 돌아갔다. 그는 전혀 졸리지 않았으며 모든 것을 이해하고 있었지만, 그와 동시에 내면의 눈은 머나먼 곳으로 서서히 멀어져 가는 많은 낯선 인물들을 좇고 있었다. 그 인물들은 완전히 멀어져서 안개 속으로 사라지기 직전까지도 번뜩이는 눈으로 내내 한스를 쳐다보았다.

한스는 또 동시에 교사의 목소리와 학생들이 번역하는 소리, 그리고 강의실의 모든 사소한 소리가 점점 더 가까워지는 것을 느꼈다. 그러다 마침내 그 소리들은 원래 그랬던 것처럼 실제적인 소리로 들리는 것이었다. 책상과 강단, 칠판은 언제나처럼 그 자리에 있었고, 벽에는 커다란 나무 컴퍼스와 삼각자가 걸려 있었다. 그리고 주변에 학생들이 앉아 있었는데 많은 아이들이 민망할 정도로 호기심 깃든 눈으로 자신을 쳐다보고 있었다. 한스는 소스라치게 놀랐다.

"수업이 끝나면 내 방으로 오도록 하세요"라는 소리를 들었다. 맙소사! 대체 무슨 일이 일어난 거지? 수업이 끝나자 교수는 한스를 손짓하여 불러내 구경하는 학생들 사이로 그를 데리고 나갔다.

"어디 말해봐요, 도대체 무슨 일이 있었던 건가요? 정말 자고 있던 게 아니었나요?"

"아닙니다."

"그러면 왜 기벤라트 군을 불렀을 때 일어나지 않았죠?"

"저도 잘 모르겠습니다."

"혹시 내 말을 못 들었습니까? 귀가 잘 안 들리나요?"

"아닙니다. 교수님이 말씀하시는 걸 들었습니다."

"그런데 일어나지 않았단 말입니까? 기벤라트 군은 그 후에도 이상한 눈빛을 하고 있더군요. 도대체 무슨 생각을 하고 있었습니까?"

"아무 생각도 하지 않았습니다. 전 사실 일어나려고 했습니다."

"그런데 왜 일어나지 않았죠? 역시 어디가 아팠나요?"

"그렇지 않습니다. 저도 왜 그랬는지 잘 모르겠습니다."

"머리가 아팠나요?"

"아닙니다."

"됐습니다. 가보세요."

식사하기 전에 한스는 다시 호명되어 기숙사로 불려갔다. 그곳에는 교장이 마을 의사와 함께 기다리고 있었다. 의사가 한스를 진찰하고 몇 가지 질문을 했지만 특별한 이상은 나타나지 않았다. 의사는 사람 좋게 웃으며 별거 아니라고 결론 내렸다.

"이건 가벼운 신경증입니다, 교장 선생님." 의사가 가볍게 껄껄 웃으며 말했다. "그냥 지나가는 신경쇠약이에요. 일종의 가벼운 멀미지요. 이 젊은이는 매일 바깥바람을 쐬어야 합니다. 두통에는 제가 몇 가지 물약을 처방해줄 수 있습니다."

그때부터 한스는 매일 식사 후 한 시간씩 산책을 나가야 했다. 한스 자신도 마다할 이유가 없었다. 다만 곤란했던 건 산책을 나갈 때 하일너가 동행하는 것을 교장이 분명하게 금지한 것이었다. 하일너는 분개하여 욕설을 내뱉었지만 어쩔 도리가 없었다. 한스는 언제나 혼자 산책을 나갔고 그 시간이 꽤 즐겁기도 했다. 봄으로 접어들고 있었다. 아름답게 굴곡진 둥근 언덕 위로 초록빛이 싹트기 시작하여 마치 가볍고 잔잔한 파도처럼 넘실거렸다. 나무들은 선명한 실루엣의 갈색 그물 같던 모습을 벗어던지고 어린 잎사귀들의 장난에 푹 빠진 채 싱그러운 파도처럼 끝없이 넘실거리며 자연의 빛깔 속으로 녹아들었다. 라틴어 학교 시절 한스는 지금과 달리 더 열정적이고 호기심 깃든 눈으로 세심하게 봄을 들여다보았다. 철새가 돌아오면 새의 종류마다 눈여겨보았고, 어떤 꽃이 먼저 피어나는지도 관찰했다. 5월이 되면 드디어 낚시를 시작했다. 지금은 새 종류를 확인하거나 새싹을 보고 풀 이름 맞히기 따위는 하지 않는다. 단지 전체적인 변화를 느끼고, 여기저기에서 움트는 빛깔들을 보고, 어린잎의 냄새를 맡고, 좀 더 부드럽고 온화해진 공기에 놀라워하며 들판을 걸을 뿐이었다. 한스는 금세 지쳤다. 자꾸만 누워서 잠들고 싶었고, 주변에 실재하는 것이 아닌 다른 여러 가지 것들이 끊임없이 눈에 들어왔다. 눈에 보이는 것이 무엇인지는 한스 자신도 알지 못했고 굳이 알려고 하지도 않았다. 밝고 엷은 묘한 꿈들이 마치 초상화가 가득 걸려 있거나 낯선 나무들이 이어진 길처럼 한스를 둘러싸고 있었다. 그러나 꿈에서는 아무 일도 일어나지 않았다. 그 순수한 그림들을 그냥 바라보기만 해야 했지만 바라보는 것만으로도 하나의 체험이 되었다. 다른 세계로 가서 다른 사람들을 보는 것 같았고, 폭신하고 편안한 땅을 밟으며 낯선 곳을 걷는 것도 같았고, 가볍고 섬세하고 꿈꾸는 듯한 향기로 가득한 낯선 공기를 들이마시는 것 같았다. 가끔은 이런 이미지 대신 어둡고 따뜻하고 설레는 느낌, 마치 가벼운 손길이 자신의 몸을 부드럽게 쓰다듬는 듯한 느낌이 찾아오기도 했다.

한스는 책을 읽거나 공부할 때 집중하려고 애써야 했다. 흥미가 떨어지는 내용은 그림자처럼 손아귀를 빠져나갔다. 히브리어 단어들은 수업 시간 30분 전부터 외우고 있어야만 수업 시간에도 간신히 기억할 수 있었다. 책을 읽다 보면 책에 묘사된 모든 것이 생명을 얻고 튀어나와 주변의 사물보다 더 생생하게 형체를 띠고 살아 움직이는 순간들이 찾아왔다. 한스는 자신의 기억력이 더 이상 아무것도 흡수하려 하지 않고 갈수록 더욱 희미해지고 불확실해지는 것을 느끼며 절망했다. 그러면서도 가끔은 오래전 기억들이 무섭도록 생생하게 나타나 그를 짓누르는 바람에 놀랍고도 두려운 마음이 들었다. 그리고 수업 시간 혹은 책을 읽는 중에 아버지나 늙은 하녀 안나, 또는 이전 학교의 교사나 동창생 들을 볼 때가 자주 있었다. 그들은 한스의 눈앞에 모습을 드러내 잠시 동안 그의 정신을 쏙 빼놓았다. 슈투트가르트에 머물렀던 일이나 선발 고사, 방학 기간의 일들이 계속해서 나타나기도 했다. 강가에서 낚시를 하며 햇살이 내리는 강물의 수증기 냄새를 맡는 자신의 모습이 보였고, 동시에 그런 순간들이 아주 먼 옛일처럼 느껴지기도 했다. 후덥지근하고 눅눅하고 우중충한 어느 저녁이었다. 한스는 하일너와 함께 기숙사 건물 안을 어슬렁거리며 고향과 아버지와 낚시와 학교에 대해 이야기했다. 하일너는 유난히 말이 없었다. 한스가 떠들거나 말거나 고개를 까딱이며 하루 종일 갖고 놀던 작은 자를 허공에서 몇 번 심란하게 휘두르곤 했다. 한스도 점점 말이 없어졌다. 밤이 되어 그들은 창문틀에 걸터앉았다.

"야, 한스."

마침내 하일너가 입을 열었다. 불안하고 격앙된 목소리였다.

"왜 그래?"

"어, 아니야."

"야, 얼른 말해!"

"그냥 생각이 났는데, 네가 그런 이야기를 하니까 말이야."

"대체 뭔데 그래?"

"있잖아, 한스. 너 여자애를 쫓아다녀 본 적 있어?"

침묵이 흘렀다. 이런 이야기는 그들끼리 해본 적이 없었다. 한스는 주저했지만 이 수수께끼 같은 주제가 마치 동화처럼 그를 잡아당겼다. 그는 얼굴이 빨개지고 손가락이 떨리는 것을 느꼈다.

"딱 한 번." 한스가 기어들어 가는 목소리로 말했다. "근데 내가 아직 순진한 꼬마였을 때야."

다시 침묵이 흘렀다.

"하일너 너는?"

하일너는 한숨을 쉬었다.

"어휴, 관두자! 이런 얘기는 별로 의미도 없고 얘기를 꺼내는 게 아니었어."

"아니야, 어서 말해봐."

"나 좋아하는 애가 있어."

"네가? 정말이야?"

"고향에. 이웃집 여자애야. 지난겨울에 그 애한테 키스했어."

"키스했다고?"

"응. 날이 이미 어둑할 때였어. 저녁에, 빙판 위에서였어. 그 애가 스케이트 벗는 것을 도와주다가 그때 키스를 했어."

"그러니까 걔가 뭐래?"

"아무 말도 없었어. 그냥 도망가 버렸지."

"그 후에는?"

"그 후에는! 뭐, 아무 일도 없었지."

하일너는 다시 한숨을 쉬었다. 한스는 마치 금지된 정원에서 나온 영웅이라도 보는 듯 친구를 쳐다보았다.

그때 취침 시간을 알리는 종이 울렸다. 등이 꺼지고 모두 조용해진 후에도 한스는 침대에서 오랫동안 깨어 있는 채로 하일너가 애인에게 키스하는 모습을 상상했다.

다음 날 한스는 그 일에 대해 궁금한 게 많았지만 쑥스러워서 묻지 못했다. 하일너는 한스가 더 묻지 않자 소심해져서 먼저 이야기를 꺼내지 못했다. 한스는 학교에서 점점 더 불량한 학생이 되었다. 교사들은 기분 나쁜 표정을 지으며 이상한 시선으로 그를 바라보았다. 교장은 얼굴을 찌푸리고 꾸중을 했으며, 동급생들도 이미 한스가 정상의 자리에서 물러났으며 일등이 되려는 노력을 그만뒀다는 사실을 눈치챘다. 하일너만이 이를 눈치채지 못했다. 그에게 학교는 그리 중요한 곳이 아니었고 한스 자신도 그 모든 일이 일어나는 것을, 자신이 변하고 있다는 것을 알아채지 못했기 때문이다.

하일너는 신문 편집 일에도 싫증을 느끼고 다시 자신의 친구에게 완전히 돌아와 있었다. 그는 금지령에도 불구하고 여러 번 한스의 산책길에 따라나섰다. 한스와 함께 볕 아래 누워 꿈을 꾸거나 시를 읽었으며 교장에 대한 우스꽝스러운 이야기를 지어내기도 했다. 한스는 날마다 하일너의 연애사 뒷이야기를 듣고 싶었으나 시간이 지날수록 물어보기가 더 어려워졌다. 학생들 사이에서 두 사람은 전처럼 미움을 받았다. 하일너가 〈산미치광이〉에 악의에 찬 농담을 써낸 바람에 아무도 두 사람에게 마음을 열지 않았던 것이다.

그 신문도 이때쯤 폐간되었다. 그래도 본래 겨울과 봄 사이의 지루한 몇 주간만 겨냥했던 것에 비하면 꽤 오래 발간한 셈이었다. 아름다운 계절이 시작되어 이제 학생들은 야외에서 식물을 따고 산책을 하고 이런저런 즐길 거리를 얻을 수 있었다. 점심 시간마다 수도원 안마당은 체조를 하거나 레슬링을 하거나 달리기 경주를 하고 공을 차는 학생들로 함성과 활기가 충만했다.

그러던 어느 날 이번에는 진짜 엄청난 사건이 일어났다. 그 주인공이자 장본인은 이번에도 수도원의 문제아 헤르만 하일너였다.

교장은 하일너가 자신의 금지령을 무시하고 거의 매일 한스의 산책에 동행한다는 사실을 알게 됐다. 그는 이번에 한스는 혼내지 않고 주범이자 자신의 오랜 적인 하일너만 집무실로 불렀다. 교장이 반말을 하려고 하자 하일너는 거세게 반발했고 교장은 그를 책망했다. 하일너는 자신이 한스의 친구이며 누구도 자신들의 교제를 금지할 권리가 없다고 변론했다. 심각한 상황이 벌어졌다. 하일너는 몇 시간 동안 독방에 갇혀야 했고 덤으로 앞으로 한스와 절대로 외출할 수 없다는 엄한 금지령을 받았다.

다음 날 한스는 공식적인 산책을 하기 위해 전처럼 혼자 나서야 했다. 2시에 산책에서 돌아와 다른 학생들과 함께 강의실에 앉았다. 수업을 시작할 때쯤 하일너가 자리에 없다는 사실이 드러났다. 힌딩거가 사라졌을 때와 똑같은 상황이었지만 이번에는 누구도 그가 수업에 늦는 거라고 생각하지 않았다. 3시경 전교생과 세 명의 교사가 실종된 학생을 찾아 나섰다. 그들은 무리를 나누어 숲 속을 다니며 하일너를 불러댔다. 두 명의 교사와 많은 학생들은 하일너가 자살했을 거라고 생각했다.

5시경 인근의 모든 경찰서가 전보를 받았고, 저녁 무렵 하일너의 아버지에게도 속달 우편이 보내졌다. 늦은 저녁까지 아무런 단서가 나오지 않았다. 밤이 깊도록 모든 침실에서 속닥거리는 소리가 들렸다. 학생들은 하일너가 물에 뛰어들었을 거라는 가정이 가장 그럴듯하다고 생각했다. 그가 집으로 돌아갔다고 말하는 아이들도 있었다. 하지만 실종된 하일너는 수중에 돈이 전혀 없었던 것으로 드러났다. 모두들 한스가 이 사건에 대해 뭔가 알 것이라고 생각했다. 하지만 실상은 그 반대로 한스는 누구보다도 놀라고 절망에 휩싸여 있었다. 그는 밤에 침실에서 이불을 뒤집어쓴 채 아이들이 서로 묻고 추측하고 아무렇게나 지껄여대는 소리를 들었다. 그 길고 힘든 시간 동안 친구를 걱정하고 두려워하며 누워 있었다. 하일너가 다시 돌아오지 못할 거라는 예감에 가슴이 옥죄이고 끔찍한 아픔이 느껴졌다. 그러다 지친 나머지 슬픔에 잠긴 채 잠들었다.

그 시간, 하일너는 수 킬로미터 떨어진 수풀 속에 누워 있었다. 그는 추위에 떨며 잠을 이루지 못했지만, 무한한 자유를 만끽하며 좁아터진 새장을 빠져나온 것처럼 팔다리를 활짝 뻗었다. 점심때부터 뛰쳐나온 그는 지금은 크니틀링엔 마을에서 산빵을 뜯어 먹으며 아직 봄기운이 남아 있는 연한 나뭇가지 사이로 밤의 어둠과 별, 빠르게 지나가는 구름을 바라보고 있었다. 어디로 가든 상관없었다. 그는 지금 지긋지긋한 수도원을 빠져나왔고, 이로써 교장에게 자신의 의지가 명령이나 금지령보다 강하다는 것을 보여주었기 때문이다. 다음 날에도 하루 종일 하일너를 찾아보았지만 헛수고였다. 하일너는 어느 마을 근처 들판에 쌓인 짚더미에서 밤을 보내고 아침에 다시 숲으로 들어갔다. 그리고 저녁이 되어서 다른 마을로 들어가려다가 마침내 경찰에게 붙잡혔다. 경찰은 하일너에게 다정함이 섞인 야유를 쏟으며 그를 시청으로 데려갔다. 하일너는 온갖 농담을 동원한 아부로 시장의 환심을 얻더니 급기야 시장의 집에 초대를 받았다. 시장의 집에서 햄과 달걀을 푸짐하게 얻어먹고 하룻밤 잠자리도 제공받았다. 그리고 다음 날 하일너는 밤새 그리로 달려온 아버지의 손에 넘겨졌다. 마침내 도망자가 붙잡혀 오자 수도원은 흥분의 도가니였다. 하일너는 여전히 고개를 빳빳이 들고 자신의 짧고 기발했던 여행을 전혀 후회하지 않았다. 죄를 뉘우치고 용서를 구하라는 권유도 거절했다. 수도회 특별재판에 회부돼서도 전혀 겁내거나 공손하게 굴지 않았다. 그를 학교에 머물게 하려는 노력들이 있었지만 이번에는 도가 지나쳐도 너무 지나쳤다. 결국 불명예스러운 퇴학 처분을 받은 하일너는 저녁에 아버지와 함께 수도원을 떠나고 나면 다시는 못 돌아올 처지가 되었다. 친구 한스와는 단지 악수 한 번 하는 것으로 작별 인사를 해야 했다.

교장은 이 심각하고 반항적인 비행 사건에 대해 화려하고 열정적이며 장황한 연설을 했다. 슈투트가르트의 상부 관청에 보내는 교장의 편지는 그보다는 더 온건하고 덜 감정적이며 부드러운 어조로 썼다. 퇴학당한 괴물 같은 아이와의 편지 왕래는 금지되었는데, 한스는 이에 대해 당연하다는 듯 웃을 뿐이었다. 몇 주 동안 학생들의 주요 화제는 하일너와 그의 도주였다. 하일너가 떠나고 시간이 흐르자 그에 대한 전반적인 평가가 달라졌다. 한때 기겁하며 꺼렸던 그 도망자를 이제는 자유를 찾아 떠난 독수리처럼 여겼던 것이다.

헬라스 방에는 이제 빈 책상이 두 개였다. 최근에 비워진 자리의 주인공은 이전 주인공처럼 쉽게 잊혀지지 않았다. 교장만이 두 번째 사건 역시 조용히 처리되길 바라고 있었다. 하일너가 수도원의 평화를 깨는 일은 끝내 일어나지 않았다. 한스는 기다리고 기다렸지만 하일너에게 어떤 연락도 받지 못했다. 하일너는 가버렸고 사라졌다. 그의 존재와 도주 사건은 점점 옛일이 되어가더니 결국 그런 일이 있었더라는 전설로 남았다. 그 열정적이었던 소년은 이후에도 많은 천재적인 시도와 탈선을 거듭한 다음, 냉혹하고 고통스러운 인생의 훈육을 거친 끝에 영웅은 되지 못했지만 그럴듯한 인물로 성장했다. 남아 있던 한스에게는 하일너의 도주를 알고 있었을 거라는 의혹이 계속 따라다녔다. 교사들도 한스에게 아무런 호의를 베풀지 않았다. 한 교사는 수업 시간에 한스가 여러 가지 질문에 전혀 답을 못 하자 이런 말까지 했다.

"어째서 기벤라트 군은 그 잘난 친구 하일너와 함께 가버리지 않았지요?"

교장은 한스를 내버려 두었다. 바리새인들이 세리(성경에서 이스라엘의 종교 지도자 격인 바리새인들은 세금을 걷으며 횡령을 일삼는 세리들을 죄인 취급했고, 부정이라도 탈까 봐 그들을 가까이 하지도 않았다 – 옮긴이)를 쳐다보듯 경멸에 찬 동정심으로 그를 바라볼 뿐이었다. 한스 기벤라트는 이제 가치 없는 인간이었고 버림받은 학생이었다.

5장

마치 먹이를 저장해둔 햄스터처럼 한스는 이전에 습득한 지식으로 얼마 동안은 버텨냈지만 그 후에는 고통스러운 굶주림이 시작되었다. 짧고 무기력하게나마 이런 상황에서 벗어나려는 시도를 해보았지만 곧 다시 절망감이 찾아와 그를 비웃었다. 한스는 결국 헛되이 괴로워하는 일을 그만두고 모세5경과 호메로스, 크세노폰과 대수학을 차례로 던져버렸다. 교사들 사이에서 자신의 평가가 '좋음'에서 '괜찮음'으로, '괜찮음'에서 '중간'으로, 그러다 마침내 '나쁨'으로 점점 떨어지는 것을 별생각 없이 지켜보았다. 최근에 다시 가끔씩 찾아오는 두통이 없을 때면 헤르만 하일너를 생각했다. 눈을 뜬 채로 가벼운 꿈을 꾸기도 했으며 반쯤 생각에 잠겨 몇 시간 동안 졸기도 했다. 점점 늘어나는 교사들의 질책에는 선량하고 비굴한 미소로 응답하기 시작했다. 젊고 친절한 지도교사 비트리히만이 한스의 어찌할 바 모르는 미소에 아파했으며, 학생의 길을 벗어난 이 소년을 불쌍히 여기며 격려해주었다. 다른 교사들은 한스를 나무라고 경멸하고 무시함으로써 벌을 주었다. 가끔은 잠들어 버린 그의 야망을 비꼬는 말로 자극하여 깨워보려고도 했다.

"우리 기벤라트 군께서 주무시는 게 아니라면 이 문장 좀 읽어주십사 하고 감히 부탁드려도 될까요?"

교장은 아주 고상하게 불쾌감을 표현했다. 허영심 많은 이 남자는 자신의 시선이 지닌 위력을 대단히 높이 평가하는 사람이었다. 그런데 한스가 자신의 위엄과 권위적인 눈빛에 매번 힘없이 겸손한 미소를 지어 보이자 점점 불안을 느끼더니 다짜고짜 화를 내기 시작했다.

"지금 그렇게 멍청하게 웃고나 있을 때입니까? 나 같으면 엉엉 울어댔을 겁니다."

그 무엇보다 한스에게 충격이었던 것은 그에게 제발 성실히 지내달라고 간청하는 아버지의 편지였다. 교장이 보낸 편지를 보고 아버지가 무척 놀란 모양이었다.

아버지의 편지는 인격자가 할 수 있는 격려와 도덕적인 훈계가 가득한 미사여구 모음집이었다. 하지만 이 속에서, 의도하진 않았겠지만 아버지의 눈물 섞인 애절함이 엿보여서 한스는 마음이 아팠다. 소년들을 지도하는 의무감에 충실했던 어른들은 교장부터 아버지, 교수들, 지도교사에 이르기까지 한스에게서 자신들의 염원을 막고 있는 성향을 발견했다. 고집스럽고 게으른 그 성향을 반드시 몰아내고 폭력을 써서라도 한스를 바르게 돌려놓아야 한다고 그들은 생각했다. 한스를 가련히 여기는 지도교사 외에는 누구도 비쩍 마른 소년의 얼굴에 깃든 것을 알아채지 못했다. 한스의 외로운 미소 뒤에는 꺼져가는 한 영혼이 수렁에 빠진 채 숨을 쉴 수 없어 괴로워하며 절망스럽게 주변을 두리번거리고 있었다. 게다가 아버지와 몇 명의 교사들, 그리고 학교의 잔인한 야망이 이 부서지기 쉬운 존재를 이 지경이 되도록 끌고 왔다고는 아무도 생각하지 못했다. 도대체 왜 한스는 가장 예민하고 위태로운 소년기에 매일 밤늦게까지 공부해야 했을까? 어째서 그는 토끼들을 빼앗기고, 라틴어 학교 친구들과 놀지 못하고, 낚시와 뛰노는 것을 금지당했을까? 대체 왜 어른들의 천박하고 소모적인 야망에서 비롯된 공허하고 이기적인 이상을 꿈꾸어야 했을까? 왜 시험이 끝나고도 당연히 즐겨야 할 방학을 누릴 수 없었을까? 그동안 너무 혹사당한 망아지는 이제 땅바닥에 쓰러져 쓸모가 없어졌다.

여름이 시작될 무렵 마을 의사는 다시 한스의 증상이 성장기에 주로 나타나는 신경쇠약이라고 설명했다. 한스가 방학 동안 간호를 잘 받으며 잘 먹고 숲에서 산책을 충분히 한다면 곧 나아질 거라고 했다.

안타깝게도 상황은 방학 때까지 기다려주지 못했다. 방학이 되려면 아직 3주나 남은 시점에 한스는 오후 수업에서 교수에게 심한 책망을 들었다. 교수가 계속해서 꾸중하자 한스가 의자 위로 쓰러져 겁에 질린 듯 몸을 떨기 시작하더니 오랫동안 경련을 일으키며 흐느껴 울기 시작했다. 결국 수업은 중단되었고 한스는 반나절 동안 침대에 누워 있었다.

다음 날 수학 시간에는 교사가 그를 불러 세워 칠판에 기하 도형을 그리고 이 도형에 대해 증명해보라고 했다. 한스는 앞으로 나갔는데 칠판 앞에서 현기증을 느꼈다. 분필과 자를 들고 칠판에 어찌어찌 그림을 그려보다가 결국 손에 든 것을 모두 떨어뜨리고 말았다. 떨어진 것을 주우려고 몸을 굽히다가 그 순간 바닥에 주저앉은 채 다시 일어나지 못했다.

마을 의사는 자신의 환자가 이런 모습을 보이자 매우 언짢아했다. 그는 환자에게 즉시 요양이 필요하다고 조심스럽게 말하며 정신과 의사에게 진찰받기를 권유했다.

"저 아이는 조만간 무도병 증세도 보일 겁니다."

의사가 교장의 귀에 대고 말했다. 교장은 고개를 끄덕여 보였다. 그 순간 자신의 불쾌하고 짜증스러운 표정을 아버지 같은 안타까움의 표정으로 바꾸어야겠다고 생각했다. 그 정도야 쉬운 일이었고 교장에게 잘 어울리는 모습이었다. 교장과 의사는 각자 한스의 아버지에게 편지를 써서 한스의 주머니에 넣어주고 그를 고향으로 돌려보냈다. 교장의 분노는 이제 심각한 걱정으로 바뀌었다. 얼마 전 하일너 사건으로 시끄러웠던 교육청이 이번의 새로운 사고를 또 어떻게 생각할 것인가? 교장은 심지어 이 사고에 걸맞은 연설을 포기하여 모두를 놀라게 했으며 한스가 떠나기 전까지 이상할 정도로 친절을 보였다. 이 소년이 요양을 위해 휴학한 후에 다시 돌아오지 못하리라는 것은 분명했다. 완쾌한다 해도 이미 뒤처져 있는 이 학생은 태만했던 지난 몇 달은커녕 몇 주도 공부를 따라잡을 수 없을 것이다. 하지만 교장은 한스를 격려하려고 "금방 다시 봅시다"라고 진심인 것처럼 인사했다. 이후 교장은 헬라스 방에 들어가 비어 있는 세 개의 책상을 볼 때마다 고통스러웠다. 재능 있는 두 학생의 퇴학에 자신도 얼마간 기여한 바가 있다는 생각을 애써 억눌렀다. 하지만 워낙 훌륭하고 도덕적인 어른이었기에 그런

쓸데없는 불쾌한 의심을 떨쳐내기도 어렵지 않았다. 작은 여행 가방을 들고 길을 떠나는 신학생의 등 뒤로 수도원에 딸린 교회와 문들, 지붕과 탑들이 멀어지고, 숲과 늘어선 구릉들이 시야에서 사라졌다. 그 대신 바덴 주의 경계에 자리한 비옥한 과수원들이 모습을 드러냈고, 포르츠하임이 나타났으며, 이어서 슈바르츠발트의 검푸른 전나무 숲이 시작되었다. 수많은 계곡과 시냇물을 품은 숲이 뜨거운 여름 더위 아래 유난히 더 푸르고 시원하고 그늘져 보였다. 풍경이 계속해서 변하면서 고향의 모습과 점점 더 닮아가자 소년은 설렘을 느꼈다. 하지만 고향 마을이 가까워지자 마침내 아버지가 떠올랐다. 마중 나올 아버지를 생각하니 민망하고 두려운 마음 때문에 자그마한 여행의 흥이 전부 깨져버렸다. 시험을 보기 위해 슈투트가르트로, 입학을 위해 마울브론으로 여행하면서 긴장하고 근심하고 기대를 품었던 시절이 떠올랐다. 그 모든 것이 다 무엇을 위함이었던가? 한스도 교장 못지않게 자신이 학교로 돌아가지 못하리라는 것을 잘 알았다. 이제 신학교와 대학 입학, 그리고 야심 찬 소망도 모두 끝나버렸지만 당장은 그리 슬프지 않았다. 단지 실망한 아버지를 향한 두려움과 자신이 아버지의 기대를 저버렸다는 생각 때문에 가슴이 옥죄였다. 한스는 이제 무엇보다도 쉬고 싶었다. 충분히 자고 싶고 울고 싶고 마음껏 꿈꾸고 싶었다. 그동안 견뎌온 모든 힘든 일에서 벗어나 한 번만이라도 조용히 혼자 있고 싶었다. 하지만 아버지 집에서는 그럴 수 없을 것 같아 두려웠다. 기차 여행이 막바지에 이르자 한스는 심한 두통에 시달렸다. 기차가 어릴 적 신나게 쏘다니던 언덕과 숲이 있는 정겨운 장소를 지나고 있음에도 창밖을 내다보지 않았다. 그러다 하마터면 익숙한 고향의 기차역을 지나칠 뻔했다.

마침내 한스는 우산과 여행 가방을 들고 서서, 그를 바라보는 아버지와 마주했다. 잘못된 길로 빠진 아들에 대한 실망과 분노는 교장의 마지막 편지를 읽고 당혹감과 황당함으로 바뀌었다. 아버지는 사실 한스가 몹시 아프고 쇠약한 모습일 줄 알았다. 그런데 약간 야위고 쇠약해 보이긴 했지만 아직 건강하고 제 발로 걷는 것을 보니 얼마간 안심이 되었다. 그러나 의사와 교장의 편지에 적힌 아들의 신경성 질환에 대한 근심과 공포는 심각했다. 그의 가족들은 이제껏 신경성 질환에 걸린 적이 없었고, 그런 환자는 대개 몰이해한 조롱과 경멸에 찬 동정심 아래 정신병자 취급당하기 일쑤였다. 그런데 바로 자신의 아들 한스가 그런 병에 걸려 고향에 돌아온 것이었다.

첫날, 소년은 마중 나온 아버지가 혼을 내지 않아 기뻤다. 하지만 곧 아버지가 얼마나 자신을 조심스럽고 근심스럽게 대하는지, 또 그러기 위해 얼마나 눈에 띄게 애쓰고 있는지 깨달았다. 아버지는 가끔 한스를 묘하게 관찰하는 눈빛으로, 때로는 호기심을 감추지 못한 눈길로 쳐다보았다. 그리고 감정을 억누르고 꾸며낸 목소리로 말하면서 몰래 한스를 감시했다. 이것을 깨달은 한스는 더 내성적으로 변했고, 자신의 처지에 대한 막연한 두려움으로 괴로워했다.

한스는 날이 좋으면 숲에서 몇 시간이고 누워 지냈다. 그러면 기분이 좋아졌다. 소년 시절 꽃과 딱정벌레를 보며, 새들의 지저귐을 들으며, 짐승의 발자국을 쫓으며 즐거워했던 날들의 행복이 흐릿하게나마 그의 다친 영혼을 스쳐 지나가곤 했다. 하지만 그런 순간은 늘 잠시뿐이었다. 대부분의 시간 동안 한스는 이끼 위에 힘없이 누워 무거운 머리를 부여잡고 뭐라도 생각해보려고 애썼다. 하지만 별 소용없이 결국은 꿈들이 찾아와 그를 다른 세계로 잡아끌었다.

한번은 이런 꿈을 꾸었다. 죽어서 들것에 실려 있는 헤르만 하일너를 보고는 가까이 다가가려 하는데 교장과 교사들이 그를 밀쳐내고 다시 다가가려 할 때마다 아프게 때리는 것이었다. 그곳에는 신학교의 교수들과 지도교사들 외에도 라틴어 학교 교장과 슈투트가르트의 시험관들도 있었는데 모두 화난 표정이었다. 갑자기 장면이 바뀌어 이제 들것에는 물에 빠져 죽은 힌두가 누워 있었고, 그 곁에 구부정한 다리로 서 있는 그의 아버지가 긴 신사 모자를 쓴 우스꽝스러운 모습으로 슬퍼하고 있었다.

이런 꿈도 꾸었다. 숲 속에서 도망친 하일너를 찾고 있는데 그가 나뭇가지 사이로 저 멀리 걸어가는 모습이 보였다. 그런데 한스가 부르려고 할 때마다 그는 계속 사라져버렸다. 그러다 드디어 하일너가 발을 멈추었는데 가까이 다가온 한스에게 이렇게 말하는 것이었다. "야, 난 좋아하는 여자애가 있어." 그러고는 대단히 큰 소리로 웃으며 덤불 속으로 사라져갔다.

한스는 마른 체구의 잘생긴 남자가 배에서 내려오는 모습을 보았다. 그의 눈은 고요하고 거룩해 보였고 손은 아름답고 평화가 가득했다. 한스는 그에게 달려갔다. 그 순간 모든 것이 사라져버렸다. 한스는 방금 눈앞의 그것이 무엇이었는지 곰곰이 생각해보다가 마침내 복음서의 한 구절이 생각났다. "εὐθὺς ἐπιγνόντες αὐτὸν περιέδραμον(배에서 내리자 사람들이 곧 예수를 알아보고 그리로 달려오니)." 한스는 περιέδραμον(달려오니)가 어떤 방식으로 변하는 동사인지, 현재형, 명령형, 완료형, 미래형은 어떻게 쓰이는지, 주어가 하나 혹은 둘 이상일 때 어떻게 변하는지 생각해보았다. 그런데 기억나지 않아 두려움에 식은땀까지 흘렸다. 정신이 들자 머릿속이 온통 상처투성이가 된 것 같았고, 체념과 죄책감으로 저도 모르게 얼굴에 예전 같은 맥 빠진 미소가 떠올랐다. 그때 교장의 목소리가 들렸다.

"도대체 그 멍청한 미소는 왜 짓는 겁니까? 지금 웃고 있을 때가 아니라고요!"

며칠 괜찮았던 날을 제외하면 전반적으로 한스의 상태는 더 안 좋아지는 것 같았다. 예전에 한스의 어머니를 치료하고 사망 진단을 내렸으며 지금도 아버지의 가벼운 통풍 때문에 가끔 들르는 주치의는 침울한 표정을 지으며 시간이 지날수록 소견을 말하길 주저했다.

몇 주가 지나자 한스는 라틴어 학교 시절의 마지막 이 년간 친구가 하나도 없었다는 사실을 깨달았다. 당시의 동창들 중 일부는 멀리 떠났고, 일부는 수습공으로 돌아다니는 모습이 보였는데 한스는 이들 중 누구와도 친하지 않았다. 그들에게 얻을 것도 없을뿐더러 아무도 한스에게 관심을 두지 않았다. 예전 교장은 한스와 두 번 정도 다정한 대화를 나누었으며, 라틴어 교사와 마을 목사도 길에서 그를 만나면 친근하게 고개를 숙여 인사했다. 그렇지만 사실 이제 그들에게 한스는 아무 존재도 아니었다. 한스는 더 이상 잡다한 지식을 채워 넣을 수 있는 그릇도, 다양한 씨앗을 뿌릴 수 있는 토양도 아니었다. 그런 그에게 시간과 관심을 쏟을 이유가 없었던 것이다.

마을 목사가 한스에게 조금 신경 써주었다면 좋았을 테지만 그가 무얼 해줄 수 있었겠는가? 목사가 해줄 수 있는 것은 기껏해야 지식, 적어도 지식을 향한 열정을 전해주는 것 정도였을 것이다. 하지만 그런 건 이미 예전에 한스에게 다 해준 것이었다. 목사들 중에는 라틴어 실력도 의심스럽고, 누구나 아는 식상한 설교나 늘어놓긴 해도 고통 받는 이들에게 힘이 되어주는 이들도 있었다. 그런 목사들은 다정한 눈빛으로 위로의 말을 해주기 때문에 힘든 시기에 언제든 찾아갈 수 있다. 하지만 이 마을 목사는 그런 부류가 아니었다. 아버지 기벤라트도 한스에 대한 실망과 분노를 감추려고 갖은 애를 썼지만 아들의 친구나 위안을 주는 사람은 되지 못했다. 한스는 외롭고 버림받은 기분으로 작은 정원에 앉아 볕을 쬐거나 숲에 누워 몽상에 빠지거나 괴로운 생각에 잠겼다. 책을 읽는 것도 별 소용이 없었다. 금방 머리와 눈이 아팠고, 어느 책이든 펼치기만 하면 수도원 시절의 유령과 그곳의 두려움이 되살아나 그를 끔찍하고 숨 막히는 꿈속으로 끌고 들어가 꼼짝 못 할 만큼 무섭게 노려보는 것이었다. 고독과 시달림 속에서 이제는 다른 유령이 위로를 해주는 듯 다가와 소년을 매혹했다. 그것은 점점 더 의지하고 싶고 필요가 느껴지는 존재가 되려 했다. 바로 죽음에 대한 생각이었다. 총 한 자루를 구하거나 숲 속 아무 데나 가서 밧줄로 고리를 매는 것은 어려운 일이 아니었다. 한스는 거의 매일 그런 생각을 품고 돌아다니며 외지고 조용한 자리를 눈여겨보았다. 그리고 마침내 아름답게 죽을 수 있을 만한 데를 발견해 죽음의 장소로 결정했다. 한스는 그 장소를 자주 드나들었다. 그 자리에 앉아 며칠 뒤 사람들이 그곳에서 죽어 있는 자신을 발견하는 상상을 하며 묘한 기쁨을 맛보았다. 밧줄을 매달 나뭇가지도 골라 얼마나 단단한지 시험해보았다. 이제 어려운 일은 없었다. 그는 오랜 시간을 들여 아버지에게 보내는 짧은 편지와 헤르만 하일너에게 보내는 장문의 편지를 썼다. 두 편지는 그의 시체 옆에서 발견될 것이었다.

준비를 해놓고 이제 안심이라는 생각이 들자 한스의 마음 상태는 한결 좋아졌다. 목을 매달 나뭇가지 아래에 앉아 많은 시간을 보내는 동안 그를 짓누르던 압박감 대신 즐겁고 편안한 느낌에 젖어 들었다. 왜 진작 나무에 목매달 생각을 하지 못했을까, 한스는 의아했다. 이제 마음의 준비를 끝냈고 그의 죽음은 결정된 일이었다. 그 사실은 한동안 한스를 편안하게 했다. 멀리 여행을 떠나는 사람처럼 그는 마지막 날들 동안 아름다운 햇살과 고독한 몽상을 마음껏 즐기고 싶었다. 떠나는 일은 언제든 결행할 수 있었다. 모든 준비가 완벽하게 되어 있었다. 이 정겨운 세상에 조금 더 체류하면서 자신의 위험한 결심에 대해 아무것도 모르는 사람들의 얼굴을 보는 일은 꽤나 씁쓸하고 즐거운 경험이었다. 의사를 만날 때마다 이런 생각이 들었다. '흥, 당신도 곧 알게 될 거야!'

운명은 한스가 그 으스스한 계획을 기뻐하도록 내버려 둔 채 그가 날마다 죽음의 잔에서 즐거움과 활력을 몇 방울씩 맛보는 것을 지켜보았다. 불구가 된 이 소년은 존재 가치가 없을 수도 있지만, 그래도 자신의 길을 끝까지 걸어가야 했다. 인생의 달고 쓴맛을 조금이나마 더 맛보기 전에는 도중에 사라질 수 없었다.

헤어날 수 없게 한스를 짓누르던 상념들은 줄어들었다. 그 대신 맥없이 체념하게 만드는 편안하고 게으른 감성이 그 자리를 차지했다. 한스는 아무 생각 없이 몇 시간 혹은 며칠을 그냥 흘려보내며 무심하게 파란 하늘을 바라보았다. 그의 모습은 마치 몽유병자나 유치한 어린애처럼 보이기도 했다. 한번은 나른하고 몽롱한 기분으로 작은 정원의 전나무 아래 앉아 있는데 예전 라틴어 학교에서 배운 오래된 노래가 떠올랐다. 그는 잘 기억나지도 않는 그 노래를 계속해서 흥얼거렸다.

아, 난 너무 피곤해.
아, 난 너무 지쳤어.
지갑에는 돈이 하나도 없고
주머니에도 아무것도 없네.

한스는 기억에 남아 있는 멜로디를 따라 스무 번쯤 노래했다. 정말 아무 생각 없이 흥얼거렸을 뿐인데 그의 아버지가 창가에 왔다가 그 소리를 듣고는 큰 충격을 받았다. 아버지의 메마른 감성은 이렇게 무심하고 유쾌하게 내뱉는 노래를 이해하지 못했다. 그는 이를 가망 없는 정신박약의 신호로 받아들이고 한숨을 내쉬었다. 그 후로 더욱 근심스럽게 아들을 바라보는 아버지의 시선을 소년도 금세 알아챘다. 괴로웠지만 아직은 밧줄을 꺼내 저 숲 속의 단단한 나뭇가지에 걸 시기가 아니었다.

그사이 무더운 계절이 찾아왔다. 선발 고사를 치르고 여름방학을 보낸 지도 벌써 일 년이 지났다. 한스는 가끔 그 시절을 회상했지만 얼마나 무감각해졌는지 별 감흥이 없었다. 물론 다시 낚시를 하고 싶었지만 감히 아버지에게 허락을 구할 엄두가 나지 않았다. 그래서 물가에 갈 때마다 낚시 생각에 괴로웠다. 가끔 아무도 보고 있지 않으면 강가에서 한참을 서성이며 소리 없이 헤엄치는 검은 물고기들을 뜨거운 눈길로 좇곤 했다. 저녁이면 수영을 하러 강 상류 쪽으로 한참을 걸어갔다. 가는 길에 꼭 게슬러 감독관의 작은 집을 지나치게 되는데, 삼 년 전 한스의 마음을 흔들어놓았던 에마 게슬러가 집에 돌아와 있다는 사실을 우연히 알게 되었다. 한스는 호기심에 몇 번 에마를 쳐다봤지만 그녀는 더 이상 예전처럼 그의 마음을 끌지 못했다. 한때 가냘프고 청순한 소녀였던 에마는 이제 덩치가 커져 투박하게 행동했으며 유행에 따른 어른스러운 머리 모양을 하고 있어서 전혀 다른 사람 같았다. 긴 원피스도 어울리지 않았고 마치 숙녀처럼 행동하는 태도는 정말 낯설었다.

한스는 에마가 우스꽝스럽다고 생각하는 한편, 예전에는 그녀를 볼 때마다 얼마나 달콤하고 몽롱하고 뜨거운 느낌이었는지 떠올리고는 우울해했다. 정말 그랬다. 전에는 모든 것이 전혀 달랐다. 훨씬 더 아름다웠고, 훨씬 더 즐거웠으며, 활력도 훨씬 넘쳤다! 오랫동안 한스에게는 라틴어, 역사, 그리스어, 시험,

신학교와 두통뿐이었다. 하지만 예전에는 동화책과 도둑 이야
기책이 있었고, 작은 정원에는 그의 손으로 만든 물레방아가
돌아가고 있었으며, 저녁이면 나숄트네 집 현관에 앉아 리제
가 들려주는 흥미진진한 이야기에 귀 기울였고, 가리발디라고
불리던 이웃 노인 그로스요한이 살인강도인 줄 알고 한참 동
안 이런저런 상상을 하기도 했다. 그때는 일 년 내내 매달 무언
가에 빠져 지냈다. 때로는 풀 베는 일에, 때로는 클로버 수집에,
그러다 다시 낚시나 가재잡이에 빠져 지냈다가 홉 수확철, 자
두 수확철, 감자 굽는 철, 타작철이 오기를 기다렸으며, 중간중
간 찾아오는 일요일과 축제일을 고대했었다. 그때는 알 수 없
는 마법처럼 그의 마음을 사로잡았던 것들이 얼마나 많았던가.
한스는 집과 골목, 계단과 곡물 창고, 분수와 울타리, 사람들과
온갖 종류의 동물들을 사랑했다. 그중에는 그가 잘 아는 것들
도 있었지만 풀리지 않는 수수께끼로 남아 있는 것들도 있었
다. 홉을 수확할 때는 다 큰 처녀들의 노랫소리를 들으며 일손
을 도왔는데, 귀 기울여 들어보면 대개는 웃음이 터질 정도로
익살맞은 가사였지만 어떤 노래들은 목이 멜 만큼 구슬펐다.

  이제 그 모든 것은 사라져버렸다. 사라졌다는 것을 알아채지
도 못하는 사이 끝나버렸다. 처음에는 리제 곁에서 보내던 저
녁 시간이, 다음에는 일요일 오전의 금붕어잡이 놀이가 사라졌
고, 그리고 동화책 읽는 시간이, 홉 수확과 정원의 물레방아가
차례로 사라졌다. 아, 전부 어디로 가버린 걸까? 조숙한 소년은
아픈 나날을 보내며 현실과 동떨어진 두 번째 유년기를 겪고
있었다. 유년기를 빼앗긴 그의 마음은 갑자기 샘솟는 그리움으

로 그 옛날 아름답고 꿈같던 시절을 바라보았다. 너무 강하고 생생한 그 기억의 숲 속에서 마술에 홀린 듯 길을 잃고 말았다. 억압받고 기만당했던 어린 시절의 기억은 오랫동안 갇혀 있던 샘물처럼 끊임없이 샘솟았다. 한스는 기억 하나하나에서 그 시절에 실제로 느꼈던 것만큼 뜨거움과 열정을 경험했다.

줄기가 잘린 나무는 뿌리 부근에서 어린 가지를 새로이 내민다. 꽃다운 시기에 다치고 병든 영혼도 뿌리에서 새로운 희망을 발견하고, 부러진 인생의 줄기를 새롭게 이어갈 수 있다는 듯 봄 같은 기대가 가득했던 어린 시절로 돌아가곤 한다. 하지만 그렇게 중간에 솟아 나온 가지는 아무리 통통하고 무럭무럭 자라더라도 그렇게 보이기만 할 뿐 결코 제대로 된 나무 줄기가 되지 못한다.

한스 기벤라트의 경우가 그랬다. 그래서 그가 꿈꾸는 어린 날들의 길을 조금 더 따라가 볼 필요가 있다.

오래된 돌다리 근처 한스의 집은 매우 다른 모습의 두 길이 만나는 모퉁이에 있었다. 두 길 중 한스의 집이 속한 길은 마을에서 가장 길고 넓은 중심 거리인 게르버 거리였다. 다른 길은 가파른 산비탈로 이어지는 짧고 좁은 초라한 길로 '매의 골목'이라고 불렸다. 지금은 없지만 예전에 있었던 여관 간판에 매가 그려져 있어서 붙여진 이름이었다.

게르버 거리에는 집집마다 그 지역에서 태어나 교회에 가족묘가 있으며 저택과 개인 정원을 소유한 선량한 중산층이 살고 있었다. 산비탈까지 길게 이어진 정원의 뒤쪽 테라스는 1870년대에 지어진 철로의 노란 금작화가 무성하게 피어 있는 철로

둑과 울타리를 맞대고 있었다. 시청 앞 광장만이 게르버 거리의 고상한 분위기에 비길 만했다. 교회와 마을 회관, 법원과 시청, 교구청이 모여 있는 광장은 아주 깨끗했고 부유하고 도회적인 인상을 주었다. 게르버 거리에는 관청 건물이 전혀 없었지만 웅장한 문이 달린 오래된 건물과 새로 지은 저택들, 아름답고 고풍스러운 목조 가옥들, 호감을 주는 밝은 박공지붕들을 볼 수 있었다. 집들이 거리 한쪽에만 늘어서 있고 맞은편에는 통나무 울타리 아래로 강이 흐르고 있었기 때문에 친근하고 쾌적하며 밝은 느낌을 주었다. 게르버 거리가 길고 넓은 데다 밝고 웅장하며 고상했다면 매의 골목은 정반대였다. 이곳에는 어두운 집들이 비스듬하게 서 있었다. 지저분한 석회 벽은 부서져 내리고 있었고, 박공지붕은 앞으로 비쭉 나온 채 걸쳐져 있었으며, 문과 창문마다 여러 차례 땜질한 흔적이 있었다. 연통들도 구부러져 있었고, 빗물받이가 새고 있었으며, 집들이 서로 공간과 빛을 더 많이 차지하려고 경쟁하는 모습이었다. 길이 좁은 데다 기이하게 휘어져 있어서 골목은 늘 그늘진 채, 비가 오거나 해가 지고 나면 축축하고 음침한 공간으로 바뀌었다. 창문마다 삐져나온 장대와 빨랫줄에는 빨래가 엄청나게 많이 걸려 있었다. 그렇게 작고 초라한 골목 안에 셋방살이하는 사람들과 밤에만 들어와 자는 이들을 빼고도 꽤 많은 가족이 살고 있었기 때문이었다. 쓰러져가는 오래된 집 구석구석에 사람이 안 사는 곳이 없었고, 가난과 범죄와 질병이 그들과 함께 살아가고 있었다. 티푸스 같은 유행병이 생겨났다면 그곳이었고, 살인이 일어나도 그곳이었고, 마을에 도둑이 든 날이면 매의 골목부터 수색했다. 유랑하는 행상인들도 주로 그곳에서 묵었다. 행상인들 중에는 가루 세제를 팔러 다니는 익살꾼 호테 호테가 있었고, 가위 가는 일을 하며 온갖 범죄와 강도 짓을 일삼는다는 소문의 주인공 아담 히텔도 있었다.

갓 학교에 입학했을 무렵 한스는 매의 골목을 자주 드나들었다. 그는 남루한 차림의 불량한 금발 소년 무리와 함께 그 골목에서 유명했던 로테 프로뮐러가 들려주는 살인 이야기를 듣곤 했다. 로테는 작은 여관 주인과 함께 살다가 이혼하고 오 년간 감옥살이를 했던 여자였다. 젊은 시절에는 대단한 미인으로 많은 공장 노동자들을 애인으로 두고 있어서 그녀를 놓고 갖은 추문과 칼부림이 일어났다고 한다. 지금 그녀는 혼자 살면서 공장 일이 끝나면 커피를 끓이고 이야기를 들려주며 저녁 시간을 보내곤 했다. 로테의 집 문은 언제나 열려 있었다. 여자들과 젊은 노동자들 외에도 언제나 한 무리의 이웃 아이들이 그 문 지방에 앉아 무서워하면서도 넋을 잃은 채 그녀의 이야기에 귀를 기울였다. 검은 돌 아궁이에는 주전자에서 물이 끓었고, 그 옆에는 동물 기름으로 만든 초가 타면서 푸른색 석탄불과 함께 사람들로 북적이는 공간을 밝혀주었다. 묘하게 일렁이는 불빛이 이야기를 듣는 이들을 비추면 벽과 천장에 커다란 그림자가 일렁거려 마치 방 안 가득 유령들이 흐느적거리는 것 같았다.

여덟 살 소년 한스는 그곳에서 핑켄바인 형제를 알게 되었다. 아버지가 엄하게 금지했는데도 한스는 그 형제와 일 년가량 우정을 맺었다. 두 형제의 이름은 돌프와 에밀이었다. 골목 소년들 중 가장 약아빠진 그들은 과일을 훔치거나 숲에서 소소한 불법행위를 저질러 유명해졌다. 잔재주가 많았고 각종 속임수와 장난이 형제를 따를 사람이 없었다. 형제는 또한 새알과 납 탄환, 까마귀 새끼, 찌르레기와 토끼 등을 팔았고, 금지된 밤 낚시도 마음대로 했으며, 마을의 모든 정원을 자기 집처럼 드나들었다. 울타리가 아무리 뾰족해도, 유리 조각이 수없이 박혀 있더라도 이들 형제에게는 넘지 못할 벽이 없었다.

매의 골목 아이들 중 한스가 가장 가깝게 지낸 아이는 헤르만 레히텐하일이었다. 고아인 레히텐하일은 몸이 약했지만 또래보다 조숙했고 독특한 면이 있었다. 그 아이는 한쪽 다리가 짧아 목발을 짚고 다녔기 때문에 골목 소년들의 놀이에 끼지 못했다. 매우 야위고 턱이 유난히 뾰족했으며, 아이답지 않게 말수가 적었고 창백하고 고통 어린 표정을 짓고 있었다. 하지만 이런저런 손재주 뛰어났다. 특히 낚시에 대한 열정이 대단해서 한스에게 전염시키기도 했다. 레히텐하일은 당시에 낚시 허가증이 없었지만 한스와 함께 구석진 장소에서 몰래 낚시를 했다. 누구나 알다시피 사냥이 즐거움이라면 밀렵은 최고의 쾌락을 가져다주는 법이었다. 한스는 절름발이 레히텐하일에게 낚싯대를 제대로 깎는 법, 말총 감는 법, 실을 염색하는 법, 실을 매듭짓는 법, 낚싯바늘을 날카롭게 하는 법을 배웠다. 뿐만 아니라 날씨를 보고 강물을 관찰하는 법, 밀기울로 강물을 탁하게 만드는 법, 적당한 미끼를 선택하고 낚싯바늘에 잘 끼우는 법을 배웠고, 물고기 종류를 구분하는 법, 낚시 중에 물고기들을 관찰하는 법, 낚싯줄을 적당한 깊이에 던지는 법도 배웠다. 레히텐하일은 말을 하지 않고도 한스 앞에서 시범을 보이거나 한스에게 직접 해보게 하면서 손놀림 방법과 언제 당기고 놓아야 하는지 알 수 있는 구체적인 감각들을 알려주었다. 게다가 그는 상점에서 파는 멋진 낚싯대나 코르크, 투명한 낚싯줄 등 모든 인위적인 낚시 도구를 진심으로 경멸하고 비웃었다. 그러면서 한스에게 모든 도구를 직접 만들어 하는 낚시가 아니면 제대로 된 낚시가 아니라는 생각을 심어주었다. 핑켄바인 형제는 한스와 한차례 다투고 나서는 더 이상 어울리지 않은 반면, 말이 없던 절름발이 레히텐하일은 싸우지도 않았는데 한스를 떠나갔다. 그는 2월의 어느 날 옷가지가 걸쳐진 의자에 목발을 기대놓은 채 작고 초라한 침대에 누워 있다가 갑자기 열이 올라 그대로 조용히 세상을 떠나버렸다. 매의 골목에서 레히텐하일은 금방 잊혀졌지만 한스는 그 친구와의 좋은 기억을 오래도록 간직했다.

레히텐하일이 사라졌지만 매의 골목에서 특이한 사람이 줄어든 것은 아니었다. 그중 알코올의존증으로 해고된 우편배달부 뢰텔러를 모르는 사람이 있을까? 그는 2주마다 한 번씩 술에 취해 길바닥에 드러눕거나 밤새 추잡한 사건을 일으켰다. 하지만 평소에는 어린아이처럼 착해서 늘 선의로 가득한 미소를 짓고 다녔다. 한스에게 타원형 통에 담긴 코담배 냄새를 맡게 해주기도 했고, 가끔 한스가 물고기를 낚아 가져가면 버터를 발라 구워서 함께 먹기도 했다. 그는 유리 눈이 박힌 박제 말똥가리새와 낡은 오르골 시계를 갖고 있었는데, 오르골에서는 얇고 섬세한 리듬의 오래된 춤곡이 흘러나왔다. 한편 맨발로 다니더라도 항상 커프스를 차고 다니던 늙은 기계공 포르슈도 모르는 사람이 없었다. 오래된 시골 학교의 엄격한 교사의 아들이었던 포르슈는 성경의 절반을 외우고, 수많은 격언과 도덕적인 잠언도 외우고 있었다. 그런데 그런 지식이나 하얗게 세버린 머리에도 불구하고 여자들 앞에서는 난봉꾼처럼 굴었으며 툭하면 술독에 빠졌다. 조금 취한 상태가 되면 기벤라트의 집 모퉁이 길가에 있는 돌 위에 앉아 지나가는 사람들의 이름을 부르며 격언을 퍼붓곤 했다.

"기벤라트 씨네 아들 한스, 내 귀한 자식아, 내가 하는 말을 잘 들어라! 집회서(구약성경의 외경 중 하나. 일상생활의 여러 문제라든가 지혜에 관한 내용이 담겨 있다 – 옮긴이)에서 뭐라고 하는지 아느냐? 남에게 잘못된 조언을 하지 않고 양심을 지닌 자는 복이 있도다! 아름다운 나무에 달려 있는 푸른 잎사귀를 보라. 어떤 것은 떨어지고 어떤 것은 다시 자라느니라. 사람의 일도 이와 같으니 어떤 이는 죽고 어떤 이는 태어나는 것이다. 그러니 이제 집으로 썩 꺼져라, 물개 같은 놈아."

늙은 포르슈는 경건한 격언과는 상관없이 유령이나 그 비슷한 것들에 대한 어둡고 황당무계한 이야기에 심취해 있었다. 그는 귀신 같은 존재들이 나타나는 장소를 알고 있었으며, 자기 자신이 하는 이야기를 믿어야 하나 말아야 하나 고민했다. 그리고 자기 이야기나 듣고 있는 이들이 우습다는 듯이 회의적이고 허풍스러운 목소리로 이야기를 시작해서는, 떠드는 동안 점점 겁이 나는 듯 몸을 움츠렸다. 목소리도 갈수록 더 작아졌고, 그러다 끝에 가서는 정말 작은 목소리로 집요하고 기분 나쁘게 속삭이며 이야기했다.

이 가난하고 초라한 골목에 섬뜩하고 이해할 수 없으면서 묘하게 마음을 끄는 일들이 얼마나 많았던가! 열쇠 수리공 브렌들레 역시 사업이 망하고 방치된 작업장까지 엉망진창이 되자 이 골목에 들어와 살게 되었다. 그는 반나절 내내 작은 창가에 앉아 활기찬 골목을 불길한 눈으로 바라보았다. 그러다 종종 남루한 차림으로 지저분하게 돌아다니는 이웃집 어린아이를 발견하면 귀와 머리카락을 잡아당기고 온몸에 파란 멍이 들도록 꼬집고 괴롭히면서 굉장히 고소해했다. 어느 날 그는 자기 집 계단에서 아연 철사 줄에 목을 매달아 죽은 채로 발견되었는데, 그 모습이 얼마나 소름 끼쳤던지 아무도 다가가려 하지 않았다. 마침내 기계공 포르슈가 뒤로 다가가 함석가위로 철사 줄을 끊자, 혀를 빼물고 있던 시체는 계단을 굴러 내려가 경악하는 관중 한가운데 떨어졌다.

한스는 밝고 널찍한 게르버 거리에서 어둡고 눅눅한 매의 골목으로 들어설 때마다 이상하게 숨 막히는 공기를 느꼈다. 그런 한편으로 호기심과 공포, 양심의 가책과 함께 모험에 대한 행복한 기대감으로 신나면서도 두려움에 찬 불안감을 느꼈다. 매의 골목은 아직도 동화와 기적, 혹은 한 번도 듣도 보도 못 한 끔찍한 일이 일어날 수 있는 유일한 곳이었다. 이곳에서는 마법이나 유령 같은 존재가 그럴듯하고 진짜같이 느껴졌다. 골목에서 느껴지는 고통스러울 정도로 매혹적인 그 전율은 교사들에게 압수당할 법한 책들을 읽을 때처럼 짜릿했다. 이를테면 존넨 비르틀레, 신더하네스, 메서카를레, 포스트미헬스(네 명 모두 독일의 악명 높은 범죄자들이다 – 옮긴이) 같은 지하 세계의 영웅 이야기,

중범죄자나 모험가 들의 파렴치한 행위와 형벌이 설명되어 있는 괴담, 혹은 부도덕하기 그지없는 로이틀링겐 통속문학을 읽을 때처럼 말이다. 매의 골목 말고도 무언가 색다르게 경험하고 들을 수 있고, 어두운 창고들과 신비로운 공간들 사이에서 길을 잃을 수 있는 장소가 한 군데 더 있었다. 근처의 커다란 가죽 공장이었다. 그 오래되고 거대한 건물의 어두침침한 창고에는 커다란 짐승의 가죽들이 걸려 있었고, 지하실에는 뚜껑이 덮인 구덩이들과 출입이 금지된 통로가 있었다. 저녁마다 리제가 동네 아이들에게 아름다운 동화를 들려주었던 곳도 이곳이었다. 가죽 공장은 건너편 매의 골목보다는 비교적 조용하고 친근하며 인간적이었지만, 그에 못지않게 비밀이 가득했다. 구덩이와 지하실, 무두질하는 마당과 흙바닥에서 일하는 피혁공들의 모습은 참으로 기괴했다. 입을 크게 벌리고 있는 방들은 고요하면서 으스스한 만큼 매력적이었다. 힘이 세고 무뚝뚝한 공장장은 왠지 식인종 같아서 무서운 존재였다. 이 무시무시한 건물에서 요정처럼 이리저리 다녔던 리제는 모든 아이들과 새와 고양이와 개 들의 보호자이자 어머니였다. 인정이 가득한 그녀는 동화 이야기와 노래 가사도 많이 알고 있었다. 오래전에 멀어진 이 세계에서 한스는 어린 시절의 기억과 꿈이 되살아나고 있었다. 지금의 커다란 실패와 절망에서 예전의 행복했던 순간으로 도망쳐 나온 것이었다. 아직 희망을 품고 있었던 그 시절에는, 눈앞의 세계가 마치 섬뜩한 위험과 저주받은 보물과 에메랄드 성 들을 도저히 찾을 수 없도록 깊숙이 숨겨놓은 거대한 마법의 숲 같았다. 한스는 이 울창한 숲에 살짝 발을 들여놓았지만 기적을 만나기도 전에 지쳐버렸다. 지금 다시 수수께끼로 가득한 어두운 입구에 서 있지만 이제는 헛되이 호기심을 품은 추방된 신세가 되어 있었다. 한스는 몇 번이고 다시 매의 골목을 찾아갔었다. 그곳에서 정겨운 어스름과 익숙한 악취, 예전과 똑같은 모퉁이와 빛이 들지 않는 계단을 발견했다. 여전히 문간에는 머리가 희끗희끗한 남자들과 여자들이 앉아 있었고, 지저분한 금발 꼬마들이 소리 지르며 날뛰고 있었다. 기계공 포르슈는 늙을 대로 늙어서 한스를 알아보지 못했고, 한스가 머뭇거리며 인사하자 경멸하듯 신경질을 냈다. 가리발디라고 불리던 그로스요한과 로테 프로밀러는 세상을 떠났고, 우편배달부 뢰텔러는 아직 남아 있었다. 뢰텔러는 꼬마들이 자신의 오르골 시계를 망가뜨렸다고 투덜댔고, 한스에게 코담배 냄새를 맡게 해주고는 돈을 받으려 했다. 그는 핑켄바인 형제의 소식도 들려주었다. 형제 중 한 명은 담배 공장에 취직해서 벌써 어른처럼 술을 좋아하고, 다른 한 명은 교회 설립 예배에서 칼부림을 벌였는데 그때부터 일 년간 행방이 묘연하다고 했다. 한스는 그 모든 것이 비참하고 우울하게 느껴졌다. 하루는 저녁에 가죽 공장을 찾아갔다. 거대하고 오래된 건물에 마치 어린 시절이 숨겨져 있었다는 듯, 한스는 잃어버린 기쁨을 느끼며 휘적휘적 현관 통로를 지나 축축한 마당을 걸었다.

굽은 계단과 돌이 깔린 문간을 지나 어두운 계단을 더듬어 올라가 창고에 이르렀다. 창고에는 잘 펴서 걸어놓은 가죽들이 있었다. 지독한 가죽 냄새와 함께 자욱한 기억의 연기가 갑자기 솟아올랐다. 한스는 계단을 내려와 뒷마당을 살펴보았다.

무두질을 위한 구덩이들과 무두질 후 나온 찌꺼기를 널어 말리는 좁고 높다란, 지붕이 달린 건조대가 있었다. 바로 그곳에, 벽 앞 긴 의자에 리제가 앉아서 감자 껍질을 까고 있었다. 리제 주위에는 아이들이 모여 앉아서 이야기를 듣고 있었다. 한스는 어두운 문간에 서서 그쪽으로 귀를 기울였다.

어스름이 깔린 가죽 공장 뜰에 평화가 넘실거렸다. 담 너머로 희미하게 철썩대는 강물 소리 외에는 서걱서걱 감자 깎는 소리와 리제의 이야기 소리만이 들려왔다. 아이들은 조용히 웅크리고 앉아 거의 움직이지 않았다. 리제는 성 크리스토포루스('그리스도를 짊어진 사람'이라는 뜻을 지닌 천주교 성인의 이름. 사람들을 몸에 태워 강을 건네주는 일을 했는데 하루는 어린아이를 건네주다가 너무 무거워 넘어졌다고 한다. 알고 보니 그 아이는 세상의 짐을 모두 짊어진 예수 그리스도였다 – 옮긴이) 이야기를 들려주며 밤에 어린아이 목소리가 강 건너편에서 성 크리스토포루스를 불렀던 이야기를 하고 있었다. 한스는 잠시 동안 귀 기울이다가 슬며시 어두컴컴한 문간을 빠져나와 집으로 돌아갔다. 그는 이제 어린아이가 될 수 없으며, 저녁에 가죽 공장 뜰에 앉아 리제의 이야기를 들을 수 없다는 것을 깨달았다. 그 후 한스는 가죽 공장이나 매의 골목을 다시는 찾아가지 않았다.

6장

어느덧 가을의 중턱에 와 있었다. 검은 전나무 숲 사이로 활엽수들이 붉은색과 노란색으로 물들어 불타는 듯했다. 협곡에는 짙은 안개가 끼고, 강에서는 아침마다 냉기로 인해 수증기가 피어올랐다. 창백한 '전' 신학생 한스 기벤라트는 아직도 매일같이 밖을 쏘다니며, 뭐든지 귀찮아하고 피곤해하며 어렵지 않은 사람들과의 관계마저 기피했다. 의사는 물약과 간유, 계란과 냉수욕을 처방해주었다. 그 모든 처방이 아무 도움도 되지 않았다는 사실은 놀라운 것도 아니었다. 모든 건강한 인생에는 의미와 목표가 있어야 하는 법인데 젊은 한스에게는 벌써 아무것도 남아 있지 않았던 것이다. 마침내 아버지는 한스에게 서기 일이나 기술을 배우게 하기로 마음먹었다. 그의 아들은 아직 허약해서 조금 더 체력을 키워야 했지만 이제 슬슬 앞날에 대해 진지하게 고민해야 했다.

처음의 혼란스러웠던 감정들이 누그러지고 자살에 대한 생각도 수그러들자 한스는 오르락내리락하던 분노 상태에서 벗어났다. 그 대신 조용히 우울증에 빠져들었다. 마치 부드러운 늪에 빠진 것처럼 저항도 하지 못하고 서서히 가라앉고 있었다.

한스는 가을 들판을 거닐며 계절의 영향력에 압도당했다. 깊어가는 가을, 고요히 떨어지는 낙엽들, 갈빛으로 물든 초원, 짙은 새벽안개, 무르익은 뒤 지치고 시들어가는 초목을 보며 한스는 아픈 사람들이 다 그렇듯 괴롭고 절망적인 기분이 되어 슬픔에 잠겼다. 자신도 가을과 함께 소멸하고 잠들고 죽어버리고 싶은 마음이 들었지만, 자신의 젊음이 이를 거부하고 조심스럽고 끈질기게 삶에 집착한다는 사실에 괴로워했다. 그는 누렇게 되었다가 갈색이 되어 떨어지는 낙엽들이며 숲에서 피어나는 우윳빛 안개를 지켜보았다. 수확이 끝난 과수원에는 살아 있는 존재의 발길이 끊겨 색색의 과꽃이 피었지만 보는 이도 없이 시들고 있었고, 마른 낙엽으로 뒤덮인 강에선 이제 누구도 수영이나 낚시를 하지 않았다. 썰렁한 강변에 남아 있는 것은 가죽 공장의 억센 인부들뿐이었다. 며칠 전부터는 과일즙을 짜고 난 엄청난 양의 과일 찌꺼기가 강물에 떠내려왔다. 주스 공장과 모든 방앗간에서 열심히 과즙을 짜는 철이었다. 마을의 어느 골목이나 서서히 발효해가는 과일 주스 향이 가득했다. 구둣방 주인 플라이크도 아래쪽 방앗간에서 빌린 작은 압착기로 주스를 짜는 일에 한스를 불렀다. 방앗간 앞마당에는 크고 작은 압착기들과 수레며 바구니, 과일 포대, 물통, 거름망, 양동이와 나무통, 산더미같이 쌓인 갈색 과일 찌꺼기, 나무 지렛대, 손수레와 빈 마차가 흩어져 있었다. 압착기가 돌아가며 삐거덕거리는 소리와 신음하는 소리를 내며 투덜거렸다. 대부분의 압착기는 초록색 칠이 되어 있었다. 이 초록색이 과일 찌꺼기의 황갈색과 사과 바구니 색깔, 강물의 밝은 초록빛, 맨발의 아이들, 투명한 가을 태양빛과 아름답게 어우러졌다. 매혹적인 그 풍경을 바라보노라면 기쁨과 생에 대한 애착과 풍요로움을 느끼게 될 것이다. 사과가 으스러지며 나는 소리는 입안에 침이 돌 정도로 시름하게 들렸다. 누구든 가까이에서 그 소리를 듣는다면 재빨리 사과 한 알을 들고 한입 베어 물 수밖에 없으리라. 노랗고 빨간, 빛을 받아 웃는 듯한 방금 짜낸 달콤한 과즙이 호스를 따라 두꺼운 강줄기처럼 흘러나왔다. 누구든 가까이에서 그 광경을 본다면 주스 한 잔만 달라고 청하여 한 모금 맛볼 수밖에 없으리라. 맛보고 나서는 그 자리에서 두 눈이 촉촉해진 채 달콤하고 행복한 기운이 온몸에 퍼지는 것을 느끼게 되리라. 달콤한 과일 주스의 기쁘고 강렬하고 근사한 향기는 먼 데까지 퍼져 대기를 가득 채웠다. 이 향기야말로 성숙과 수확의 꽃이자 한 해를 통틀어 가장 아름다운 것이었다. 다가올 겨울을 앞두고 이런 향기를 맡을 수 있다는 건 근사한 일이었다. 향기 속에서 그동안 있었던 수많은 좋은 기억이며 아름다웠던 일들을 감사의 마음으로 떠올릴 수 있기 때문이었다. 부드러운 5월의 봄비, 속삭이는 여름비, 다정한 봄 햇살과 따갑고 뜨거운 여름 태양, 서늘한 가을 새벽이슬, 희고 붉게 핀 꽃잎들, 수확을 앞둔 과일나무의 잘 익은 적갈색 반짝임, 그 외에도 즐겁고 아름다운 일들이 한 해 동안 얼마나 많았던가. 누구에게나 찬란하게 빛나는 계절이었다. 부유하거나 거만한 사람들도 체면을 버리고 몸소 나타나 가장 잘 익은 사과를 손에 쥐고 무게를 가늠하는가 하면, 열두 자루도 넘는 과일 자루들을 세어보기도 했다. 은그릇으로 주스 맛을 보며 모두가 듣도록 자기네 주스에는 물이 한 방울도 섞이지 않았다고 외치기도 했다. 과일 자루가 하나밖에 없는 가난한 사람들은 유리컵이나 사기그릇으로 주스 맛을 보며 물을 섞어 넣었다. 하지만 자긍심이나 뿌듯함은 부자들 못지않았다. 사정이 있어서 과즙을 짤 수 없게 된 사람들은 이웃과 친척의 압착기를 찾아다니며 한 잔씩 얻어 마시고 사과를 몰래 챙기는가 하면, 전문용어를 써가며 주스 짜는 일에 자신도 일가견이 있다는 듯 행세했다. 반면에 아이들은 가난하든 부유하든 모두 작은 컵을 들고 뛰어다녔는데, 아이들마다 한 입씩 베어 먹은 사과와 빵을 들고 다녔다. 예전부터 주스를 마실 때 빵을 배불리 먹어두면 배탈이 나지 않는다는 근거 없는 이야기가 돌았기 때문이다. 아이들의 왁자지껄한 소리는 말할 것도 없고 수백 명이 서로 외쳐대는 소리가 대단했다. 모든 목소리에서 분주함과 흥분감과 기쁨이 넘쳐났다.

"여기야, 하네스, 이쪽이야! 이리 좀 와봐! 한잔 마셔봐!"

"에, 거 참 고맙네만 너무 많이 마셔서 배가 아플 지경이야."

"자네, 50킬로그램에 얼마나 줬나?"

"4마르크 줬네. 하지만 맛은 끝내준다네. 자, 마셔보게!"

가끔 작은 사건이 벌어지기도 했다. 사과 자루 하나가 터지는 바람에 사과들이 온통 땅을 뒹굴게 된 것이다.

"맙소사, 내 사과들이! 여보게들, 이것 좀 도와주게!"

모두 나서서 사과를 주웠지만 몇몇 개구쟁이들은 그 틈을 타서 사과를 슬쩍하려 했다.

"그만두지 못해, 이놈들아! 마음대로 먹는 건 괜찮지만, 훔치는 건 안 돼. 거기 서라, 구테델 녀석, 멍청한 놈아!"

"이봐요, 이웃 양반. 그렇게 무섭게 굴 거 뭐 있소! 이거나 좀 드셔보시오!"

"이것 참 꿀맛이구먼, 꿀맛이야. 얼마나 만드셨소?"

"두 통. 많진 않지만 맛이 꽤 괜찮지요?"

"아주 더울 때 짜지 않아서 다행이오. 안 그랬다면 내가 다 마셔버렸을 거요."

올해도 몇 명의 심술쟁이 노인들이 어김없이 나타났다. 직접 주스를 짜지 않은 지 오래되었지만 뭐든 더 잘 알고 있었고, 과일이 넘치게 풍년이었던 예전의 축복받은 해에 대해 떠들었다. 그 당시에는 뭐든지 더 싸고 품질도 좋았고 설탕을 섞는 일 같은 건 생각도 못 했으며 나무에 과일이 달리는 것부터가 아주 달랐다고 했다.

"그때처럼 달려야 그래도 수확이라고 말할 수 있지. 내가 그때 사과나무 한 그루가 있었는데 거기서 딴 사과만 250킬로그램이었단 말이야."

하지만 뭐든지 못마땅한 이 노인들은 시절이 안 좋아졌다고 하면서도 올해도 배부르도록 주스 맛을 보러 다녔다. 아직 이가 남아 있는 노인들은 연신 사과를 베어 물고 우물거렸다. 한 노인은 커다란 사과 몇 개를 억지로 먹어치우더니 결국 배탈이 나고 말았다.

"내가 말이야." 노인이 변명하듯 투덜거렸다. "예전에 저런 거 열 개쯤은 거뜬히 먹었는데 말이야."

그러고는 진심으로 한숨을 내쉬며 커다란 사과를 열 개쯤 먹어도 거뜬했던 시절을 회상하는 것이었다.

북적이는 사람들 사이에서 플라이크는 압착기를 세워두고 조금 나이가 있는 수습공의 도움을 받고 있었다. 바덴 지역의 사과를 받아서 짜는 플라이크의 주스는 항상 최고의 품질을 자랑했다. 그는 은근히 만족스러워하면서 사람들이 "맛 좀 보자"는 것을 절대 거절하지 않았다. 주스를 더욱 자랑스러워하는 이는 그의 자식들이었다. 플라이크의 아이들은 계속 뛰어다니고 즐거워하며 사람들 사이에서 함께 소란을 떨었다. 겉으로 드러내진 않았지만 가장 행복한 사람은 플라이크의 수습공이었다. 산골짜기 가난한 농가에서 태어난 그는 넓은 곳에 나와 일한다는 사실이 좋았고, 야외에서 활기차게 움직일 수 있어서 뼛속까지 행복했다. 게다가 질 좋은 주스의 달콤함이 긍정적인 영향을 주었다. 건강한 시골 청년 같은 수습공의 얼굴은 사티로스(그리스 신화에서 술의 신 디오니소스를 따르는 반인반수의 정령 - 옮긴이)처럼 웃고 있었고 손은 일요일의 구두 직공답지 않게 무척 깨끗했다. 한스 기벤라트는 그곳에 도착했을 때 조용히 불안에 떨고 있었다. 마지못해 온 것이었다. 그런데 오자마자 방금 짜낸 주스, 그것도 나숄트 씨네 리제의 손에서 한스의 손에 들려졌다. 한스는 잔에 입을 대고 주스를 맛보았다. 달콤하고 강렬한 맛에서 순간 그 옛날 웃음이 넘쳤던 가을의 기억들이 마구마구 되살아났고, 그때처럼 사람들과 어울려 재밌게 놀고 싶다는 욕망이 슬며시 솟아났다. 아는 얼굴들이 한스에게 말을 걸어왔고, 주스 잔이 건네졌으며, 플라이크의 압착기에 도착했을 때는 이미 흥겨운 분위기와 주스 맛으로 긴장이 풀리고 마음이 열려 있었다. 한스는 매우 유쾌하게 구둣방 주인에게 인사하면서 주스 철에 흔히 하는 농담까지 곁들였다. 플라이크는 속으로 놀라면서도 반갑게 맞아주었다.

30분쯤 지났을까, 파란색 치마를 입은 소녀가 웃는 얼굴로 다가와 구둣방 주인과 수습공에게 인사하고 일을 거들기 시작했다.

"아, 그렇지." 플라이크가 말했다. "여기는 하일브론에서 온 내 조카 에마란다. 이 아이는 포도가 많이 나는 지방에서 자라서 이곳 가을 분위기는 좀 낯설 거야."

소녀는 열여덟아홉 살쯤 되어 보였다. 남부 지방 사람들이 보통 그렇듯 활발하고 성격이 좋았다. 키가 크진 않지만 건강하게 굴곡진 몸매였고, 명랑하고 영리해 보였다. 둥근 얼굴에 검은 눈을 다정하게 깜빡였고 입 맞추고 싶어지는 아름다운 입술을 갖고 있었다. 한마디로 건강하고 밝은 하일브론 출신 아가씨였지만 경건한 플라이크의 친척 같은 분위기는 아니었다. 어떻게 보더라도 속세의 사람이었고, 그녀의 눈빛은 도무지 밤마다 성경이나 고스너(요하네스 고스너. 독일의 신학자이자 작가─옮긴이)의 《보석 상자》를 읽을 것 같지도 않았다.

한스는 갑자기 근심에 싸였다. 에마가 그냥 가버렸으면 하고 간절히 바랐다. 하지만 에마는 계속 머무르며 웃고 떠들고 어떤 농담도 노련하게 받아넘겼다. 한스는 부끄러워서 아무 말도 못 했다. 존댓말을 써야 하는 소녀들과 어울리는 일은 그러잖아도 고역인데, 이 아가씨는 활달하고 수다스러운 데다 한스를 보고 주저 없이 말을 걸어왔다. 마치 수레바퀴에 치인 길가의 달팽이처럼 한스는 누구의 도움도 받지 못하고 약간 상처를 입은 채 촉수를 집어넣고 몸을 웅크렸다. 아무 말 없이 지루한 사람처럼 보이려고 노력했지만 그것도 잘 되지 않았다. 오히려 방금 누군가 죽어서 그러는 것 같은 표정만 짓고 있었다.

아무도 그런 한스를 눈치챌 여유가 없었고, 에마는 아무 신경도 쓰지 않았다. 한스가 듣기로 그녀는 고작 2주일 전에 플라이크의 집에 놀러 왔는데 벌써 마을 사람들을 다 알고 있었다. 그녀는 신분이 높든 낮든 상관없이 새로운 사람을 곧잘 사귀어서 웃고 놀리고 하다가 다시 돌아와 열심히 일하고 있었던 것처럼 굴었다. 아이들을 안아 들고 사과를 선물하기도 했고 주변에 온통 웃음과 즐거움을 퍼뜨렸다. 그녀는 또한 골목 소년들마다 불러서 "사과 하나 줄까?" 하고 물어보았다. 그러고는 예쁘고 빨갛게 익은 사과 하나를 집어 들고 양손을 등 뒤에 숨긴 채 "오른손이게, 왼손이게?" 하고 맞혀보게 했다. 그런데 매번 사과는 아이들의 대답과는 다른 손에 있었다. 아이들이 불만을 터뜨리면 그제야 사과를 하나씩 꺼내주었는데 그것은 모두 작고 덜 익은 사과였다. 그녀는 한스에 대해 잘 알고 있는 것 같았다. 항상 머리가 아프다는 사람이 그인지 묻기도 했다. 그런데 한스가 미처 대답을 하기도 전에 그녀는 이미 다른 사람들과 수다를 떨고 있었다.

한스는 슬슬 무리에서 빠져나가 집에 가려고 했다. 그때 플라이크가 손에 지렛대를 쥐어주며 말했다.

"자아, 조금만 더 해줄 수 있겠니? 에마가 거들어줄 거다. 나는 작업장에 가봐야 하거든."

구둣방 주인은 가버렸고, 수습공은 플라이크 부인과 함께 주스를 옮기고 있었다. 한스만 압착기 옆에 에마와 단둘이 남겨졌다. 할 수 없이 한스는 이를 악물고 싸우듯이 일했다. 그런데 이상하게 지렛대가 무거워졌다. 의아해서 두리번거리니 에마가 돌연 웃음을 터트렸다. 그녀가 장난삼아 지렛대를 막고 있었던 것이다. 한스가 화난 표정으로 지렛대를 잡아당기자 그녀가 또다시 막아섰다. 한스는 아무 말도 하지 않았다. 그런데 소녀의 몸이 반대편에서 버티고 있는 지렛대를 잡아당기면서 갑자기 부끄럽고 답답한 마음이 들어, 서서히 지렛대 돌리는 일을 멈추었다. 달콤하지만 두려운 기분이 한스를 덮쳤다. 어린 아가씨가 뻔뻔스럽게 자신의 얼굴을 들여다보며 웃고 있었다. 그 순간 갑자기 그녀가 달라 보였다. 여전히 낯설었지만 조금은 친해진 것 같았다. 마침내 한스도 어색하게 친근한 미소를 지어 보였다. 천천히 돌아가던 지렛대가 완전히 멈추었다. 에마가 말했다.

"그렇게 악착같이 할 필요는 없잖아요."

그리고 방금 자신이 마시다 반쯤 남긴 주스 잔을 내밀었다.

그것은 이때껏 마셔본 어떤 주스보다 달콤하고 강렬했다. 한스는 주스를 다 마시고 나서 더 마시고 싶은 듯 빈 잔을 내려다보았다. 왜 갑자기 가슴이 쿵쿵대고 숨 쉬기가 어려운지 알 수 없었다.

그들은 다시 조금 더 일했다. 한스는 저도 모르게 소녀의 치마가 자신에게 닿도록, 그녀의 손이 자신을 스치도록 가까이서 있으려고 애쓰고 있었다. 하지만 그녀와 스칠 때마다 두렵고 떨리고 기쁨에 벅차서 심장이 멈춰버릴 것 같았고, 평화롭고 달콤한 기분에 힘이 빠지면서 무릎이 떨리고 머릿속이 윙윙 울리며 어지러웠다.

한스는 자신이 뭐라고 말하는지도 모르면서 에마와 대화를 나누었다. 에마가 웃으면 따라 웃었고, 말도 안 되는 그녀의 장난에 손가락을 뻗어 겁을 주기도 했고, 두 번이나 그녀가 주는 주스 잔을 받아 마시기도 했다. 동시에 이런저런 기억들이 머릿속에 떠올랐다. 집안일을 하는 하녀들이 저녁마다 문간에 남자들과 함께 서 있던 기억, 이야기책 속의 어떤 문장들, 헤르만 하일너에게 받았던 입맞춤, '여자애들'과 '애인이 생기면 어떤지'에 대해 들었던 수많은 이야기, 남학생들 사이에 오가던 비밀스러운 이야기들. 한스는 늙은 말이 산을 오를 때처럼 숨 쉬기가 곤욕스러웠다. 모든 것이 다르게 보였다. 자신을 둘러싼 사람들과 모든 소란이 웃음소리를 품은 색색의 연기구름이 되어 사라졌다. 말하는 소리, 욕지거리 소리, 웃음소리 하나하나가 모여 불투명한 파도 소리처럼 들려왔고, 강물과 오래된 다리는 까마득히 보이는 한 폭의 그림 같았다.

에마도 달리 보이기 시작했다. 그녀의 얼굴은 더 이상 보이지 않았다. 웃고 있는 검은 눈망울과 붉은 입술, 하얗고 뾰족한 치아만 보였다. 그녀의 전체적인 형체는 녹아 없어지고 부분부분만 눈에 들어왔다. 검은 양말과 단화를 신은 발, 목덜미로 흘러내린 곱슬머리, 파란색 천에 가려진 햇볕에 그을린 둥근 목, 옷이 달라붙어 굴곡을 드러낸 어깨, 그 아래로 숨을 쉴 때마다 오르내리는 가슴, 그리고 붉고 투명해 보이는 귀.

한참이 지나 에마가 주스를 마시다가 잔을 그만 통에 빠뜨렸다. 잔을 주우려고 몸을 굽힌 순간 통의 가장자리에서 그녀의 무릎이 한스의 손목에 닿았다. 한스도 천천히 통 안쪽으로 몸을 굽히다가 얼굴이 에마의 머리카락에 닿을 뻔했다. 그녀의 머리에서 부드러운 향기가 났다. 부드럽게 풀린 곱슬머리 아래로 볕에 그을려 빛나는 따스하고 아름다운 목덜미가 파란색 코르셋 안으로 이어졌다. 단단하고 팽팽하게 채워진 호크 틈새로 목덜미가 살짝 더 엿보였다.

에마가 다시 몸을 일으키자 이번에는 그녀의 무릎이 한스의 팔을 따라 미끄러져 내렸고 머리카락이 한스의 볼에 닿았다. 몸을 굽히느라 붉게 달아오른 그녀의 얼굴을 보자 한스는 온몸이 부들부들 떨리는 것을 느꼈다. 얼굴의 핏기가 한순간에 사라진 그는 급습하는 피로를 느끼며 지렛대 손잡이를 꽉 붙들었다. 심장이 경련하듯 뛰었으며 팔에 힘이 빠지고 어깻죽지가 아팠다.

그때부터 한스는 거의 아무 말도 하지 않고 소녀의 시선을 피했다. 하지만 에마가 다른 곳으로 시선을 돌릴 때마다 그녀를 바라보았다. 한 번도 느껴보지 못한 쾌감과 양심의 가책을 동시에 느끼며 정신없이 쳐다보았다. 그리고 어느 순간 그의 내면에서 무언가가 뜯겨져 나가면서 그의 영혼 앞에 푸른 해변이 끝없이 펼쳐진 낯설고 매혹적인 세계가 펼쳐지는 것이었다. 그는 아직 그런 불안감과 달콤한 고통이 무엇을 의미하는지 잘 알지 못했다. 그저 예감만 할 뿐이며, 고통과 기쁨 중 어느 쪽을 더 크게 느끼는지도 가늠하지 못했다. 기쁨은 사랑에 대한 젊은 한스의 욕망이 승리한 것이었고, 또한 강렬한 생명에 대한 첫 느낌에서 비롯된 것이었다. 고통은 새벽의 평화가 깨지고 그의 영혼이 유년 세계를 떠나 다시는 그곳으로 되돌아갈 수 없음을 의미했다. 한스의 가볍고 작은 배는 간신히 첫 난파 위험에서 벗어나 새로운 폭풍의 세력권으로, 곳곳에서 기다리고 있는 심연으로, 생명을 위협하는 암초로 다가가고 있었다. 지금까지 늘 남의 인도에 따랐던 소년은 이제 이끌어주는 사람 없이 오로지 제힘으로 길과 해결책을 찾아야 했다. 다행히 마침 수습공이 돌아와 압착기에서 한스를 해방시켜주었다. 한스는 얼마간 더 머물며 에마와 한 번 더 몸이 스치기를, 친근하게 이야기할 수 있기를 기대했지만 그녀는 마냥 다른 압착기를 찾아다니며 수다를 떨고 있었다. 한스는 수습공에게 민망한 마음이 들어 인사도 하지 않고 집으로 돌아와 버렸다.

모든 것이 설레고 아름다웠고 완전히 다르게 보였다. 과일 찌꺼기로 배를 불린 참새들이 요란하게 하늘을 날아다니고 있었다. 하늘이 이토록 높고 아름답고 그립도록 파랬던 적은 없었다. 강물 역시 청록빛으로 웃는 거울같이 이렇게나 맑았던 적이 없었다. 강둑에 부딪혀 이토록 눈부신 물보라를 일으켰던 적도 없었다. 모든 것이 새로운 빛깔을 칠하고 새 유리판을 댄 화려한 그림같이 보였다. 모든 것이 성대한 축제의 시작을 앞두고 있는 것처럼 보였다. 한스의 가슴속에도 이상하게 대담한 마음과 놀랍도록 눈부신 희망이 강렬하고 불안하게, 그러나 달콤하게 소용돌이치며 밀려왔다. 한편으로는 이것이 꿈일 뿐이며 현실로 이루어지지는 않으리라는 두려움과 절망감이 엄습

했다. 두 가지 상반된 마음은 점점 강렬해져서 신비로운 샘물처럼 솟구쳐 오르더니 더 이상 견딜 수 없는 심정이 되었다. 한스는 밖으로 뛰쳐나가 바람을 쐬고 싶었고, 급기야 흐느껴 울거나 노래하거나 소리치거나 크게 웃어대고 싶은 심정이었다. 집에 돌아와서야 한스는 흥분을 조금 가라앉힐 수 있었다. 집만큼은 당연히 모든 것이 예전 그대로였기 때문이다.

"어딜 다녀오는 거냐?" 아버지가 물었다.

"방앗간에 플라이크 아저씨한테요."

"플라이크는 주스를 얼마나 짰니?"

"두 통쯤 짠 것 같아요."

한스는 우리도 사과 주스를 짤 때 플라이크네 아이들을 불러도 되는지 물어보았다.

"당연하지." 아버지가 으르렁거리며 말했다. "우리 집은 다음 주에 짜게 될 거다. 그때 부르든지 말든지 해라!"

저녁 식사 시간까지는 아직 한 시간이 남았다. 한스는 정원으로 나갔다. 전나무 두 그루 말고는 푸른 것이 거의 남아 있지 않았다. 한스는 개암나무 가지를 꺾어 들고 허공에 휘두르며 시든 이파리들을 이리저리 훑었다. 해는 이미 산 뒤로 넘어가 있었고 머리카락처럼 가늘고 뾰족하게 솟은 전나무 숲이 청록빛의 촉촉하고 청명한 저녁 하늘에 검은 윤곽을 그리고 있었다. 황갈색으로 물든 기다란 잿빛 구름이 집으로 돌아가는 배처럼 느리고 유쾌하게 옅은 황금빛 공기를 거슬러 골짜기를 넘어가고 있었다.

다채로운 빛깔로 가득한 원숙하고 아름다운 저녁노을을 보며 한스는 묘하고 낯선 기분에 사로잡힌 채 정원을 거닐었다. 때때로 멈추어 서서 눈을 감고 에마를 떠올려 보았다. 압착기 옆에 서 있던 그녀의 모습, 그에게 주스 잔을 내밀던 모습, 통 안으로 몸을 굽혔을 때, 그리고 상기된 얼굴로 다시 몸을 일으 켰을 때의 모습. 그녀의 머리카락과 딱 붙는 파란색 원피스 위 로 드러난 몸매와 목, 검은색 잔머리 때문에 갈색으로 그늘진 목덜미. 그 모든 것이 한스의 가슴을 기쁨으로 떨리게 했지만 아무리 애써도 에마의 얼굴만은 기억나지 않았다.

해가 완전히 넘어갔을 때도 한스는 추위를 느끼지 못했다. 짙어가는 저녁 어스름이 뭐라 표현할 수 없는 비밀로 가득한 베일처럼 느껴졌다. 그는 자신이 이 하일브론 아가씨와 사랑에 빠졌다는 것을 깨달았지만, 그의 핏속에서 이제 막 깨어난 남 성성에 대해서는 익숙지 않아서 자신이 단지 초조하고 피곤해 서 그런가 보다 하고 생각했다.

한스는 저녁을 먹으면서 완전히 변한 자신이 이렇게도 익숙 한 환경의 한가운데 앉아 있다는 사실이 이상했다. 아버지와 늙은 하녀, 식탁이며 여러 가지 도구들, 부엌 전체가 갑자기 낡 아 보였다. 한스는 방금 먼 여행에서 돌아오기라도 한 듯 그 모 든 것을 놀라움의 눈으로, 낯설지만 애정 어린 마음으로 바라 보았다. 돌이켜보면 그가 죽음의 나뭇가지를 사랑스럽게 바라 보던 당시에는 지금과 같은 사람들과 물건들에 곧 작별을 고 할 사람의 안타까운 마음으로 바라보았다. 이제 그는 여행에서 돌아와 놀라움과 기쁨의 마음으로 그 모든 것을 되찾은 심정이 었다. 식사를 마치고 한스가 일어나려고 하자 아버지가 특유의 무뚝뚝한 목소리로 말했다.

"한스, 기계공이 되고 싶냐, 아니면 서기가 되는 것이 더 낫겠냐?"

"무슨 말씀이세요?" 깜짝 놀란 한스가 되물었다.

"잘하면 다음 주말부터 슐러 씨 공장에서 일하거나 그다음 주부터 시청에서 서기 일을 배울 수 있을 것 같다. 잘 생각해봐라! 내일 다시 얘기하자."

한스는 자리에서 일어나 밖으로 나왔다. 아버지의 갑작스러운 질문에 어리둥절하고 혼란스러웠다. 몇 달 전부터 자신과 상관없다고 느껴졌던 일상적이고 현실적이고 생생한 삶이 예기치 않게 불쑥 다가와 유혹적이며 위협적인 얼굴로 약속을 제안하며 압박해오고 있었다. 솔직히 한스는 기계공도 서기도 되고 싶지 않았다. 수작업의 고된 육체노동은 두렵기도 했다. 한스는 기계공이 된 학교 친구 아우구스트를 떠올렸다. 그에게 궁금한 것을 물어볼 수 있을 것이다.

그런 생각에 잠겨 있자니 머릿속이 흐릿하고 탁해졌고, 이 문제가 그리 중요하고 급한 게 아니라는 생각이 들었다. 뭔가 더 중요하고 바쁜 일이 있었다. 한스는 안절부절못하며 현관에서 서성이다가 모자를 집어 들고 집을 나와 천천히 골목으로 걸어갔다. 오늘 에마를 한 번 더 보아야겠다는 생각이 돌연 들었던 것이다.

밖은 이미 어두워져 있었다. 가까운 여관에서 고함 소리와 허스키한 음성의 노랫소리가 들려왔다. 대부분의 창문에 불이 들어와 있었고 여기저기서 불이 켜지며 어두운 밤하늘에 희미하게 붉은빛을 비추었다. 팔짱을 끼고 나란히 걸어가는 어린 처녀들이 웃음을 터뜨리고 떠들면서 골목을 내려가고 있었다. 그 처녀들 덕분에 흐릿한 불빛 아래 잠든 골목에 젊음이 살랑거리고 따스한 기쁨의 물결이 넘실거렸다. 한스는 오랫동안 그들을 쳐다보았다. 심장이 목까지 튀어 올라 뛰는 것 같았다. 커튼이 쳐진 창문 안에서 누군가 바이올린을 켜고 있었고, 우물가에서 한 아낙이 채소를 씻고 있었다. 다리 위에는 두 쌍의 연인이 산책을 하고 있었는데 한 쌍은 남자가 한 손으로 아가씨의 손을 잡고 흔들면서 다른 손으로 담배를 피우고 있었다. 다른 한 쌍은 천천히 걸어가며 계속해서 서로 끌어안고 있었다. 남자가 팔로 여자의 허리를 감싸 안았고 여자는 남자의 가슴에 어깨와 머리를 기댄 채 찰싹 붙어 있었다. 한스는 전에도 그런 광경을 수없이 보았지만 그때는 그런 모습이 별로 눈에 들어오지 않았다. 그랬던 것이 이제는 비밀스러운 의미를, 명확하진 않지만 욕망을 자극하는 달콤한 의미를 띠게 되었다. 한스는 연인들에게 시선을 고정하고 금방이라도 뭔가 이해할 수 있을 것 같은 예감으로 상상력을 펼쳤다. 답답하지만 내심 흥분된 마음으로 그는 커다란 비밀에 아주 가까이 다가간 것 같았다. 그 비밀이 근사한 것인지 끔찍한 것인지 전혀 몰랐지만, 아마 두 가지 다일 거라고 떨리는 기분으로 어렴풋하게 예감했다. 한스는 플라이크의 집 앞에 멈춰 섰다. 하지만 들어갈 용기가 나지 않았다. 저 안에 들어가서 대체 무슨 말을 하고 어떻게 행동해야 하나? 그는 열한두 살이었을 때 이곳에 자주 놀러 왔던 기억을 떠올렸다. 플라이크는 어린 한스에게 성경 이야기들을 들려주었고, 한스가 쏟아내는 지옥과 악마, 유령에 대한 호기심 어린 질문에 친절히 대답해주었다. 이런 기억을 떠올리자 한스는 양심의 가책을 느끼며 마음이 불편해졌다. 그는 지금 뭘 어찌해야 할지 몰랐다. 자신이 원하는 게 정확히 무엇인지 알지도 못하면서, 무언가 비밀스럽고 금지된 일에 다가가고 있다는 것은 알고 있었다. 들어가지도 않고 문 앞 어둠 속에 가만서 있으니 왠지 구둣방 주인에게 나쁜 짓을 하는 것만 같았다. 만약 지금 플라이크가 자신의 모습을 발견하거나 문을 열고 나온다면 한스를 꾸짖지는 않고 그저 껄껄 웃을 것이다. 한스는 그 상황이 가장 두려웠다.

그는 집 뒤편으로 살금살금 걸어갔다. 정원 울타리 쪽에서 불이 켜진 거실이 들여다보였다. 플라이크는 보이지 않았다. 그의 부인이 바느질인지 뜨개질인지를 하고 있었고, 큰아들은 아직 자지 않고 책상에서 책을 읽고 있었다. 에마는 왔다 갔다 하고 있었다. 잠깐씩만 모습이 비치는 것으로 보아 아마 청소를 하고 있는 모양이었다. 주변이 너무 고요해서 먼 골목에서 나는 발소리와 정원 건너편에서 잔잔히 흐르는 강물 소리도 분명하게 들을 수 있었다. 어둠이 깊어지자 밤공기가 급격히 차가워졌다. 거실 창문들 옆으로 불이 꺼진 복도에 작은 창문이 달려 있었다. 한참 뒤에 그 창문에서 알 수 없는 형체가 나타나더니 창밖으로 고개를 내밀어 어둠 속을 바라보았다. 한스는 그 형체가 에마라는 것을 알고 초조한 기대감에 심장이 멎는 것 같았다. 그녀는 창가에 서서 오랫동안 조용히 주변을 둘러보았다. 한스는 그녀가 자신의 모습을 보았는지, 그 모습이

자기라는 걸 알아차렸는지 알지 못한 채로 꼼짝도 않고 그녀를 똑바로 바라보았다. 그녀가 자신을 알아챌까 봐 두려워하면서도 알아채기를 기대하며 막연히 바라보는 것이었다. 알 수 없는 형체가 창문에서 사라졌다. 이내 정원 쪽 문이 열리고 에마가 밖으로 나왔다. 한스는 깜짝 놀라 도망치려고 했다. 하지만 의지와 달리 울타리에 기대선 채 소녀가 어두운 정원을 가로질러 천천히 다가오는 것을 보았다. 발걸음이 점점 더 다가올수록 도망치고 싶은 충동이 들었으나 뭔가 강력한 힘이 그를 붙들었다.

금세 에마가 눈앞으로 다가왔다. 반걸음도 떨어지지 않은 거리에서 낮은 울타리만 사이에 두고 있었다. 그녀는 한스를 주의 깊게 그리고 야릇하게 바라보았다. 두 사람 다 한참 동안 아무 말도 하지 않았다. 마침내 에마가 조용히 입을 열었다.

"너 왜 왔어?"

"아무 일도 아니야." 한스가 대답했다.

'너'라고 부른 에마의 목소리가 한스의 살갗을 쓸어내리는 것 같았다. 에마가 울타리 너머로 손을 뻗어 그에게 내밀었다. 한스는 쑥스러워하면서도 다정하게 그녀의 손을 잡았다. 손에 살짝 힘을 주었지만 에마가 빼려고 하지 않자 용기 내어 따뜻한 그 손을 부드럽고 조심스럽게 쓰다듬었다. 에마가 여전히 그대로 있자 그녀의 손을 자신의 뺨에 갖다 댔다. 흥분이 밀려왔고 묘한 따뜻함과 몽롱한 행복감이 파도처럼 그를 덮쳤다. 한스는 주변 공기가 포근하고 촉촉하게 느껴졌다. 골목이나 정원이 더 이상 보이지 않았고, 오직 눈앞의 하얀 얼굴과 헝클어진 검은 머리만 보였다.

소녀가 조그만 목소리로 말했을 때는 먼 밤하늘 저편에서 들려오는 소리 같았다.

"나랑 키스하고 싶어?"

하얀 얼굴이 가까이 다가왔다. 몸의 무게 때문에 울타리가 약간 바깥쪽으로 기울었고 은은한 향기와 함께 흩날리는 머리가 한스의 이마를 간질였다. 하얗고 넓은 눈꺼풀에 까만 속눈썹이 내려앉은 그녀의 감긴 두 눈이 한스의 바로 눈앞에 있었다. 그의 수줍은 입술이 그녀의 입술에 닿은 순간 강렬한 전율이 온몸을 타고 흘렀다. 순간적으로 한스는 떨면서 물러서려고 했다. 하지만 에마가 양손으로 그의 머리를 잡고 자신의 얼굴을 그의 얼굴에 누르며 입술을 떼지 않았다. 에마의 입술은 불타는 것 같았다. 마치 한스의 생명을 마셔버리려는 듯 그의 입술에 단단히 달라붙어 탐욕스럽게 빨아댔다. 한스는 갑자기 몸의 힘이 풀렸다. 온몸을 떨게 만든 흥분은 처음 만난 입술이 그를 놓아주기도 전에 죽을 것 같은 피로감과 통증으로 변했다. 한스는 에마에게서 놓여나자 휘청거렸다. 쓰러지지 않기 위해 떨리는 손가락으로 울타리를 단단히 붙들어야 했다.

"너 내일 밤에 또 와." 에마가 말하고 재빨리 집으로 들어갔다.

그녀가 사라진 지 5분도 지나지 않았는데 시간이 많이 흐른 것만 같았다. 한스는 내내 울타리에 기대선 채 그녀가 사라진 자리를 멍하니 바라보았다. 한 발짝도 내디디지 못할 정도로 피곤했다. 몽롱한 기분으로 그는 머릿속에서 피가 망치질하듯 불규칙적으로 뛰는 소리를 들었다. 심장에서 나온 피가 다시 심장으로 흘러 들어가는 소리를 들으며 숨이 멎을 것만 같았다.

그때 구둣방 주인이 집의 거실 문을 열고 들어가는 모습이 보였다. 이때까지 작업장에 있었던 모양이다. 누군가 자신을 볼지도 모른다는 불안감에 한스는 서둘러 그 자리를 벗어났다. 그는 취한 사람처럼 비틀거리며 간신히 걸음을 내디뎠다. 한 발 한 발 뗄 때마다 주저앉고만 싶었다. 나른한 박공지붕과 흐릿한 붉은빛 창문들이 달려 있는 어두운 골목은 색이 바랜 무대 세트처럼 한스 곁을 지나갔다. 다리와 강, 거리와 정원도 스쳐갔다. 게르버 거리의 분수가 묘한 소리를 내며 시끄럽게 솟고 있었다. 한스는 꿈에 사로잡힌 것처럼 어떤 문을 열고 캄캄한 복도를 지나 계단을 올라갔고, 문을 열고 들어가 또 다른 문을 열고 그 안에 있는 책상에 앉았다. 한참 만에야 정신이 든 그는 자신이 집에 와서 자기 방 책상에 앉아 있는 것을 깨달았다. 옷을 벗어야겠다는 생각을 하기까지는 다시 한참 더 시간이 걸렸다. 그는 멍하니 옷을 벗고는 그 상태로 창가에 앉아 있다가 갑자기 차가운 가을밤의 냉기를 느끼고 이불 속으로 들어갔다.

그는 바로 잠을 잘 수 있을 거라 생각했다. 하지만 자리에 누워 추위가 가시자마자 심장이 다시 쿵쿵 뛰고 피가 혈관을 따라 거칠고 불규칙하게 돌기 시작했다. 눈을 감으면 에마의 입술이 아직도 자신의 입술에 매달린 채 그의 영혼을 빨아들이고 고통스러운 열기를 불어넣는 것 같았다.

밤이 늦어서야 잠이 든 한스는 밤새 쫓기는 꿈을 꾸며 도망

다녔다. 그는 칠흑 같은 어둠 속에 겁을 먹고 서 있었는데, 주위를 더듬다가 에마의 팔을 붙잡게 되었다. 그녀가 그를 감싸 안자 두 사람은 미지근하고 깊은 물속으로 천천히 떨어졌다. 구둣방 주인이 갑자기 나타나 왜 자신을 찾아오지 않았냐고 물어보자 한스는 웃을 수밖에 없었다. 그게 플라이크가 아니라 마울브론 기도실에서 한스와 함께 창가에 앉아 농담을 하던 헤르만 하일너였기 때문이다. 하지만 하일너도 곧 사라져버렸고, 한스는 주스 압착기 옆에 서 있었다. 에마가 몸으로 지렛대를 막아서고 있었다. 한스는 온몸의 힘을 짜내 지렛대를 밀었다. 에마가 몸을 숙여 그의 입술을 찾았고, 사방이 고요하고 어두워졌다. 한스는 다시 미지근하고 검은 심연으로 가라앉아 갔다. 어지러워서 정신이 혼미했다. 동시에 교장이 연설하는 소리가 들렸다. 한스에 대한 이야기인지는 알 수 없었다. 그 후 한스는 깊은 잠에 빠져 아침까지 계속 잤다. 화창하게 빛나는 날씨였다. 그는 정원을 왔다 갔다 하면서 머릿속을 맑게 하려고 애썼지만 졸음을 몰고 오는 끈적한 안개 속을 걷는 느낌이었다. 그는 정원에 가장 마지막으로 피는 보라색 과꽃을 바라보았다. 마치 아직도 8월인 것처럼 꽃은 햇빛을 받으며 곱게 웃고 있었다. 따스하고 기분 좋은 햇살이 바싹 마른 나뭇가지와 잎이 다 떨어진 덩굴을 유혹하듯 다정히 어루만지고 있었다. 마치 이른 봄날 같았다. 하지만 한스는 그저 바라볼 뿐 아무런 감흥이 없었고 그런 풍경이 자신과는 아무 상관도 없어 보였다. 문득 이 정원에 아직 그의 토끼들이 돌아다니고 그가 만든 물레방아와 절구가 돌아가던 시절의 기억이 생생하게 떠올랐다.

삼 년 전 9월의 어느 날을 생각하지 않을 수 없었다. 스당 축제 (1870년 9월 프랑스 동부 도시 스당에서 프로이센이 프랑스와의 전쟁에서 승리한 날을 기념하는 축제 – 옮긴이) 전날 저녁이었다. 아우구스트가 담쟁이 덩굴을 들고 한스를 찾아왔다. 그들은 깃발을 매달 장대를 깨끗이 닦고 장대 끝 금색 부분에 덩굴을 매달며 다음 날 벌어질 일들에 대해 떠들었다. 별일도 아니었고 특별한 사건도 없었지만 그들은 축제를 기대하며 벅찬 즐거움을 느꼈다. 깃발들이 햇살을 받아 반짝였고, 하녀 안나가 자두 케이크를 굽고 있었다. 밤에는 높은 바위 위에 스당 축제의 햇불이 켜질 거라고 했다.

한스는 왜 갑자기 그날 저녁이 생각났는지 알지 못했다. 어째서 그 기억은 이토록 아름답고 강렬한지, 어째서 그를 이토록 비참하고 슬프게 만드는지 알 수 없었다. 한스는 어린 시절과 소년 시절이 작별을 고하기 위해, 그리고 한번 가고 나면 다시 돌아오지 않을 커다란 행복의 상처를 남기기 위해 그날의 기억이라는 옷을 입고 마지막으로 환히 웃으며 그 앞에 나왔다는 사실을 알지 못했다. 그는 다만 이런 기억이 어제저녁에 있었던 에마와의 기억과 어울리지 않으며, 자신의 내면에 예전의 행복과는 어울리지 않는 무언가가 생겨났다는 것을 느꼈을 뿐이었다. 한스는 다시 금빛으로 빛나는 깃대들이 보이는 것 같았고, 친구 아우구스트의 웃음소리가 들리는 것 같았으며, 갓 구운 케이크 향기가 나는 것 같았다. 동시에 그 일들이 모두 밝고 행복하지만, 너무 오래전 일처럼 낯설게 느껴져서 커다란 가문비나무의 거친 나무줄기에 기대어 절망스럽게 흐느끼기 시작했다. 눈물이 잠시나마 위안을 주었다. 점심때 한스는 아우구스트를 찾아갔다. 그는 벌써 상급 수습공이 되어 있었다. 덩치도 크고 키도 훌쩍 자라 있었다. 한스는 자신의 상황을 이야기했다.

"그것참, 어렵네." 아우구스트는 세상을 다 경험한 것 같은 표정으로 말했다. "어려운 문제야. 너는 사실 약골이잖아. 기계공이 되려면 처음 일 년간은 담금질만 하면서 질릴 만큼 망치질을 해야 해. 망치라는 게 수프나 떠먹는 숟가락이 아니란 말이야. 게다가 무쇠를 날라야 하고 저녁엔 뒷정리도 해야 해. 줄질도 꽤 힘든 일인데, 네가 능숙해지기 전까진 잘 갈리지도 않고 원숭이 엉덩이처럼 미끄럽고 낡은 줄만 받게 될 거야."

한스는 금세 기가 꺾였다.

"그러면 이 일은 포기하는 게 좋다는 말이야?" 한스가 소심하게 물었다.

"이런, 그렇다고는 말하지 않았어! 벌써부터 겁먹지 마. 다만 우리 일이 처음부터 춤을 출 정도로 쉽진 않다는 뜻이야. 하지만 그 밖에는 괜찮아. 기계공도 꽤 멋진 직업이야. 그거 알아? 머리도 좋아야 해. 안 그러면 대장장이밖에 되지 못해. 이것 좀 봐!"

그는 반짝거리는 철로 미세하게 가공된 작은 기계 부품 몇 개를 가져와 한스에게 보여주었다.

"그래, 이건 0.5밀리미터도 틀리면 안 돼. 나사까지 전부 손으로 만드는 거야. 대단하지! 이건 이제 더 연마하고 단단하게 만들면 완성이야."

"응, 굉장한 것 같아. 그렇지만 내가 궁금한 건⋯."

아우구스트가 웃었다.

"겁내는 거야? 그래, 수습은 확실히 힘들어. 어쩔 수 없어. 하지만 내가 여기서 일하고 있으니 도와줄 수 있을 거야. 만약 네가 돌아오는 금요일부터 일을 시작한다면 말이야. 드디어 이 년의 수습 기간이 끝나서 내가 토요일에 첫 주급을 받거든. 일요일에 파티를 열 거야. 맥주와 케이크도 주문할 거고 모두 올 거야. 너도 와. 그러면 우리가 어떻게 살아가는지 볼 수 있을 거야. 그래, 와서 보라고! 어쨌든 우리는 전부터 이미 좋은 친구였잖아."

식사를 하면서 한스는 아버지에게 기계공이 되고 싶다며 다음 주부터 시작해도 되겠는지 물어보았다.

"그래, 그렇게 해라." 아버지는 그렇게 말하고 오후에 한스와 함께 슐러의 공장에 가서 수습 신청을 했다.

그런데 해가 기울기 시작하자 한스는 다른 일들은 싹 잊어버리고 오로지 저녁에 자신을 기다릴 에마 생각뿐이었다. 그는 벌써부터 숨이 막혔다. 시간은 더디게 흐르는 것 같기도 하고, 빠르게 가는 것 같기도 했다. 한스는 급류를 탄 뱃사공처럼 그녀와의 만남을 향해 떠내려가고 있었다. 이 저녁에 식사를 한다는 건 있을 수 없었다. 그는 우유만 한 잔 들이켜고 집을 나섰다.

어둡고 나른해 보이는 골목길, 붉은빛의 창들, 희미한 가로등 빛, 천천히 걸어 다니는 연인들, 모든 것이 어제와 똑같았다.

구둣방 주인집 정원 울타리에서 한스는 몹시 불안해하며 서 있었다. 부스럭거리는 모든 소리에 깜짝 놀라고 어둠 속에서 둘러보고 있는 자신이 도둑 같다는 생각이 들었다. 기다린 지 1분도 채 되지 않아 에마가 나타나 손으로 그의 머리를 쓰다듬고 정원 문을 열어주었다. 한스가 조심스럽게 안으로 들어가자 에마는 그를 이끌고 덤불로 둘러싸인 길을 걸어 뒷문을 통해 어두운 현관으로 들어갔다.

거기서 두 사람은 창고 계단의 가장 높은 단에 나란히 앉았다. 어둠 속에서 서로의 모습이 보이기까지는 약간 시간이 걸렸다. 에마는 들떠 보였고 속삭이는 목소리로 쉴 새 없이 조잘거렸다. 그녀는 키스한 경험도 많고 연애에 대해서도 잘 알고 있어서 수줍고 정 많은 이 소년이 괜찮아 보였을 것이다. 에마는 한스의 갸름한 얼굴을 양손으로 잡고 이마와 눈과 볼에 키스했다. 입술에 할 차례가 되자 이번에도 빨아들일 듯 길게 키스했다. 한스는 어지러움을 느끼고 축 늘어져 힘없이 그녀에게 기대고 있었다. 에마가 나지막이 웃으며 그의 귀를 잡아당겼다.

그녀는 끊임없이 재잘거렸다. 한스는 열심히 들으면서도 그녀의 말을 알아듣지는 못했다. 에마는 손으로 한스의 팔과 머리, 목덜미를 쓰다듬고 손을 만지고, 자신의 뺨을 그의 뺨에 대고 머리를 그의 어깨에 기대었다. 한스는 말없이 그녀가 하는 대로 몸을 맡겼다. 달콤한 떨림과 깊고 행복한 불안감에 도취되었으며 때때로 열병에 걸린 환자처럼 짧게 몸을 떨었다.

"무슨 애인이 이래!" 에마가 웃었다. "넌 정말 용기가 없구나."

그리고 한스의 손을 잡아당겨 자신의 목덜미와 머리를 만지게 하고 자신의 가슴에 대고 꽉 눌렀다. 한스는 부드러운 형태

를 느끼며 달콤하고 낯선 기분이 들었다. 눈을 감으니 자신이
끝없는 나락으로 떨어지는 것만 같았다.

"그만! 이제 그만해!" 에마가 다시 키스하려고 하자 한스가
거부하며 말했다.

에마가 또다시 웃으면서 한스를 끌어당겨 팔로 감싸 안고 몸
을 밀착했다. 한스는 그녀의 몸이 느껴지자 정신을 잃을 지경
이었고 아무 말도 할 수 없었다.

"너도 날 좋아하지?" 에마가 물었다.

한스는 그렇다고 대답하려 했지만 고개만 끄덕일 수 있었다.
몇 번이고 고개를 끄덕였다.

에마가 또다시 그의 손을 잡아당겨 장난스럽게 자신의 코르
셋 안쪽에 갖다 댔다. 다른 생명의 맥박과 호흡이 너무도 뜨겁고
가깝게 느껴지자 한스는 심장이 멈춰 곧 죽을 것만 같았다. 숨
쉬기가 너무 곤란했다. 그는 에마의 손을 밀쳐내고 신음했다.

"나 집에 가야 해."

한스는 자리에서 일어서려다 휘청거렸다. 하마터면 계단 아
래로 굴러떨어질 뻔했다.

"왜 그래?" 에마가 놀라며 물었다.

"나도 모르겠어. 그냥 너무 피곤해."

에마는 정원 울타리까지 가면서 한스를 부축해주고 꼭 껴안
아 주었다. 하지만 한스는 아무것도 느끼지 못했다. 그녀가 잘
자라고 말하며 그의 뒤에서 문을 닫았을 때도 아무 소리도 듣
지 못했다. 골목길을 따라 집으로 돌아왔지만 어떻게 왔는지
자신도 알지 못했다. 마치 거대한 폭풍에 휩쓸렸거나 강한 밀

물에 떠내려온 것 같았다. 한스는 양옆으로 서 있는 창백한 집들을 바라보았다. 위쪽을 보자 산등성이와 전나무 우듬지, 어두운 밤하늘과 커다랗게 떠 있는 별들이 보였다. 그는 바람이 부는 것을 느꼈고 강물이 다리 기둥에 부딪혀 흘러가는 소리를 들었으며, 정원과 창백한 집, 어두운 밤하늘, 가로등과 별들이 비쳐 있는 수면을 보았다. 다리에 이르러 한스는 주저앉아 버렸다. 몹시 피곤해서 집까지 갈 수 없을 것 같았다. 그는 다리 난간에 앉아 강물이 기둥을 스치고 강둑에 부딪히고 물레방아 바퀴를 돌리는 소리에 귀 기울였다. 손은 차가웠고, 가슴과 목에 갇혔던 피가 솟구쳐 나오면서 눈이 캄캄해졌고, 피가 다시 급히 심장으로 몰려가며 지독한 현기증이 이는 듯했다.

그는 집에 돌아와 방으로 들어가서 몸을 눕히고는 순식간에 잠들었다. 계속 거대한 공간 속에서 심연에서 심연으로 추락하는 꿈을 꾸었다. 고통스럽고 지친 한스는 한밤중에 잠에서 깨어났다. 그리고 자는 것도 깬 것도 아닌 상태로 사무치는 그리움에 목말라하며, 알 수 없는 힘에 이리저리 내던져지며 아침까지 누워 있었다. 이른 새벽이 되어서야 그의 아픔과 압박감은 흐느낌이 되어 터져 나왔다. 한스는 한참 동안 울다가 눈물로 축축해진 이불 속에서 다시 잠이 들었다.

7장

한스의 아버지는 주스 압착기 옆에서 품위를 지키면서도 요란한 소리를 내며 일하고 있었다. 한스도 일을 돕고 있었다. 부름을 받고 온 구둣방 집 아이 둘이 부지런히 과일을 날라다 주었다. 두 아이는 각자 작은 주스 잔과 커다란 검은 빵을 하나씩 쥐고 있었다. 하지만 에마는 같이 오지 않았다.

한스는 아버지가 나무통 제작자와 볼일이 있어서 30분간 자리를 비우자 비로소 에마에 대해 물어보았다.

"에마는 어디 있어? 같이 오려고 하지 않았니?"

아이들이 입에 든 음식을 다 삼키고 말을 할 수 있을 때까지는 한참이 걸렸다.

"에마는 갔어." 아이들이 고개를 끄덕이며 말했다.

"갔다고? 어디로?"

"집에."

"아예 떠났다고? 기차를 타고?"

아이들이 열심히 고개를 끄덕였다.

"대체 언제?"

"오늘 아침에."

아이들은 다시 손을 뻗어 사과를 집어 들었다. 한스는 압착기를 돌리며 주스 통을 멍하니 바라보았다. 그리고 서서히 상황을 이해하기 시작했다. 아버지가 돌아왔다. 모두들 웃으면서 일하고 있었다. 아이들은 고맙다고 인사하며 떠났고, 저녁이 되자 다들 집으로 돌아갔다.

늦은 저녁을 먹고 한스는 방에서 우두커니 앉아 있었다. 10시가 되고 11시가 되었지만 불도 켜지 않았다. 그리고 침대에 누워 오래오래 깊은 잠을 잤다. 평소보다 늦게 일어난 한스는 그저 불행하고 무언가를 잃어버린 듯한 기분이었다. 그때 에마가 다시 생각났다. 그녀는 인사도 없이 가버렸다. 어젯밤 한스가 에마를 만났을 때 그녀는 분명히 자신이 언제 떠나는지 알고 있었을 것이다. 한스는 그녀의 웃음과 입맞춤, 노련하게 자기 몸을 허락하던 몸짓을 떠올렸다. 그를 전혀 진지하게 생각하지 않았던 것이다.

이에 대한 분노와 고통은 흥분된 채 충족되지 않은 사랑의 욕망과 만나 침울한 번민으로 바뀌었다. 그는 집에서 정원으로, 길로, 숲으로, 그리고 다시 집으로 스스로를 내몰았다.

그렇게 한스는 자기 몫으로 주어진 사랑의 비밀을 어쩌면 너무 빨리 맛보았다. 그것은 그리 달콤하지 않았으며 지독한 쓴맛이었다. 부질없는 한탄과 애타는 그리움과 절망적인 생각에 빠진 날들이 이어지고, 두근거림과 가슴 죄이는 불안감에 잠 못 이루고 어지러운 꿈에 시달리는 밤들이 계속되었다. 꿈속에서 그의 억울한 피가 끓어올라 끔찍하게 무섭고 기괴한 장면들이 나타나곤 했다. 죽일 듯이 죄어오는 팔, 뜨겁게 타오르는 눈을 가진 괴물, 현기증이 날 만큼 높은 낭떠러지, 이글이글 타는 거대한 눈. 잠에서 깨어나면 한스는 혼자였다. 그는 서늘한 가을밤의 외로움에 잠겨 에마를 향한 그리움에 괴로워하고 신음하며 눈물 젖은 베개에 얼굴을 파묻었다. 기계공장에 나가야 하는 금요일이 다가오고 있었다. 아버지는 한스에게 파란 리넨 작업복과 모가 약간 섞인 파란 모자를 사주었다. 기계공 작업복을 입어본 한스는 자신의 모습이 매우 우스꽝스러워 보였다. 학교와 교장 혹은 수학 교사의 집, 플라이크의 작업장이나 마을 목사관을 지나가게 되면 비참한 기분이 들 것 같았다. 그토록 노력하고 고생하며, 그렇게 많은 소소한 기쁨들까지 외면하며, 그토록 대단한 자부심과 야망과 희망으로 키워갔던 꿈들이 아무것도 아닌 게 되어버렸다. 그 모든 노력이 단지 동창들보다 더 늦게, 비웃음까지 받아가며 하찮은 수습공이 되어 공장에 가기 위한 것이었다니!

하일너가 이 사실을 안다면 뭐라고 말할까?

하루하루 지나면서 한스는 파란색 작업복에 서서히 익숙해졌다. 심지어 그걸 입고 나갈 금요일이 조금 기대되기도 했다. 최소한 뭔가를 다시 경험할 수 있을 거야!

하지만 이런 생각은 먹구름 사이로 잠깐 비친 섬광처럼 곧 사라졌다. 한스는 떠나버린 에마를 잊지 못했다. 그의 피는 더더욱 그 며칠간의 흥분을 잊지 못하고 그 생각에서 헤어나지 못했다. 오히려 더 깊은 흥분을 바라며 이미 눈떠 버린 갈망을 해소해달라고 아우성쳤다. 그렇게 숨 막히고 고통스럽게 시간은 천천히 흘러갔다.

그해 가을은 유난히 아름다웠다. 부드러운 햇살이 가득해
서 새벽이 은빛으로 빛났고, 찬란하게 웃는 오후와 청명한 저
녁 시간이 계속되었다. 멀리 보이는 산은 짙푸른 벨벳을 입었
고, 밤나무들은 황금빛으로 반짝였으며, 담과 울타리 위로 야
생 포도나무 넝쿨이 보라색 잎사귀를 늘어뜨렸다. 한스는 끊임
없이 자신에게서 도망 다녔다. 낮 동안에는 실연당한 것을 들
킬까 봐 마을과 숲을 내내 돌아다니며 사람들을 피해 다녔다.
밤에는 골목을 거닐며 지나가는 하녀들을 바라보고 양심의 가
책을 느끼며 연인들을 뒤따라 다니기도 했다. 그가 원했던 모
든 것, 인생의 마법 같은 모든 것은 에마와 함께 다가왔다가 심
술궂게도 도로 빠져나가 버린 느낌이었다. 한스는 에마로 인한
고통과 압박감을 더 이상 생각하지 않기로 했다. 그녀를 다시
만난다면 수줍어하지 않을 것이다. 그녀의 모든 비밀을 벗겨내
고 지금은 그에게 문을 닫아버린 마법과도 같은 사랑의 정원으
로 깊이 들어가리라 생각했다. 그의 상상은 후덥지근하고 위험
한 숲의 미로에 빠져 헤매고 있었다. 비좁은 마법의 원 밖에 밝
고 친근하고 아름답고 넓은 공간이 있다는 것을 받아들이려 하
지 않고 고집스럽게 자신을 학대하고 있었다.

처음엔 불안해하며 기다렸던 금요일이 되자 한스는 오히려
기쁘게 여겨졌다. 한스는 아침 일찍 새 작업복에 모자를 쓰고
조금 긴장된 마음으로 게르버 거리를 지나 슐러의 공장으로 갔
다. 그를 아는 사람들이 호기심 가득한 눈으로 그를 바라보았
다. 한 명은 이렇게 묻기도 했다.

"아니, 너 기계공이 된 거냐?"

작업장에선 노동자들이 벌써 분주하게 움직이고 있었다. 공장장 슐러는 마침 쇠를 단련하고 있었다. 그가 붉게 달궈진 쇳조각을 모루 위에 올려놓자 숙련공이 무거운 망치를 들고 두들겼다. 사이사이 공장장이 손 크기의 망치로 더 미세하게 두들겨 모양을 만들었는데, 집게를 이리저리 돌리며 박자를 맞추어 두드리는 소리가 활짝 열린 문밖 아침 공기 속으로 밝고 경쾌하게 울려 퍼졌다. 아우구스트는 나이 많은 숙련공과 함께 기름과 쇠 부스러기로 까맣게 뒤덮인 긴 작업대 옆에 있었다. 각자 죔쇠에 끼운 부품을 다듬느라 정신이 없었다. 수력으로 움직이는 벨트는 천장에 달린 채 윙윙 소리를 내며 선반과 숫돌, 풀무와 타공 기계들을 빠르게 돌리고 있었다. 작업장에 들어선 친구를 보자 아우구스트는 고개를 끄덕여 인사한 후 공장장이 일을 끝낼 때까지 문 옆에서 기다리라고 눈짓했다.

한스는 머뭇거리며 풀무 화덕과 멈춰 있는 선반旋盤, 요란하게 돌아가는 벨트와 혼자 돌고 있는 원반을 바라보았다. 공장장은 단련하던 것을 모두 마치고 한스에게 오더니 커다랗고 거칠고 뜨거운 손을 내밀었다.

"저기에 모자를 걸면 된다." 공장장이 벽에 박혀 있는 빈 못을 가리키며 말했다.

"그럼, 이리 와봐라. 여기가 네 자리고 네가 쓸 죔쇠다."

공장장은 한스를 가장 뒤에 있는 죔쇠로 데려가 죔쇠를 어떻게 사용하는지, 작업대 위의 도구들은 각각 어디에 있어야 하는지 알려주었다.

"네 아버지가 그러더구나. 네가 힘이 좀 약하다고. 보기에도 그렇구나. 힘이 어느 정도 생길 때까진 당분간 망치질은 안 해도 된다."

그는 작업대 아래에서 무쇠로 된 톱니바퀴를 끄집어냈다.

"자, 이것부터 시작해봐라. 이 톱니바퀴는 틀에서 꺼낸 상태 그대로라 여기저기 튀어나온 부분이 많거든. 이대로 두면 나중에 다른 정교한 공구들을 망가뜨리게 되니까 갈아내야 한다."

그는 톱니바퀴를 죔쇠에 단단히 걸고 낡은 줄을 꺼내 어떻게 가는지 시범을 보였다.

"이렇게 계속 갈도록 해라. 다른 줄은 사용하면 안 된다! 점심시간까지 이것만 해도 충분할 거다. 다 되면 나한테 보여주고. 그리고 일할 땐 시킨 일 외엔 다른 생각을 하지 말거라. 수습생은 생각 같은 걸 할 필요가 없어."

한스는 줄질을 시작했다.

"잠깐만!" 공장장이 외쳤다. "그렇게 하면 안 돼. 왼손은 줄 위에 놓고 해야지. 혹시 왼손잡이냐?"

"아닙니다."

"그렇군. 금방 익숙해질 거다."

슐러는 출입문 옆 맨 앞에 있는 자신의 죔쇠 자리로 돌아갔다. 한스는 어떻게 하면 제대로 갈 수 있을지 고민했다.

처음엔 좀 놀랐다. 줄로 문질러보니 철이 생각보다 꽤 부드럽고 쉽게 갈아지는 것이었다. 그런데 알고 보니 쉽게 갈아진 부분은 무쇠 맨 바깥쪽 약한 부분뿐이었다. 그 아래 단단한 쇠는 매끈하게 갈아지길 아직 기다리고 있었다. 한스는 정신을 차리고 부지런히 일했다. 어린 시절에 놀면서 이것저것 만들어 본 것 말고는 자기 손으로 쓸 만한 것을 만드는 기쁨을 누려본 적이 없었다.

"천천히 해라!" 공장장이 멀리서 소리쳤다. "줄질할 땐 하나 둘, 하나 둘 리듬을 맞춰야 한다. 그리고 힘을 제대로 가해서 눌러라. 안 그러면 줄이 망가지게 되니까."

가장 나이 많은 숙련공이 선반에서 뭔가를 하고 있었는데 한스는 그쪽을 엿보지 않을 수 없었다. 그는 강철로 된 축에 원판을 고정하고 벨트를 걸었다. 축이 불꽃을 튀기며 빠르고 요란하게 돌아갔고, 숙련공이 이따금 거기서 머리카락처럼 얇고 매끈한 쇠 부스러기를 털어냈다.

온통 공구와 쇳덩이, 강철과 놋쇠, 작업이 반쯤 끝난 물건들, 반질반질한 톱니바퀴들, 끌과 드릴이 널려 있었다. 각양각색의 드릴 날과 송곳이 있었고, 풀무 화덕 옆에는 일반 망치와 다듬기 전용 망치들, 모루 부품들, 집게와 납땜 인두가 걸려 있었다. 벽에는 줄과 톱날이 줄지어 걸려 있었고, 벽 선반에는 기름 닦는 걸레와 작은 빗자루, 광택 내기용 줄과 쇠톱이 놓여 있었고 기름통, 산성용액병, 못과 나사 상자가 세워져 있었다. 숫돌이 끊임없이 돌아가고 있었다. 한스는 시커멓게 되어가는 자신의 손을 만족스럽게 바라보았다. 작업복도 어서 낡아 보였으면 하고 바랐다. 새카맣고 군데군데 기운 자국이 있는 숙련공들의 작업복 옆에서 자신의 옷은 이상할 정도로 새것에다 파랗게 보였다.

아침 시간이 지나면서 외부 사람들도 작업장에 찾아왔다. 근처 편직물 공장에서 온 직공들은 작은 기계 부품을 다듬어달라거나 수리를 요구했다. 한 농부는 수리를 맡긴 세탁용 롤러를 찾으러 왔다가 아직 수리가 안 끝났다는 말에 욕설을 퍼부었다. 잠시 후에는 잘 차려입은 어느 공장장이 나타나 슐러와 작은 방에 들어가 흥정을 했다.

그러는 와중에도 작업장 직공들과 톱니바퀴와 벨트는 한결같이 움직이고 있었다. 그 순간 한스는 태어나서 처음으로 노동의 노래라는 걸 듣고 이해했다. 그 노래는 적어도 초심자에게는 감동적이었으며 편안하게 도취되게 만들었다. 자신이라는 작은 존재와 작은 인생이 거대한 리듬의 한 부분을 이루고 있었다.

9시가 되자 15분간 쉴 수 있었다. 모두 빵 한 조각과 주스 한 잔씩을 받았다. 그제야 아우구스트가 신입 수습공 한스에게 다가와 인사했다. 그는 격려의 말을 해준 다음 자신의 첫 주급으로 동료들과 파티를 열 이번 일요일 모임에 대해 또다시 이야기했다. 한스는 자신이 갈고 있는 톱니바퀴가 무슨 용도인지 물었고, 그것은 탑시계의 부품이라는 대답을 들었다. 아우구스트는 그것이 나중에 어떤 식으로 작동하는지 얘기해주려 했으나, 그때 수석 숙련공이 줄질을 시작하자 모두들 급히 자기 자리로 돌아갔다.

10시와 11시 사이에 한스는 지치기 시작했다. 무릎과 오른팔이 조금씩 아팠다. 이쪽 발에서 저쪽 발로 무게중심을 옮기고 몰래 팔다리를 뻗어보기도 했지만 전혀 효과가 없었다. 그래서 잠시 동안 줄을 내려놓고 죔쇠에 몸을 기댔다. 아무도 그에게 신경 쓰지 않았다. 그렇게 기댄 채로 윙윙대는 머리 위 벨 트 소리를 듣고 있자니 가벼운 마비감이 느껴져 1분쯤 눈을 감 고 있었다. 그때 공장장 슐러가 다가와 그의 뒤에 섰다.

"왜 그러냐? 벌써 지친 거냐?"

"네, 조금요." 한스가 솔직히 대답했다.

주변의 직공들이 웃음을 터뜨렸다.

"그럴 수도 있지." 공장장이 침착하게 말했다. "이번엔 납땜 하는 걸 가르쳐주마. 이쪽으로 와볼래?"

한스는 호기심의 눈으로 납땜하는 것을 바라보았다. 먼저 인 두를 뜨겁게 데운 다음 때울 자리에 납땜 액을 바르고 뜨거운 인두로 하얀 금속을 한 방울 녹여 떨어뜨리자 쉿쉿 소리가 부 드럽게 들렸다.

"걸레로 땜질한 데를 잘 닦도록 해라. 납땜 액은 부식성이기 때문에 절대 금속에 남아 있어선 안 되거든."

그 후 한스는 다시 자신의 죔쇠 위치로 돌아가 톱니바퀴를 계속 갈아야 했다. 팔이 아프고 줄을 눌러야 하는 왼손도 빨갛 게 되어 아프기 시작했다.

점심시간이 되어 상급 숙련공들이 줄을 놓고 손을 씻으러 갈 때쯤 한스는 자신이 일한 것을 공장장에게 보여주었다. 공장장 은 대충 쳐다본 후 말했다.

"괜찮네. 이 정도면 됐다. 네 자리 아래를 보면 상자에 똑같은 톱니바퀴가 하나 더 있으니 오후엔 그걸 갈도록 해라."

한스도 이제 손을 씻고 작업장을 나섰다. 한 시간 동안 자유 롭게 식사하고 돌아올 수 있었다.

상점에서 일을 배우는 라틴어 학교 동창 두 명이 길에서 한스를 보고는 졸졸 따라오며 비웃었다.

"주 정부 시험에 합격한 기계공이다!" 그중 한 명이 소리쳤다.

한스는 걸음을 빨리했다. 그는 자신이 정말 만족스러운지 알 수 없었다. 공장에서 하는 일은 마음에 들었지만 너무 피곤했다. 정말이지 너무너무 피곤했다. 집 현관에 들어서자 한스는 드디어 앉을 수 있고 먹을 수 있어서 기뻤다. 그런데 또 갑자기 에마가 떠오르고 말았다. 오전 내내 그녀를 잊고 있었다. 한스는 조용히 방으로 올라가 침대에 쓰러져 괴로움으로 신음했다. 울고 싶었지만 눈물이 나오지 않았다. 그는 다시 절망적인 심정이 되어 애타게 에마를 그리워했다. 머리가 마구 흔들리며 아팠다. 흐느낌을 억누르는 바람에 목구멍까지 아팠다.

점심시간은 고통스러웠다. 아버지의 질문에 대답해야 했으며, 오늘따라 기분이 좋은 아버지의 갖가지 농담에 재미있는 척해야 했다. 식사가 끝나자마자 한스는 정원으로 나갔다. 그곳에서 반쯤 몽롱한 상태로 15분쯤 볕을 쬐고 있으니 다시 공장에 가야 할 시간이 되었다. 오전에 생긴 양손의 붉은 자국이 매우 아프기 시작했다. 저녁 무렵에는 무엇을 만지든 통증이 느껴질 정도로 부풀어 올랐다. 퇴근하기 전에는 아우구스트의 지시에 따라 작업장 전체를 정리해야 했다. 토요일은 더 안 좋았다. 양손이 타는 듯했고 붉게 부은 자리에 물집까지 생겼다. 공장장 슐러는 기분이 안 좋은지 작은 일에도 욕을 퍼부었다. 아우구스트는 물집이 며칠 안에 가라앉을 것이며 굳은살이 생기면 더 이상 아프지 않을 거라고 위로해주었다. 하지만 한스는 죽고 싶을 만큼 비참한 심정이었다. 하루 종일 시계를 바라 보며 절망적으로 톱니바퀴를 갈아야 했다.

저녁이 되어 작업장을 치우면서 아우구스트는 한스에게 내 일 동료 몇 명과 함께 옆 동네 빌라흐에 가서 진탕 놀 것이니 한 스도 절대 빠지지 말라고 속삭였다. 그리고 오후 2시에 데리러 가겠다고 했다. 한스는 너무 비참하고 피곤해서 일요일 내내 집에 누워 있고 싶었지만 가겠다고 대답했다. 집에 가자 늙은 하녀 안나가 상처 난 손에 바르라며 연고를 내주었다. 한스는 8 시부터 잠자리에 들어 다음 날 오전까지 늦잠을 잤다. 아버지 와 함께 교회에 갈 때는 허둥지둥 준비해야 했다. 점심을 먹으 면서 아버지에게 아우구스트 이야기를 꺼내며 자기도 함께 놀 러 가고 싶다고 말했다. 놀랍게도 아버지는 전혀 반대하지 않 았다. 심지어 50페니를 주면서 저녁 식사 전에만 들어오라고 말했다.

한스는 화창한 햇살 아래서 골목을 어슬렁거리며 몇 달 만에 처음으로 일요일이 주는 기쁨을 느꼈다. 평일에 손이 새카매지 고 팔다리가 아프도록 일을 하고 나면 거리가 더 축제 같은 분 위기로 느껴지고, 햇살도 더 밝아 보이고, 모든 것이 더 화려하 고 아름다워 보이는 법이었다. 한스는 왜 정육점과 가죽 가게, 빵집과 대장간의 주인들이 가게 앞 환한 벤치에 나와 왕처럼 당당하게 앉아 있었는지 이제 알 것 같았다. 더 이상 그들이 초 라한 속물처럼 보이지 않았다. 모자를 약간 삐딱하게 쓴 인부 와 숙련공과 수습생 들이 새하얀 셔츠 깃에 먼지 하나 없는 일 요일 양복을 입고 산책을 하거나 음식점으로 들어가는 모습이 보였다. 다 그렇진 않지만 대개 수공업자들은 수공업자끼리, 목수들은 목수끼리, 미장이들은 미장이끼리 어울리며 그들 직업의 위신을 지켰다. 그중에서도 기계공들 무리가 가장 고상해 보였고, 정비 기술공이 최고의 존경을 받았다. 이런 모습에는 어딘가 안일한 면이 있었고 약간 순진하고 우스꽝스럽기도 했다. 하지만 그 이면에는 오늘날까지도 즐거움과 유용함을 주는 정교한 수작업에 대한 자긍심이 숨어 있었다. 몹시 가난한 재단사의 수습생조차 이런 자부심을 품고 있었다.

슐러의 공장 앞에 젊은 기계공들이 거만하고도 차분한 모습으로 서 있었다. 지나가는 사람들에게 고개를 끄덕여 인사하기도 하고 서로 떠들어대는 모습을 보면, 그들이 두터운 신의로 뭉쳐 있으며 다른 사람은 그들 무리에 결코 끼어들 수 없음을 알 수 있었다. 설령 일요일의 여흥에라도 말이다. 한스도 이를 알기에 자신이 그들 사이에 낄 수 있다는 사실이 기뻤다. 하지만 예정된 일요일 모임은 조금 두려웠다. 기계공들은 인생을 즐기는 일도 거칠고 화끈하다는 것을 알기 때문이었다. 어쩌면 춤을 추게 될지도 몰랐다. 한스는 춤을 출 줄 몰랐다. 그렇지만 할 수 있는 한 사내다운 모습을 보여주고, 필요하다면 창피를 당하더라도 도전해볼 생각이었다. 그는 아직 맥주를 많이 마셔본 적이 없었고, 담배도 창피와 치욕을 당하지 않으려고 최선을 다해야만 겨우 한 대를 끝까지 피울 수 있었다.

아우구스트가 매우 기뻐하며 한스를 맞아주었다. 그는 나이 많은 숙련공이 오지 못하게 된 대신 다른 작업장에서 일하는 친구가 오기로 했다고 말해주었다. 그러면서 네 명이면 마을 전체를 뒤흔들어 놓기에 충분하다고 했다. 그리고 오늘은 자신이 쏠 테니 맘껏 맥주를 마시라고 했다. 아우구스트가 한스에게 담배 한 개비를 건넸고, 네 사람은 슬슬 움직이기 시작했다. 그들은 거만하게 어슬렁거리며 마을을 지나서는 보리수 광장에 이르자 비로소 빌라흐에 늦지 않게 도착하려고 빨리 걷기 시작했다. 거울 같은 강의 수면은 푸른색, 금색, 하얀색으로 반짝였다. 잎이 거의 남지 않은 가로수 길의 단풍나무와 아카시아는 부드러운 10월의 햇볕을 받고 있었다. 높은 하늘은 구름 한 점 없이 파랬다. 더할 수 없이 고요하고 맑고 따스한 가을날이었다. 이런 날이면 지나간 여름날의 모든 아름다운 기억과 아픔 없이 웃을 수 있는 기억들이 부드러운 공기를 채운다. 어린아이들은 계절을 착각하여 꽃을 찾아 나서고, 나이 많은 사람은 창가나 마당 벤치에 앉아 생각에 잠긴 눈으로 허공을 바라본다. 그들에게는 그해의 즐거운 기억뿐만 아니라 지나간 인생 전체가 푸른 하늘로 펼쳐지는 것같이 느껴질 것이다. 반면에 젊은이들은 멋진 날을 찬양하며 각자의 성격과 가진 정도에 따라 술을 베풀거나 고기를 베풀고, 노래를 부르거나 춤을 추고, 술 파티를 벌이거나 거친 싸움판을 벌인다. 주위에서 온통 신선한 과일 케이크 굽는 냄새가 나고, 창고에는 갓 짠 사과 주스나 포도주가 익어가고, 식당들과 보리수 광장 앞에서는 바이올린과 하모니카 연주로 올해의 마지막 아름다운 날들을 노래했는데, 그 연주 소리는 춤추고 노래하고 연애하라고 젊은이들을 유혹했기 때문이다.

젊은 기계공 무리는 빠르게 걸었다. 한스는 아무렇지 않은 듯 담배를 피웠는데 의외로 맛이 좋게 느껴져 놀랐다. 한 숙련 공은 자신이 떠돌아다니던 시절의 이야기를 했다. 그가 그렇 게 허풍을 떠는데도 아무도 충격 따위 받지 않았다. 원래 그런 법이었다. 아무리 겸손한 수공업자라도 먹고사는 데 문제없고 자신의 과거를 아는 사람이 없다면, 자신의 무용담을 대단하 고 세련돼 보이게, 굉장한 경험이었던 것처럼 떠들게 된다. 왜 냐하면 숙련공의 삶이라는 놀라운 문학은 민중의 공유재산이 자, 개개인에 의해 전통적인 옛 모험담이 새로운 무늬를 덧입 고 새로 창조되는 것이기 때문이었다. 아무리 부랑자라도 이야 기를 시작하면 내면에 숨어 있던 불멸의 오일렌슈피겔(틸 오일 렌슈피겔. 독일의 전설적인 장난꾸러기이자 사기꾼. 전국을 유랑하 며 귀족과 성직자들을 조롱하다가 교수형을 선고받았다 – 옮긴이)과 슈트라우빙거 형제(구전되는 이야기에 나오는 독일의 수공업자 형 제. 일자리와 사랑을 찾아 험난한 여행을 떠난다 – 옮긴이)의 모습 이 나오는 것이었다.

"내가 프랑크푸르트에 있었을 때 얘기지. 젠장, 인생이란 게 참 희한하지! 아직 어디서도 얘기해본 적 없지만 아, 글쎄 돈만 많고 저질스러운 원숭이 같은 상인 놈이 우리 공장장 딸하고 결혼하고 싶어 하지 뭐야. 하지만 공장장 딸은 그놈을 단박에 거절했지. 사실은 그 아가씨가 나를 좋아하고 있었거든. 우리 는 넉 달 동안이나 사귀었다고. 내가 그 늙은 영감과 싸우지만 않았어도 지금 그 집 사위가 되어 있을 텐데."

그의 이야기는 계속되었다. 딸을 팔아먹으려던 비열한 공장 장은 그를 계속 괴롭혔다. 하루는 그 저급한 인간이 겁도 없이 그를 때리려고 손을 뻗쳤다. 그는 아무 말도 않고 담금질에 쓰는 망치를 휘두르며 공장장을 노려보았다. 그러자 공장장은 머리통이 귀했던지라 슬그머니 도망을 쳤고 나중에 비겁한 겁쟁이같이 편지로 해고 통보를 했다고 한다. 그는 또 오펜부르크에서 했던 패싸움 이야기도 했다. 그를 포함한 세 명의 기계공이 일곱 명의 공장 인부와 맞붙어 그들을 반쯤 죽여놨다는 이야기였다. 그리고 누구든 오펜부르크에 가면 키다리 쇼르슈에게 물어보라면서, 쇼르슈도 그 세 명 중 한 명이었다고 했다. 이야기하는 사람은 차갑고 거친 말투였지만 대단히 열정적으로 희열을 느끼면서 이야기했고, 듣는 쪽은 모두 즐겁게 들으면서 언젠가 이 이야기를 다른 곳에 가서 다른 이들에게 해야지 하고 생각했다. 왜냐하면 기계공이라면 한 번쯤 공장장의 딸과 사랑에 빠지고, 한 번쯤 악독한 공장장에게 망치를 휘두르고, 한 번쯤 일곱 명의 공장 인부를 죽도록 두들겨 패줘야 했기 때문이다. 이 이야기는 바덴이나 헤센, 스위스가 배경이 되기도 하고, 망치는 줄이나 뜨겁게 달궈진 철이 되기도 하며, 공장 인부 대신 빵집이나 양복점 인부가 등장하기도 한다. 하지만 이야기는 항상 비슷했다. 그래도 사람들은 그런 이야기를 즐겨 들었다. 그런 오래된 이야기들은 재미도 있거니와 같은 업종 종사자들의 명예를 빛내주기 때문이다. 그렇다고 해서 유랑하는 젊은 수습공들 중에 실제로 그런 경험을 하거나 이야기를 꾸며내는 데 재능 있는 사람이 없었다는 것은 아니다. 경험이나 경험한 이야기나 사실 다를 게 없지만 말이다. 특히 이야기에 정신을 빼앗기고 즐거워한 사람은 아우구스트였다. 그는 끊임없이 웃으며 맞장구를 치고, 이미 노련한 숙련공이 된 것처럼 굴었고, 마치 건달처럼 거만한 표정으로 날 저무는 허공에 담배 연기를 뿜어댔다. 이야기꾼은 자신의 역할을 계속했다. 그래야만 자신이 함께 어울리는 게 대단히 호의적인 배려인 것처럼 보이며, 숙련공이 일요일에 수습공들과 어울리는 일은 물론 꼬맹이한테 술을 얻어먹는 부끄러움이 덜어지기 때문이었다. 일행은 강 하류 쪽으로 시골길을 따라 한참 걸었다. 이제 언덕으로 완만한 경사를 이루며 휘어진 찻길과 짧지만 가파른 오솔길 중에서 선택해야 했다. 결국 멀고 먼지도 많은 찻길로 가기로 했다. 오솔길은 평일에 주로 다니는 길이며 부자들이나 이용하는 산책길이었다. 서민들은 아직 일요일의 시골 찻길을 사랑했고 시골길의 시적인 느낌을 좋아했다. 가파른 오솔길을 오르는 것은 마을 농부들과 자연 애호가들이나 하는 일이었다. 그것은 노동 혹은 운동이지, 서민들의 즐거움은 아니었다. 반면에 찻길은 편안하게 걸으며 수다도 떨 수 있었고, 신발과 일요일의 양복을 더럽히지도 않는다. 마차와 말도 구경하고, 걸어가는 다른 사람을 만나거나 따라잡을 수도 있고, 곱게 차려입은 아가씨들과 노래하는 청년들을 만나기도 하고, 아무하고나 농담을 주고받거나 멈춰 서서 수다를 떨 수도 있다. 총각이라면 아가씨들을 쫓아가 같이 웃을 수 있으며, 친한 친구와 말다툼했다면 저녁에 이 길을 걸으며 진심을 보여주고 화해할 수도 있다!

그래서 한스 일행은 찻길을 선택했다. 그 길은 시간이 많으면서 땀 흘리기 싫어하는 사람들을 위해 크게 휘어지며 잔잔

하고 편안하게 산으로 이어져 있었다. 이야기꾼 숙련공은 재킷을 벗어 지팡이에 걸어 어깨에 걸치고는 이야기 대신 대담하고 신나게 휘파람을 불기 시작했다. 빌라흐까지 가는 한 시간 내내 그는 휘파람을 불었다. 한스에게 몇 마디 빈정거리는 말을 하기도 했지만, 한스 자신은 그다지 기분 나쁘지 않았다. 오히려 아우구스트가 더 극성스럽게 변명을 해주었다. 그리고 드디어 빌라흐에 도착했다. 빌라흐 마을은 가을빛으로 물든 과수원들 사이에 빨간 기와지붕들과 은회색 초가지붕들이 자리해 있었다. 뒤쪽으로는 검은 산이 높게 솟아 있었다. 젊은 기계공들은 어느 술집에 갈지 결정하지 못했다. 맥주 맛은 '닻'이라는 술집이 가장 좋았고, 가장 맛있는 케이크는 '백조' 술집에 있었고, '뾰족한 모퉁이'는 주인 딸이 꽤 예쁘다고 했다. 결국 아우구스트가 '닻'으로 가자고 설득했다. 그는 눈을 찡긋하면서 술 몇 잔 하는 동안 '뾰족한 모퉁이'가 없어지지는 않으며 나중에 갈 수도 있다는 뜻을 비쳤다. 모두 그의 말에 동의하며 마을로 들어가 가축우리와 제라늄으로 뒤덮인 낮은 농가의 창을 지나 '닻'으로 향했다. 아직 어린 두 그루의 둥근 밤나무 사이로 황금빛 술집 간판이 햇빛을 반사하며 유혹하고 있었다. 무작정 안으로 들어가려는데 유감스럽게도 술집이 만원이라 그들은 정원에 앉아야 했다.

손님들 사이에 '닻'은 고급 주점이었다. 오래된 시골 식당이 아니라 현대적으로 지어진 창이 많은 벽돌 건물이었다. 벤치 대신 의자가 놓여 있었고, 알록달록한 양철 광고판들이 달려 있었다. 여종업원들도 세련되게 차려입었고, 주인은 셔츠가 아니라 유행하는 갈색 정장을 늘 완벽하게 갖춰 입고 있었다. 주인은 원래 파산했었으나 커다란 맥주 공장을 운영하는 채권자에게 집을 담보로 돈을 빌린 후로는 형편이 나아졌다. 정원은 야생 포도가 반쯤 뒤덮인 커다란 철망과 아카시아가 둘러서 있었다.

"얘들아, 건배!"

숙련공이 소리치고 다른 세 명과 함께 잔을 부딪쳤다. 그는 과시하려는 듯 한 잔을 단숨에 비웠다.

"거기 예쁜 아가씨, 잔이 비었잖아요. 한 잔 더요!"

그가 종업원에게 소리치며 탁자 너머로 맥주잔을 내밀었다.

맥주는 전혀 쓰지 않고 시원하고 아주 맛있었다. 한스도 즐겁게 맥주를 마셨다. 아우구스트는 맥주 맛을 잘 안다는 듯 혀로 쪽쪽 소리 내며 마셨고, 고장 난 오븐처럼 계속 담배 연기를 내뿜었다. 한스는 그저 놀라워할 뿐이었다. 유쾌한 일요일을 맞아 인생과 즐거움이 뭔지 아는 이들과 함께 정당하게, 그럴 자격이 있는 사람처럼 술집에 앉아 있는 것도 나쁘지 않았다. 함께 웃으며 가끔씩 대담한 농담을 던져보는 것도 즐거웠고, 잔을 비우고 보란 듯이 탁자에 탁 내려놓으며 "여기 한 잔 더요!"라고 외치는 것도 재미있고 남자답게 느껴졌다. 다른 탁자에 있는 지인과 건배를 하고, 불이 꺼진 담배꽁초를 왼손에 끼운 채 다른 이들처럼 모자를 뒤로 돌려 쓰는 것도 좋았다.

함께 온 낯선 기계공은 취기가 돌자 드디어 이야기를 시작했다. 그가 아는 울름의 한 기계공은 질 좋은 울름 맥주를 스무 잔이나 마실 수 있는데 스무 잔을 마시고 나면 항상 입을 닦으며 이렇게 말한다고 했다. "자, 이제 고급 포도주 한 병만 더 하자!"
그는 또 칸슈타트에서 증기기관차의 석탄 난로를 관리하는 인
부 이야기도 했다. 그 화부는 열두 개의 소시지를 한꺼번에 먹
을 수 있는데 그걸로 내기해서 이긴 적이 있다고 했다. 그런데
두 번째로 한 비슷한 내기에서는 졌다고 했다. 겁도 없이 작은
식당 메뉴의 음식을 다 먹는 내기를 벌였던 것이다. 화부가 거
의 다 먹었을 즈음 마지막으로 네 종류의 치즈가 나왔는데 세
번째 치즈를 먹다가 접시를 밀어내며 이렇게 말했다. "더 먹느
니 차라리 죽는 게 낫겠어!"

　이 이야기 역시 박수갈채를 받았다. 그리고 곧 온 세상 곳곳
에 대식가와 애주가가 있다는 사실이 드러났다. 사람들마다 그
런 영웅에 대한 이야기를 늘어놓았기 때문이다. 어떤 이는 "슈
투트가르트에 사는 남자" 이야기를 했고, 어떤 이는 "내가 알기
로는 루드비히스부르크에서 온 기마병" 이야기를 꺼냈다. 누구
는 열일곱 개의 감자를 해치웠으며, 또 누구는 열한 장의 팬케
이크를 샐러드와 함께 먹어치웠다고 했다. 말하는 사람들은 객
관적이고 진지한 투로 이런 이야기를 했다. 듣는 사람들은 세
상에는 굉장한 재능을 가진 별난 사람들이 많으며, 그중에는
엄청난 기인들도 있다는 사실을 깨달으며 즐거워했다. 이런 진
지함과 유쾌함은 모든 술집 단골들을 통해 내려온 귀하고 존경
할 만한 유산이었다. 그 유산은 술 마시고, 정치 이야기를 하고,
담배를 피우고, 결혼하고 죽는 것처럼 젊은 손님들이 계속 이
어갈 것이다.

　세 번째 잔을 마시던 중 한스 일행 하나가 케이크가 없냐고

물었다. 케이크는 없다는 대답이 돌아오자 모두 심하게 화를
냈다. 아우구스트가 일어나 케이크가 없다면 다른 술집에 가야
겠다고 말했다. 다른 공장 기계공들도 형편없는 술집이라고 욕
했고, 프랑크푸르트에서 온 숙련공만 남아 있으려고 했다. 그
는 여종업원과 약간 친해져서 벌써 여러 번 그녀의 몸을 더듬
었던 것이다. 한스도 그 모습을 보았는데 맥주 탓인지 이상하
게 흥분되었고, 이만 술집을 나가게 되자 오히려 기뻤다.

술값을 내고 모두 거리에 나서자 한스는 세 잔의 맥주로 취
기를 느꼈다. 편안하면서도 반쯤은 피곤하고 반쯤은 뭔가 일을
벌이고 싶은 기분이었다. 눈앞에 얇은 베일이 쳐진 것같이 모
든 것이 멀게 보였고 마치 꿈속인 듯 아득했다. 끊임없이 웃음
이 터져 나왔고 모자를 좀 더 삐딱하게 써보았더니 정말로 호
탕한 사내가 된 기분이었다. 프랑크푸르트 숙련공은 다시 자기
만의 전투적인 곡조로 휘파람을 불었다. 한스는 그 박자에 맞
추어 걸으려고 애썼다.

'뾰족한 모퉁이'는 꽤 조용했다. 몇 명의 농부가 새로 나온 포
도주를 맛보고 있었다. 생맥주는 없고 병맥주만 있었다. 금세
각자의 앞에 맥주가 한 병씩 놓였다. 다른 공장 기계공이 자신
의 벌이를 과시하고 싶은지 일행을 위해 커다란 사과 파이를
주문했다. 갑자기 심한 허기를 느낀 한스는 연달아 몇 조각을
먹어치웠다. 오래된 갈색 술집에서 벽에 달린 튼튼하고 넓은
벤치에 앉아 있자니 나른하고 편안했다. 실내가 어두워 옛날풍
카운터와 거대한 오븐은 잘 보이지 않았다. 거대한 나무 새장
안에서 박새 두 마리가 날개를 퍼덕였고, 새 먹이로 빨간 열매

가 잔뜩 달린 마가목 가지가 나무 창살에 꽂혀 있었다.

술집 주인이 잠시 탁자에 와서 새로 온 손님들에게 인사를 건넸다. 그 후 다시 본격적인 대화가 시작되기까지는 한참이 걸렸다. 한스는 독한 병맥주를 몇 모금 마셔보고는 자신이 과연 한 병을 다 마실 수 있을지 궁금했다.

프랑크푸르트 숙련공은 다시 무섭게 허풍을 떨며 라인 강 주변 지역의 포도 축제며, 떠도는 생활과 노숙했던 경험에 대해 떠들었다. 모두 기분 좋게 이야기를 들었으며 한스도 웃음을 멈출 수 없었다.

어느 순간 한스는 자신이 정상이 아님을 깨달았다. 가게와 탁자, 술병과 술잔들, 동료들이 자꾸만 부드러운 갈색 연기 구름으로 보였다가, 가까스로 정신을 차리면 겨우 형체를 알아볼 수 있었다. 가끔씩 말소리나 웃음소리가 크게 들리면 한스도 크게 웃었다. 자신이 뭐라고 말해놓고도 무슨 말을 했는지 금세 잊어버렸다. 건배를 할 때면 함께 건배했다. 한 시간쯤 지나자 놀랍게도 그의 술병이 비어 있었다.

"너 제법 잘 마시는구나." 아우구스트가 물었다. "한 병 더 할래?"

한스가 웃으면서 고개를 끄덕였다. 전에는 술을 이만큼 마시는 게 위험한 일인 줄 알았다. 그때 프랑크푸르트 숙련공이 노래를 부르자 모두 따라 불렀다. 한스도 목이 아프도록 따라 불렀다. 그사이 술집에 손님이 가득 찼다. 술집 주인 딸까지 나와 종업원들을 도왔다. 주인의 딸은 건강하고 힘차 보이는 얼굴에 갈색 눈이 고요해 보였으며 키도 크고 예쁜 아가씨였다.

그녀가 한스 앞에 새 맥주병을 가져다 놓자 옆에 앉은 숙련 공이 다정하고 예의 바르게 인사를 건넸다. 하지만 아가씨는 들은 척도 하지 않았다. 숙련공에게 관심이 없다는 뜻을 보이 려는 건지, 아니면 고운 소년의 얼굴이 마음에 들었는지 한스 쪽으로 몸을 돌려 머리를 재빨리 쓰다듬고는 카운터로 가버렸 다.

벌써 세 병째 마시고 있던 숙련공은 그녀를 따라가서 말을 걸어보려고 온갖 노력을 했지만 성과는 없었다. 키 큰 아가씨 는 그를 시큰둥히 쳐다보며 아무 대답도 하지 않더니 곧 그에 게 등을 돌려버렸다. 숙련공은 결국 자리로 돌아와 빈 잔으로 탁자를 두드리며 갑자기 소리를 질렀다.

"얘들아, 진탕 놀아보자, 건배!"

그러고는 여자에 관한 음란한 이야기를 쏟아내기 시작했다. 한스의 귀에는 목소리들이 뒤섞여 희미하게만 들렸다. 두 병째 맥주를 거의 비웠을 무렵에는 말하는 것은 물론 웃는 것조차 벅차게 느껴졌다. 그는 새장으로 가서 박새들을 놀래주고 싶었 지만 두 걸음도 못 가서 비틀거리고 쓰러질 뻔하다가 겨우 제 자리로 돌아왔다. 그때부터는 들떠 있던 기분도 점점 가라앉았 다. 한스는 자신이 만취했다는 것을 알았다. 술 마시고 노는 일 이 더 이상 즐겁지 않았다. 멀리서 온갖 재앙이 자신을 기다리 고 있는 것만 같았다. 집에 가야 하는데 아버지에게 혼날 것 같 았고, 아침 일찍 작업장에도 나가야 했다. 슬슬 머리도 아프기 시작했다. 동료들도 충분히 마신 것 같았다. 잠시 정신이 맑아 진 순간 아우구스트가 술값을 치렀다. 1탈러(독일의 옛 화폐 단위. 1탈러는 3마르크의 가치가 있다 – 옮긴이)를 냈는데도 거스름 돈은 많지 않았다. 일행과 함께 웃고 떠들며 거리로 나오자 저녁노을이 아직 밝게 빛나고 있었다. 한스는 몸을 가누기가 힘들어 비틀대다가 아우구스트의 부축을 받고 걸어갔다. 다른 공장 기계공은 침울해져서 "내일은 이곳을 떠나야 하네"라는 노래를 흥얼거렸다. 눈에 눈물까지 고여 있었다.

모두 집에 가고 싶어 했지만 '백조' 앞에 이르자 숙련공이 한잔 더 하자고 억지를 부렸다. 한스는 문 앞에서 붙잡힌 손을 뿌리쳤다.

"난 집에 가야 해요."

"혼자 걷지도 못하면서." 숙련공이 비웃으며 말했다.

"아니에요, 그렇지 않아요. 난… 집에… 가야 해요…."

"그러면 브랜디 한 잔만 마셔, 꼬맹아! 그게 걷는 데도 도움이 될 거야. 속도 좀 나아질 거고. 정말이야, 한번 마셔봐."

한스는 자신의 손에 작은 잔이 쥐어진 것을 느꼈다. 손이 떨려서 많이 쏟고 말았지만 나머지는 모두 들이켰다. 목구멍이 타는 듯했고 지독한 구역질이 올라왔다. 그는 혼자서 비틀거리며 건물 앞 충계를 내려와 길도 잘 모르면서 마을로 향했다. 집과 울타리, 정원이 빙빙 돌면서 뒤죽박죽으로 그의 곁을 스쳤다.

한스는 어느 사과나무 아래에 이르러 축축한 풀밭에 드러누웠다. 메스꺼운 기분과 괴롭게 달라붙는 걱정들, 불완전한 생각들이 몰려와 잠들 수 없었다. 한스는 자신이 더러워졌고 추잡해졌다고 생각했다. 집까지 어떻게 가야 할까? 아버지한테는 뭐라고 말하지? 내일은 어떻게 될까? 그는 자신이 비참하고 완전히 만신창이가 된 기분이었다. 영원히 쉬고 자면서 부끄러워해야 할 것 같았다. 머리도 아프고 눈도 아팠다. 일어날 힘도 걸어갈 힘도 전혀 없었다. 갑자기 뒤늦게 몰려온 파도처럼 조금 전의 흥겨움이 순간적으로 되살아났다. 한스는 얼굴을 찡그리고 노래를 흥얼거렸다.

아, 사랑스러운 아우구스틴
아우구스틴, 아우구스틴
아, 사랑스러운 아우구스틴
모두 끝나버렸어.

노래를 마치기도 전에 이상하게 마음이 아팠다. 수치와 치욕으로 얼룩진 아련한 기억과 온갖 생각이 홍수처럼 그를 덮쳤다.

한스는 크게 신음하고 흐느끼며 풀숲에 몸을 묻었다. 한 시간이 지나자 날이 어두워졌다. 한스는 몸을 일으켜 비틀거리며 힘겹게 언덕을 내려갔다.

한스의 아버지는 아들이 저녁 먹을 때까지 돌아오지 않자 계속해서 욕설을 내뱉었다. 9시가 되어도 소식이 없자 한동안 쓰지 않았던 단단한 지팡이를 꺼내 들었다. 이놈이 이제 아비한테 맞지 않을 정도로 컸다고 생각하나 보군. 집에 오면 매를 보고 기뻐해야 할 거다!

10시가 되자 현관문을 잠가버렸다. 아드님께서 밤새 돌아다니실 생각이라면 어디서 자야 하는지도 아시겠지. 하지만 아버지 기벤라트는 잠들지 못하고 시간이 갈수록 더더욱 노여워하며 현관 손잡이가 덜컥이고 종소리가 조심스럽게 울리길 기다렸다. 머릿속에는 앞으로의 장면이 떠올랐다. 함부로 나다니는 놈은 혼이 나야 해! 그 못된 녀석, 틀림없이 술에 취했겠지. 당장 정신이 들게 해주마! 건방지고 비열하고 한심한 놈 같으니라고! 그러면서 뼈마디가 부서질 정도로 그놈을 두들겨 패야겠다고 생각했다.

하지만 결국 그도, 그의 분노도 잠기운에 굴복하고 말았다. 같은 시각 그렇게 욕을 먹던 한스는 이미 차가워진 채 검은 강물을 따라 계곡 아래로 천천히 조용히 떠내려가고 있었다. 구역질과 수치심과 괴로움은 그를 떠나갔다. 어둠 속에 떠내려가는 야윈 몸을 차갑고 푸른 가을밤이 내려다보았고, 새카만 강물이 그의 손가락과 머리와 핏기 없는 입술을 어루만지고 있었다. 날이 밝기 전에 먹이를 찾아 나선 겁 많은 수달이 교활하게 눈을 빛내며 소리 없이 한스를 지나쳐 갔을 뿐 아무도 그를 보지 못했다. 또한 누구도 그가 어떻게 물에 빠졌는지 알지 못했다. 길을 헤매다 가파른 곳에서 발을 헛디뎠을 수도 있고, 물을 마시려다가 균형을 잃었을 수도 있다. 어쩌면 아름다운 물 풍경이 그를 유혹했을지도 모른다. 물을 향해 허리를 굽힌 그에게 창백한 밤과 달빛을 통해 평화롭고 깊은 안식을 안겨주고, 피곤하고 겁에 질린 그를 죽음의 그늘로 조용히 이끌었을지 모른다.

한스의 주검은 한낮에 발견되어 집으로 옮겨졌다. 놀란 아버지는 회초리를 내려놓고 쌓아두었던 분노를 풀 수밖에 없었다.

그는 눈물도 흘리지 않고 무표정한 얼굴을 했지만, 밤새 잠을 이루지 못하고 가끔씩 열린 문틈으로 깨끗한 침대에 조용히 누워 있는 아들을 바라보았다. 한스의 이마는 여전히 곱고 얼굴은 창백하고 총명해 보여서 다른 이들과는 다른 특별한 운명을 살 권리를 지닌 것만 같았다. 그의 이마와 두 손에는 약간 푸르고 붉게 긁힌 상처가 나 있었다. 예쁘장한 얼굴은 잠들어 있었으며, 눈을 덮은 하얀 눈꺼풀과 완전히 다물지 못한 입은 왠지 만족스럽고 심지어 즐거운 듯이 보였다. 그 모습을 보면 소년은 꽃다운 나이에 갑자기 죽어 행복했던 인생에서 하차한 것처럼 보였다. 아버지 또한 피곤하고 외롭고 슬퍼서 마치 아들이 미소 짓고 있는 것 같다는 착각에 빠졌다.

한스의 장례식은 많은 방문객과 호기심에 찬 사람들로 북적였다. 한스 기벤라트는 또다시 누구나 관심을 갖는 유명 인사가 되었다. 교장과 교사들, 마을 목사도 다시 한스의 운명 때문에 발걸음을 했다. 그들은 모두 프록코트와 격식을 차린 신사 모자 차림으로 나타나서 관을 옮기는 행렬을 따라 걸었고, 무덤 옆에 잠시 동안 서서 서로 속삭였다. 라틴어 교사가 특히 우울해 보였는데 교장이 그에게 나지막이 말했다.

"네, 선생님. 이 아이는 뭐라도 될 수 있었어요. 천재들에게 이렇게 곧잘 불운이 찾아온다는 게 참으로 슬프군요."

구둣방 주인 플라이크는 한스의 아버지와 쉼 없이 우는 늙은 하녀 안나와 함께 무덤가에 남았다.

"정말 가혹하군요, 기벤라트 씨." 플라이크가 동정 어린 목소리로 말했다. "저도 이 아이를 참 좋아했지요."

"전 잘 이해가 되질 않습니다." 기벤라트가 한숨을 쉬고 말했다. "이 아이는 정말 뛰어난 수재였단 말입니다. 학교나 시험이나 다 잘되어 가고 있었어요. 한데 이렇게 한꺼번에 불행이 닥치다니!"

구둣방 주인은 교회 묘지를 벗어나는 프록코트 무리를 가리켰다.

"저기 가는 저 신사 양반들 말이에요." 플라이크가 조용히 말했다. "저들도 이 아이가 이 지경이 되도록 부추긴 셈입니다."

"뭐라고요?" 기벤라트가 의심과 놀라움의 눈으로 플라이크를 쳐다보았다. "세상에, 그게 무슨 소립니까?"

"흥분하지 마시고요, 이웃 양반. 저는 그저 학교 선생들에 대해 말했을 뿐입니다."

"왜요? 그들이 어쨌다는 겁니까?"

"어휴, 그만합시다. 당신이나 나나, 어쩌면 우리 모두 저 아이를 너무 소홀히 대했던 것 같지 않습니까?"

마을 위로 맑고 푸른 하늘이 펼쳐져 있었다. 계곡에는 강물이 반짝였으며 전나무 숲은 뭔가를 그리워하듯 부드러운 푸른 팔을 넓게 뻗고 있었다. 구둣방 주인은 슬프게 미소 지으며 한스 아버지의 팔을 잡았다. 기벤라트는 그 순간의 적막감과 이상하게 고통스러운 상념을 뒤로하고 낮은 곳에 있는 익숙한 삶의 터전을 향해 머뭇거리며 발걸음을 옮겼다.

《수레바퀴 아래서》는 무엇을 담고 있는가?

— 김선형 (경남대학교 문화콘텐츠학과 교수)

U
n
t
e
r
m

R
a
d

《수레바퀴 아래서》는 무엇을 담고 있는가?

　자서전적 색채가 짙은 첫 소설《페터 카멘친트》로 독일에서 일약 성공한 작가로 떠오른 헤르만 헤세는 1906년에 발표한 두 번째 장편소설《수레바퀴 아래서》에도 자신의 경험을 바탕으로 한 자전적 내용을 담아냈다. 전지적 작가 시점의 화자가 이야기하는 일곱 개의 장으로 구성되어 있는 이 작품은, 섬세하고 총명한 소년 한스 기벤라트가 인간의 자연스러운 본성마저 억압하는 규격화된 교육제도와 권위적인 기성세대의 비과도한 기대 아래서 고민하고 상처 입어가는 모습을 서정적으로 묘사했다. 청소년기에 겪는 현실과 내면의 갈등, 우정과 사랑에 대한 묘사는 오늘날에도 많은 독자의 공감을 얻고 있다.

　여기에서는 헤세가 이 작품을 통해 당시 독일의 획일화된 교육제도와 권위적인 기성세대를 어떻게 비판하고 있는지, '수레바퀴 아래서'라는 수수께끼 같은 제목에 담긴 뜻은 무엇인지, 어떤 개념들이 서로 대립하며 작품을 구성하고 있는지, 작가 헤세가 자신의 경험을 어떻게 작품 속에 녹여냈는지 등을 간단히 살펴보고자 한다.

빌헬름 제국 시대의 교육제도

먼저 헤르만 헤세가 비판했던 당시 독일의 교육제도는 어떤 모습이었는지 알아보자. 《수레바퀴 아래서》는 헤세의 다른 작품들보다도 동시대의 교육 및 청소년 문제와 연관이 깊은 작품으로, 시대적 배경인 '빌헬름 제국 시대'의 교육제도에 대한 역사적 기록이라 할 수 있다.

재상 비스마르크가 은퇴하고, 독일의 황제 빌헬름 2세가 친정親政했던 1890~1918년까지를 일컫는 빌헬름 제국 시대는 독일의 기술, 경제 그리고 학문이 급격하게 발전되던 시기였다. 그로 인해 '영광스러운 빌헬름 제국 시대'라는 말까지 등장할 정도였다. 이 시기에는 '가족'이 국가의 가장 성스러운 제도이자 단위로 간주되면서, 그 질서와 역할이 더욱 주목받았다. 당시 시민사회에서 자녀들은 부모의 명예욕을 충족시키는 대상으로, 자녀를 좋은 학교에 진학시키는 것이 가족에게 가장 중요한 과제 중의 하나였다. 그리고 자녀들은 그런 부모에게 무조건 복종해야만 했다.

이런 시대적 분위기로 말미암아 빌헬름 제국 시대에는 국가에 필요한 인재를 양성하기 위해 성과만을 요구하는 억압적인 '반교육학' 혹은 '검은 교육학'이 자행되었고, 이에 적응하지 못한 학생들의 자살률도 높았다. 헤세는 후에 《수레바퀴 아래서》를 '학생 소설'이라 지칭하면서, 상처 입고 망가져 가는 주인공 한스의 모습을 통해 당시의 억압적인 교육제도를 비판했음을 드러냈다.

기성세대에 대한 비판

헤르만 헤세는 기성세대가 교육제도만큼 심각한 문제라고 여겼다. 작품 속 뛰어난 재능을 지닌 한스는 그 자신의 의지와 상관없이 신학교에 진학해 성직자나 교수가 되는 미래가 정해져 있다. 이를 위해 가장 좋아하는 취미인 낚시가 금지되고, 매일 밤 10~12시까지 공부를 계속한다. 우수한 성적으로 신학교에 입학했지만, 한스는 성적 때문에 고민하고 계속되는 치열한 경쟁에 지쳐간다. 그러나 부모, 교사 그리고 목사와 같은 기성세대들은 그가 가장 필요로 하는 '위로'를 건네는 대신 더욱 날카롭게 채찍질했고, 결국 재능 있고 섬세하며 내성적인 소년 한스를 죽음으로 내몰았다.

한 예로 한스가 헤르만 하일너라는 소년과 친해지고 난 뒤 성적이 떨어지자, 신학교 교장은 한스를 따로 불러 앞으로 열심히 하겠다는 약속을 받아내며 다음과 같이 말한다.

"그래야지. 이제 마음에 드는군. 다만 너무 지치지 않도록 하게나. 안 그러면 수레바퀴에 깔리고 말 테니."

이후 권위적인 학교교육을 견디지 못한 헤르만이 신학교를 떠나자, 한스는 더욱 학교에서 눈총을 받는 존재가 된다. 한 교사는 수업 시간에 자신의 질문에 대답하지 못하는 한스에게 "어째서 기벤라트 군은 그 잘난 친구 하일너와 함께 가버리지 않았지요?"라고 말하며 상처를 주기도 한다. 그 어디에서도 위안을 찾지 못한 한스는 방황하며 회의에 빠진다.

(…) 아버지와 몇 명의 교사들, 그리고 학교의 잔인한 야망이 이 부서지기 쉬운 존재를 이 지경이 되도록 끌고 왔다고는 아무도 생각하지 못했다. 도대체 왜 한스는 가장 예민하고 위태로운 소년기에 매일 밤늦게까지 공부해야 했을까? 어째서 그는 토끼들을 빼앗기고, 라틴어 학교 친구들과 놀지 못하고, 낚시와 뛰노는 것을 금지당했을까? 대체 왜 어른들의 천박하고 소모적인 야망에서 비롯된 공허하고 이기적인 이상을 꿈꾸어야 했을까? 왜 시험이 끝나고도 당연히 즐겨야 할 방학을 누릴 수 없었을까? (…)

부모와 마을 목사의 태도도 이와 크게 다르지 않다. 아버지 요제프 기벤라트는 아들 한스의 성적이 탁월한 것에 자부심을 느끼며 아들의 성공을 바라는 인물로, 마을의 여느 사람들과 다를 바 없는 소시민의 전형이다. 그렇기 때문에 아버지는 한스가 신학교에 적응하지 못하고 되돌아오자 더욱 실망과 분노를 느낀다. 아버지는 한스가 어려움에 부닥쳐도 "아들의 친구나 위안을 주는 사람은 되지 못했다"고 묘사된다. 또한 지친 사람들에게 위로의 말을 건네고 힘이 되어주는 다른 목사들과 달리 한스네 마을 목사는 고향으로 돌아온 소년의 괴로움을 이해해주거나 친절한 말을 건네지 않았다. 이렇듯 헤세는 신학교 교사들과 돌아온 한스를 대하는 어른들의 태도를 통해, 이해심이 부족하고 위로할 줄 모르는 기성세대를 비판하고 있다.

작품 속에서 어른들의 기대에 부응해 좋은 성과를 얻고자 노력하는 한스의 부담감을 표현해주는 시도동기示導動機로 쓰이는 단어는 "두통"과 "피곤" 그리고 "지치다"라는 동사다. 이는 획일적인 입시 제도와 무한 경쟁에 내몰려 지쳐버린 우리나라 학생들이 너무나도 공감할 수 있는 단어일 것이다.

질풍노도의 사춘기: 우정, 사랑, 성

헤르만 헤세의 《수레바퀴 아래서》에는 당대 교육에 대한 비판만큼이나 등장인물들이 학업, 우정, 사랑과 성의 문제를 겪으며 내적인 갈등으로 괴로워하기도 하고 즐거워하기도 하는 모습이 중요하게 묘사되어 있다. 싸우고, 화해하고, 사랑에 고뇌하는 청소년들…. 헤세 자신도 학교에서 친구들과 주먹다짐을 벌였고, 열다섯 살 때는 일곱 살 연상의 유제니 콜프를 짝사랑했으며, 그 사랑에 실패한 후 심한 불안감에 시달리다가 1892년 5월 권총으로 자살을 시도한 적도 있다. 이렇듯 파란만장한 사춘기를 겪었던 헤세이기에 사춘기 시절의 우정과 사랑을 섬세하고 흥미롭게 풀어낼 수 있었을 것이다.

먼저 헤세는 한스와 헤르만이 친해지는 과정을 독특하게 묘사하고 있다. 헤르만이 동성인 한스에게 "모험적이고 새로웠으며 위험하기까지"한 입맞춤으로 자신의 마음을 표현하고 난 뒤, 두 사람의 우정은 더욱 발전한다. 두 친구는 갈등을 겪기도 하지만 다시 화해하고, 헤르만과의 우정이 더욱 "깊어지고 행복해질수록" 한스는 학교와 멀어지게 된다. 학교 당국은 명석하지만 제멋대로인 헤르만이 모범생이었던 한스에게 나쁜 영향을 미치자 두 사람을 더욱 엄격하게 감독한다. 그에 반항한 헤르만이 학교에서 퇴학당한 뒤 한스는 절망하고 고통스러워하다가 그 자신도 학교를 떠난다.

신학교를 떠나 고향으로 돌아온 한스는 구둣방 주인 플라이크의 조카딸 에마와 어울리게 된다. 에마는 "키가 크진 않지만 건강하게 굴곡진 몸매"에 "입 맞추고 싶어지는 아름다운 입술"을 가진 아리따운 소녀로 한스를 과감하게 유혹하여 열정적으로 입맞춤을 나눈다. 하지만 에마가 아무 말 없이 고향으로 돌아가 버리면서 두 사람의 관계는 끝난다. 사실 처음부터 한스는 에마를 볼 때마다 "한 번도 느껴보지 못한 쾌감과 양심의 가책"을 느끼고 있었다. 결국 에마와의 에로틱한 관계도 한스를 괴로움의 심연에서 빠져나오게 하지는 못한 것이다. 이처럼 헤세는 사춘기에 겪는 사랑과 성에 대해서도 흥미롭게 그려내고 있다.

《수레바퀴 아래서》의 주요 테마, 양극성

독일의 철학자 임마누엘 칸트는 1781년 출간된 자신의 저서 《순수이성비판》에서 인간의 인식능력을 지성(이성, 정신)과 감성으로 구분하고 있다. 칸트는 이 두 능력이 동등하게 서로 의지하면서 대립하고 있다고 설명한다. 이러한 동등한 두 대상 간의 '대립'은 헤르만 헤세의 작품을 읽는 주요한 키워드 중의 하나다.

특히 헤세 작품의 특징은 삶 속에 내재되어 있는 두 개의 대립, 즉 양극성을 표현하고 있다는 것이다. 이는 지성과 감성, 어둠과 빛 등의 다양한 형태로 나타난다. 헤세는 중·후기 작품들인 《데미안》, 《싯다르타》, 《나르치스와 골트문트》에서 이것을 단순한 대립이 아니라, '양극적 전일사상全一思想'으로 진일보시키고 있다. 초기 작품인 《수레바퀴 아래서》에서의 양극성은 아직은 서로 대립하는 개념으로만 나타나지만, 헤세의 '양극적 전일사상'의 초기 모습과 발전 과정을 보여준다는 점에서 의의가 있다.

《수레바퀴 아래서》에서의 양극성 모티브는 '바퀴Rad와 낚시', '한스와 헤르만' 그리고 '어둠과 빛'이라는 키워드를 통해 드러난다. '바퀴'라는 단어는 한스가 주 정부 선발 고사를 치르기 전에 이미 등장하고 있다. 한스는 신학교 입학 공부 때문에 친구들과 멀어지고, 삼 년 동안 길렀던 토끼를 빼앗기며, 가장 좋아했던 낚시를 금지당하는 등 어린 시절의 행복 대부분을 포기해야만 했다. 그런 한스가 슈투트가르트 시로 신학교 입학시험을 보러 가기 전, 집의 정원에 들어섰다가 이 년 전에 친구 아우구스트와 함께 만들었던 '물레바퀴Wasserrädchen'를 발견한다. 한스는 곧바로 자신이 만든 물레바퀴를 앞뒤로 꺾어 완전히 부러뜨린 후 울타리 밖으로 던져버린다. 화자는 한스의 이후 행동을 다음과 같이 묘사한다.

> (…) 한스는 토끼와 아우구스트, 그 옛날 어린 시절을 향한 모든 그리움을 전부 부숴버릴 수 있기라도 한 듯 눈에 보이는 대로 도끼를 휘둘렀다.

한스의 이러한 행동은 "잃어버린 어린 시절의 즐거움"을 떨쳐버리려는 노력이다. 이후 한스가 신학교를 떠나 고향의 기계 공장에서 수습공으로 일할 때, 다시 '톱니바퀴Rädchen'가 등장한다. 한스에게 할당된 작업은 울퉁불퉁한 무쇠 톱니바퀴를 줄로 매끈하게 가는 일이다. 한스는 작업 후에 손에 남은 붉은 자국이 심하게 부어오르는 신체적 고통으로 괴로워한다. 그가 공장에서 일하면서 느끼는 것은 피곤함, 불행과 절망뿐이었다. 이처럼 '바퀴'가 한스에게 고통과 억압을 뜻하는 것이라면, 이와 대립하는 키워드는 '낚시'다. 한스는 자연 속에서 낚시하는 것을 가장 즐겼다. 낚시는 한스에게 "그 어느 곳보다 편하고 아무 방해도 없이" 자유로움을 느끼게 하는 유년 시절 동안의 "가장 즐거운 추억"이다.

상반된 두 개의 개념은 한스와 헤르만의 성향에서도 나타난다. 화자는 두 사람의 양극적 성향을 다음과 같이 표현한다.

전혀 어울리지 않는 우정 관계도 있었다. 헤르만 하일너와 한스 기벤라트의 관계가 바로 경박한 학생과 성실한 학생, 시인과 공붓벌레라는 가장 부조화한 우정이었다. 비록 둘 모두 명석하고 재능 있다는 평가를 받았지만, 하일너를 두고 천재라고 하는 말은 반쯤 비꼬는 투였고, 한스는 그야말로 모범 학생이었다. (…)

헤르만은 또래 친구들보다 자유롭게 살면서 "오래된 기둥과 성벽의 아름다움"을 이해하고, "비밀스럽고 독특한 재능을 이용해 자신의 영혼을 시구로 표현"했으며, "상상 속에서 가상의 인생을 만들어"내는 몽상가이자 시인이다. 이러한 성향의 헤르만은 순수한 지식만을 요구하고 그 배경에 담겨 있는 정신을 경시하는 빌헬름 제국 시대의 교육 시스템을 다음과 같은 말로 거부한다.

> "우리가 호메로스를 읽고 있잖아. 그런데 《오디세이아》가 무슨 요리책도 아닌데, 한 시간 동안 두 구절만 붙들고 앉아서 단어마다 구역질 나도록 되새김질하고 탐구한단 말이야. (…) 그런 방식이라면 호메로스 전체를 갖다 버려도 좋아. 그딴 고대 그리스 것이 우리에게 다 무슨 의미가 있지? (…) 고전이란 것들은 전부 다 사기라고."

반면 한스는 "지식을 정말 중요하게" 생각했으며 "성실"하고 다른 친구들이 감탄할 만큼 "열심히 공부"하는 학생이다. 헤르만은 학교교육에 순응하고 열심히 공부하는 친구들을 경멸하는데, 특히 이런 한스를 자발적으로 공부하는 것이 아니라 선생님이나 아버지가 "겁나서" 성적에 목을 매는 "공붓벌레"나 "출세주의자"라고 놀려댄다.

《수레바퀴 아래서》에 등장하는 마지막 대립 개념은 삶의 방식에서 보이는 '어둠과 빛'이다. 하나는 한스의 집이 속한 골목길이자 "그 지역에서 태어나 교회에 가족묘가 있으며 저택과 개인 정원을 소유한 선량한 중산층"이 사는 '게르버 거리'고, 다른 하나는 게르버 거리와는 정반대의 인상을 주는 '매의 골목'

이다. 한스는 게르버 거리에 속해 있음에도 "어두운 집들이 비스듬하게" 서 있는 곳, "가난과 범죄와 질병"이 있는 매의 골목에서 많은 이야기를 듣고, 재미있는 친구들을 만나기도 한다. 특히 한스가 매의 골목에서 다리가 불편한 소년 헤르만 레히텐하일에게 낚시를 배웠다는 점도 주목할 만하다. 앞서 언급했다시피 낚시는 한스가 가장 좋아하는 취미다. 신학교에서 나와 고향으로 돌아온 한스는 어린 시절처럼 매의 골목을 찾는다. 그리고 골목 근처의 가죽 공장에서 리제라는 여인이 아이들에게 들려주는 성 크리스토포루스의 이야기를 문간에 서서 듣는다. 세상의 모든 짐을 진 예수를 업어서 강을 건너게 해주었던 성 크리스토포루스의 이야기는 그때, 세상의 모든 짐을 진 사람처럼 괴롭던 한스의 마음을 암시한다.

인간의 양가감정에 대한 조명

헤르만 헤세는 당대의 교육과정 속에서 좌절하는 한스를 통해 엄격하고 혹독한 교육제도를 비판하면서, 모순된 인간의 양면성을 들추어내기도 한다. 어린 한스는 자신이 속하는 "마을에서 가장 길고 넓은 중심 거리"인 게르버 거리에서 편안함을 느끼면서도 "짧고 좁은 초라한 길"인 매의 골목에 마음이 끌리는 양가감정을 보인다. 화자는 한스가 게르버 거리에서 매의 골목으로 들어설 때마다 "호기심과 공포, 양심의 가책"을 느꼈다고 묘사한다. 또 항상 공부로 인해 지치고 압박감을 느꼈던 한스지만 신학교에 가기 전에 마을 목사에게 누가복음의 그리스어를 배우면서 학문에 대한 탐구심을 느끼고 뿌듯해한다.

(…) 그렇게 한 시간 만에 소년에게 완전히 새로운 독서와 교육에 대한 개념을 전해주었다. 한스는 문장마다 그리고 단어마다 어떤 수수께끼와 과제가 숨어 있는지 짐작할 수 있었다. 또한 오랜 옛날부터 수많은 학자와 명상가와 연구자 들이 이런 문제들을 둘러싸고 얼마나 애써왔는지 어렴풋하게나마 헤아릴 수 있었다. 게다가 자신 역시 이 시간에는 그러한 진리의 탐구자 집단에 속해 있는 것만 같았다.

한스는 이 등으로 신학교를 합격하고 나서 자유로운 시간을 가질 수 있게 되자, 수업을 계속해야 하는 친구들을 보고 그들을 "뛰어넘었다며" 우월감을 느끼고 즐거워한다. 그리고 "주먹다짐과 놀이에 전혀 어울리지 못했기" 때문에 자신을 괴롭혀왔던 친구들의 "어리석은" 모습에 대한 혐오와 경멸을 고백한다.

(…) 다른 친구들은 교실에 앉아 기하학이나 배우고 있겠지만 한스는 수업을 듣지 않아도 되니 자유로웠다. 한스는 학교 친구들을 뛰어넘었다. 이제 그들이 한스의 발밑에 있었다. (…) 이제 그 녀석들은 한스의 뒷모습이나 쳐다봐야 할 것이다. 어리석은 녀석들! (…)

그리고 신학교를 떠나 고향으로 되돌아온 한스는 다시 "잠들고 죽어버리고 싶은" 마음과 "조심스럽고 끈질기게 삶에 집착"

하는 양가감정에 괴로워한다. 모순적인 인간 내면에 대한 섬세한 묘사는《수레바퀴 아래서》가 오랫동안 사랑받는 이유 중의 하나다.

헤세 자신의 투영,《수레바퀴 아래서》

헤르만 헤세의 작품에는 작가의 개인적인 체험들이 반영된 경우가 유독 많다. 여러 작품에서 고향 슈바벤의 아름다운 풍경이 매력적으로 그려지고 있으며《수레바퀴 아래서》에서도 화자의 입을 빌려 "비현실적으로 아름답고 매혹적"인 기억 속 고향의 모습을 묘사했다.

또 이 작품에는 헤세의 열다섯 살 이전의 자서전적인 요소가 그대로 반영되어 있다. 헤세는 1877년 슈바벤 주 뷔르템베르크의 작은 도시 칼프에서 목사인 아버지와 신학자 집안의 어머니 사이에서 태어났다. 헤세의 부모는 1890년 2월, 열두 살이 된 아들이 주 정부의 시험을 준비할 수 있도록 괴핑겐에 있는 라틴어 학교로 보냈다. 한스처럼 성실히 공부하는 아이였던 헤세는 1891년 7월에 뷔르템베르크 주 정부 시험에 우수한 성적으로 합격하고, 고향 칼프에서 여름방학을 보냈다. 그리고 그해 9월 명문 개신교 학교인 마울브론 신학교에 입학하여 헬라스라는 이름의 방에 배정되었다. 그러나 1892년 3월 7일 헤세는 외투도 입지 않고 주머니에는 돈 한 푼 없이,《수레바퀴 아래서》속 헤르만처럼 학교에서 도망쳤다. 그리고 다음 날 경찰에 의해 학교로 되돌아온다. 헤세의 부모와 학교는 그를 다시 받아들였고 1892년 5월에는 짧은 휴가도 받았다. 그러나 헤세는 결국 신학교를 그만두고, 그해 6~8월 동안 슈투트가르트 근처 렘스탈의 슈테텐 정신 요양소에서 신경쇠약 치료를 받는다. 그 후 바트 칸슈타트에서 김나지움을 다니다가 학업을 중단하고, 1894년 고향 칼프에서 페롯 시계 공장의 수습공으로 일하게 된다.

《수레바퀴 아래서》의 주인공 한스도 헤세와 마찬가지로 뷔르템베르크 주 정부에서 실시하는 '헤카톰베'라는 장학생 선발고사에 합격하고, 마울브론 신학교에 입학하여 헬라스 방에 배정받는다. 그리고 심신이 지친 채 학교를 떠나고, 고향으로 되돌아와 기계공장에서 수습공으로 일한다.

헤세는 동복형제인 칼 이젠버그에게 보내는 1904년 11월 25일 자 편지에서, 자신이 겪었던 억압적인 교육을 수레바퀴에 깔린 한스로 은유하며, 《수레바퀴 아래서》의 제목에 나오는 '바퀴'가 뜻하는 바를 다음과 같이 말하고 있다.

칼프의 사람들이 거의 망가트렸던 성실한 한스가 보여주듯이, 칼프와 김나지움에서 우리들은 극복해내기가 정말로 어려웠지. 한스는 학교에서 늑골이 부러졌지만, 여전히 수레바퀴 아래에 있었던 거야.

이 편지에서 알 수 있듯이 '바퀴'란 단어는 청소년들에게 부과되는 억압과 강요를 상징한다. 한스가 칼프에서 다니던 라틴어 학교의 교장은 좋은 성적으로 신학교에 입학한 한스를 보면서 뿌듯함을 느끼는데 소설의 화자는 이를 이용해 당시 교육관에 대해 다음과 같이 말한다.

> (…) 학교 또한 자연적인 인간을 깨부수고 규제하고 제압해야한다. 학교의 임무는 정부 당국이 인정한 기본법에 따라 인간의 잠재된 힘을 일깨우고 그들을 사회의 쓸모 있는 일원으로만드는 것이다. 그런 교육은 군대 같은 단체 생활의 까다로운훈육을 통해 영예롭게 완성되는 법이다.

교육의 의미와 임무에 대한 이 구절은 당시의 교육제도가 인간의 자연스러운 본성을 억압하는 것이고 강압적임을 지적하는 것이다. 청소년들을 "미개"하고 "무질서"하며 "예측할 수 없는 위험한 면"이 있는 존재로 인식했던 시대임에도 불구하고 어린 나이에 이미 '시인이 아니면 아무것도 되고 싶지 않다'고 결심했던 헤세는 자신이 겪었던 강압적인 교육제도와 기성세대의 모습을 소설로 그려냈다.

주인공 한스 외에도 헤세의 모습이 투영된 존재는 한스의 친구 헤르만이다. 헤르만은 헤세와 마찬가지로 성과 이름이 알파벳 H(헤르만 헤세Hermann Hesse, 헤르만 하일너Herman Heilner로 하일너는 '치유되다'라는 뜻의 독일어 Heilen에 유래를 찾을 수 있다)로 시작하며, 바이올린을 연주하길 좋아했던 시인 헤세처럼 헤르만도 시를 즐겨 짓는 어린 시인이었으며 바이올린도 연주했다. 헤세와 마찬가지로 헤르만도 신학교에서 도망쳤고, 결국 학교를 그만두었다. 일견 한스와 헤르만은 상반된 존재로 보이지만, 실제로는 두 사람 모두 헤세의 양면적 자아가 투영된 작가의 도플갱어인 것이다.

기성세대와 교육제도에 반항한 헤르만은 불명예스럽게 신학교를 떠났지만 "많은 천재적인 시도와 탈선을 거듭한 다음, 냉혹하고 고통스러운 인생의 훈육을 거친 끝에 영웅은 되지 못했지만 그럴듯한 인물로 성장"했다. 한편 한스는 자살인지 사고사인지는 명확하지 않지만, 물에 빠져 죽고 만다. 헤세에게 자신의 두 자아 중 한 명인 한스가 익사하는 것은 결코 단순한 일이 아니다. 헤세는 죽음이라는 사건을 통해 삶에서의 변화를, 즉 불편했던 과거에서 벗어난다는 상징적 의미를 보여주고 있다. 희망이 없는 한스가 죽고 헤르만이 살아남은 것처럼, 헤세 자신이 신학교를 떠나 자신만의 독립적인 삶을 살아간 모습을 투영한 것이다.

이처럼 헤세 자신의 고통스러웠던 사춘기를 담아낸《수레바퀴 아래서》는 현대의 청소년들과 청소년기를 힘겹게 견뎌온 우리들에게 깊은 공감과 위로, 희망을 전하고 있다.

수레바퀴 아래서 오리지널 초판본 디자인(최신 원전 완역본)

1판 5쇄 펴냄   2022년 10월 1일

지은이   헤르만 헤세
옮긴이   박지희
해설   김선형
펴낸이   하진석
펴낸곳   코너스톤
주소   서울시 마포구 독막로3길 51
전화   02-518-3919
ISBN   979-11-87011-60-6 04850